Pitlane Secrets

AVA AVERY

AF285708

Pitlane Secrets

TITAN RACING LEGACY

Ein Roman von

AVA AVERY

Deutschsprachige Erstausgabe: November 2021
Deutschsprachige Neuauflage: April 2025

Copyright © Ava Avery

ISBN: 978-3-8192-2529-1

Verlag: BoD · Books on Demand GmbH,
Überseering 33, 22297 Hamburg, bod@bod.de

Druck: Libri Plureos GmbH,
Friedensallee 273, 22763 Hamburg

Lektorat: Elisabeth Klein

Cover Design & Illustration: Carmen Design

Bibliografische Information der Deutschen Nationalbibliothek:
Die Deutsche Nationalbibliothek verzeichnet diese Publikation in
der Deutschen Nationalbibliografie; detaillierte bibliografische
Daten sind im Internet über dnb.dnb.de abrufbar.

Website & Newsletter:
www.avaavery.de

Instagram:
avaavery.autorin

TikTok:
@avaaverybooks

Facebook:
www.facebook.com/avaavery.autorin

20+ Bonuskapitel & 0 Euro Roman:
https://bookhip.com/RPGKPQC

Liebe beginnt manchmal mit einem Windstoß
des Schicksals, aber es ist die Entschlossenheit,
die sie am Leben hält. Wenn zwei Herzen dasselbe
Ziel haben, ist nichts unmöglich.

EXKLUSIV FÜR DICH

Sichere dir jetzt als Dankeschön für deine Treue über 20 Bonuskapitel zu meinen Romanen. Scanne dazu einfach den QR-Code oder nutze diesen Link:

https://BookHip.com/RPGKPQC

Ich wünsche dir ganz viel Spaß beim Lesen.

PROLOG – DAKOTA

3 MONATE ZUVOR IN LAS VEGAS, NV

Oliver Donnell, unser Sales Director, zupfte an seiner Krawatte, um seine Nervosität zu überspielen, die mit jeder Minute, die Grayson Parker uns in der Lobby von *Parker Resorts & Spas* warten ließ, zunahm.

»Machtspiele. Du kennst das doch«, flüsterte ich und glättete unauffällig seine Krawatte. »Warum so nervös? Für gewöhnlich bist du die Ruhe selbst.«

»Der Deal ist zu groß, um ihn zu verlieren, Dakota. Viel zu groß.«

»Wer sagt, dass wir ihn verlieren?« Verwundert kniff ich die Augen zusammen.

»Grayson Parker ist so undurchsichtig wie der Herbstnebel in Cork«, zischte der rothaarige Ire mit den grünen Smaragdaugen. »Bei ihm weiß man nie, was er gerade denkt.«

Ich lehnte mich in dem mondänen Sessel zurück und schlug die Beine übereinander. »Wenn er nicht denken würde, dass der Deal mit *Titan Racing* ein profitables Investment wäre, würden wir jetzt wohl kaum hier sitzen.«

Oliver verhandelte bereits seit Anfang der Saison mit *Parker Resorts & Spas* über einen möglichen Sponsorenvertrag zwischen *Titan Racing* und der auf Luxusimmobilien spezialisierten Hotelkette mit Hauptsitz im sündigen Las Vegas.

Zum Sommer hin hatten sich beide Parteien auf die groben Rahmenbedingungen eines Dreijahresvertrags geeinigt, sodass Oliver und ich nun auf dem Weg zum nächsten Grand Prix in Texas einen Zwischenstopp in Las Vegas eingelegt hatten, um den CEO und Eigentümer des Hotelimperiums von *Parker Resorts & Spas*, Grayson Parker, sowie dessen Bruder und Anwalt, Maxwell Parker, persönlich zu treffen.

Bisher waren die Verhandlungen ohne meine Teilnahme geführt worden. Mein Job als Sponsorenchefin begann normalerweise dort, wo Olivers Job als Sales Director endete. Sobald ein Sponsorenvertrag unterzeichnet wurde, gab die Sales-Abteilung das Zepter an mich und mein Team weiter. Wir erfüllten dann im Laufe der Rennsaison die vertraglich ausgehandelten Rechte. Das beinhaltete unter anderem den Zugang zu den Rennfahrern oder dem Senior Management für Werbekampagnen, TV-Spots und Eventauftritte, sowie maßgeschneiderte Hospitality Pakete und

Entertainment Programme für die *Serie del Rey* Rennen, die rund um den Globus ausgetragen wurden.

In diesem Fall verhielt es sich jedoch anders. Wie sich herausstellte, bestand Grayson Parker nämlich darauf, sich noch *vor* der Vertragsunterzeichnung ein Bild von der Person zu machen, mit der sein Projektteam nach dem Vertragsabschluss eng zusammenarbeiten würde, um ihm eine profitable Kapitalrendite für sein zweistelliges Millioneninvestment zu garantieren.

Daran, dass Grayson Parker für gewöhnlich bekam, was er wollte, ließ der Mann keinen Zweifel. Also hatten wir uns seinem Willen gebeugt und waren im Anschluss an das Deutschlandrennen nach Las Vegas gereist, wo wir uns die vergangenen zwei Tage auf das Meeting mit den Parkers vorbereitet hatten.

Von meinen Recherchen wusste ich, dass Graysons Vater, Benjamin Parker, das Unternehmen in den siebziger Jahren gegründet und stetig erweitert hatte. Vor zwölf Jahren stieg sein Sohn Grayson in die Firma ein und verwandelte das bis dato mittelständige Unternehmen binnen einem Jahrzehnt zusammen mit seinem Bruder in eine der erfolgreichsten Luxushotelketten der Welt.

Grayson Parker schien der typische Überflieger zu sein: Vom Elite Internatsschüler und gefeierten Star des Ruderteams in Oxford, mutierte er zum zielstrebigen Harvard Vorzeigestudenten mit hochkarätigen Auszeichnungen und Stipendien auf den verschiedensten Gebieten. Selbstverständlich schloss er das

Studium an der *Harvard Business School* mit *Summa cum Laude* ab.

Demnach war es nicht weiter verwunderlich, dass er in den Medien als erfolgsgetriebener, ehrgeiziger und risikobereiter CEO mit einem unstillbaren Durst nach Macht und Einfluss portraitiert wurde.

»Mr. Donnell, Miss Bennet? Die Herren Parker sind jetzt bereit, Sie zu empfangen«, informierte uns die stilvoll gekleidete Empfangsdame in einem höflich distanzierten Ton.

Oliver und ich erhoben uns und folgten ihr durch die imposanten Korridore des *Parker De Luxe Komplex*, in dem sich nicht nur eines der exklusivsten Hotels in ganz Nevada befand, sondern auch die Chefetage der *Parker Resorts & Spas* Gruppe.

Der elegante, purpurrote Teppich verschluckte unsere Schritte und ließ uns nahezu geräuschlos durch die Gänge schweben. Vor einer massiven, schwarzen Holztür mit einem verschnörkelten, goldenen Türgriff, hielt die Empfangsdame an und machte eine einladende Handbewegung.

Oliver klopfte und öffnete die Tür.

»Mr. Donnell, Miss Bennet, bitte, treten Sie ein«, begrüßte uns Maxwell Parker, den ich aufgrund meiner Recherchen sofort erkannte und erhob sich hinter dem gläsernen Konferenztisch.

Seine hochgewachsene, muskulöse Statur ließ mich erahnen, dass er gern und oft Sport trieb. In seinem Anzug wirkte er elegant und doch nahbar, was womöglich an seinem sympathischen Auftreten lag.

Er schüttelte Oliver und mir mit einem freundlichen Lächeln die Hand. »Mein Bruder sollte jeden Moment zu uns stoßen. Kann ich Ihnen in der Zwischenzeit etwas zu trinken anbieten?«

Nachdem die Empfangsdame uns die Getränke serviert hatte und Grayson Parker unauffindbar blieb, verwickelte Oliver Maxwell in ein Gespräch über die schönsten Golfresorts der USA.

»Spielen Sie ebenfalls Golf, Miss Bennet?«, wandte sich Maxwell Parker an mich und faltete abwartend die Hände auf dem Tisch.

»Dafür fehlt mir leider die Zeit«, entgegnete ich entschuldigend.

»Wie sieht es mit anderen Sportarten und Freizeitaktivitäten aus? Was unternehmen Sie, wenn Sie nicht arbeiten?«

Ich zog eine ertappte Grimasse. »Mein Job ist mein Leben. Ich arbeite eigentlich immer.«

»Das ist Musik in meinen Ohren«, ertönte ein gebieterischer Bariton hinter mir.

Neugierig drehte ich mich zur Tür und entdeckte Grayson Parker, der im Türrahmen lehnte. Er hatte die Arme vor der Brust verschränkt und lauschte aufmerksam unserer Unterhaltung.

Wie lange stand er schon da?

Unauffällig ließ ich den Blick über seine äußere Erscheinung gleiten.

Er trug einen königsblauen Dreiteiler mit einem weißen Hemd und goldenen Manschettenknöpfen. Sein kastanienbraunes Haar war zu einem Seitenscheitel gekämmt und fiel ihm lässig in die Stirn. Mit seinen braunen, scharfsinnigen Augen, fing er meinen Blick auf und hielt ihm mühelos stand.

»Miss Bennet?«, fragte er und stieß sich von der Wand ab.

Er durchquerte den Raum und schüttelte den Kopf, als ich mich erheben wollte, um ihm die Hand zu reichen.

Lässig nahm er auf dem Stuhl neben mir Platz und öffnete mit der rechten Hand die Knöpfe seines Jacketts.

»Sie sind also die Person, die dafür verantwortlich ist, dass die zwanzig Millionen Dollar, die ich pro Saison in *Titan Racing* zu investieren gedenke, sich doppelt und dreifach für mich auszahlen?«

»Gewissermaßen«, stutzte ich, überrascht von seiner forschen, direkten Art.

Grayson zog provokativ eine Augenbraue in die Höhe. »*Gewissermaßen?* Sind Sie nun die Chefin der Sponsorenabteilung, oder nicht?«

Ich straffte meine Schultern und veränderte meine Körperhaltung, sodass ich Grayson Parker direkt gegenübersaß. Lediglich wenige Zentimeter trennten unsere Knie so noch voneinander.

»Ja, das bin ich, Mr. Parker. Ich leite ein Team von sehr fähigen Mitarbeitern, die auf dem höchsten Niveau liefern werden. Ich bin davon überzeugt, dass

Sie bei uns in den besten Händen sind und sich Ihr Investment auszahlen wird.«

»Woran machen Sie das fest?«

»Ich arbeite seit mehr als zehn Jahren in diesem Beruf. Ich lebe für ihn. Deshalb weiß ich, welch enorme Renditen im Sponsoring erwirtschaftet werden können. Warum ich das weiß? Weil ich diese Renditen über Jahre hinweg selbst eingebracht habe. Ich *kenne* meine Zahlen. Genauso wie Sie die Ihren.«

»Ich soll mich also auf Ihre Einschätzung verlassen?«

»Bei allem Respekt, Mr. Parker, meine *Einschätzung* sagt mir, dass *Sie* sich *niemals* auf die Meinung anderer Personen verlassen, wenn es um grundlegende Entscheidungen geht. Und um ehrlich zu sein, kann ich das gut nachvollziehen. Denn bei mir verhält es sich ähnlich. Also schlage ich vor, Sie besuchen uns dieses Wochenende während des Grand Prix' in Texas und machen sich Ihr eigenes Bild, auch wenn ich mir absolut sicher bin, dass Ihre Investition sich doppelt und dreifach auszahlen wird.«

Grayson Parker sah von seiner teuren Armbanduhr auf und musterte mich interessiert. Ein leicht spöttischer Zug umspielte seine Mundwinkel. »Ich fürchte, um nach *Texas* zu fliegen, fehlt mir schlichtweg die Zeit, Miss Bennet. Ich arbeite sieben Tage die Woche und selten weniger als achtzehn Stunden am Tag. Mein Terminkalender ist bis zum Jahresende restlos verplant.«

»*Tatsächlich*? Verzeihen Sie mir die Bemerkung, Mr. Parker, ich möchte nicht anmaßend wirken, aber sollte die Entscheidung über eine sechzig Millionen Dollar Investition nicht eine gewisse Priorität für Sie einnehmen, die es Ihnen erlaubt, sich den Samstag oder den Sonntag freizuschaufeln?«

Er schnaubte amüsiert und beugte sich zu mir vor, als wolle er mir ein Geheimnis verraten. »In zwei Dingen haben Sie vollkommen recht, Miss Bennet: Ich kenne meine Zahlen und ich verlasse mich nicht auf die Einschätzung anderer Personen. Sie säßen heute nicht hier und würden meine wertvolle Zeit in Anspruch nehmen, wenn ich nicht mit Sicherheit wüsste, dass eine Partnerschaft mit *Titan Racing* ein ausgesprochen profitables Investment für uns wäre.«

Ich krümmte die Zehen in meinen High Heels und verbat mir jeglichen spitzen Kommentar, den ich diesem unterkühlten, arroganten Vegas Boy am liebsten um die Ohren gehauen hätte. Der arme Oliver war wahrscheinlich schon ganz nervös, weil er seinen Deal in weite Ferne rücken sah.

»So, wie sich das für mich anhört, haben Sie sich bereits entschieden, Mr. Parker. Dann sind wir also heute hier, weil ...«

»Weil ich die Frau, die mein Investment betreuen und vermehren wird, gerne persönlich kennenlernen wollte«, beendete Grayson Parker den Satz für mich. »Was denkst du?«, wandte er sich an seinen Bruder und stieß sich lässig mit dem Fuß von einem der Tischbeine ab, sodass sein Stuhl von mir wegrollte und eine dringend notwendige Distanz zwischen uns schaffte.

Ich drehte mich zu den beiden anderen Herren am

Tisch um und bemerkte Olivers angehaltenen Atem, den er nun leise aus seinen Lungen entweichen ließ.

Maxwell Parker schaute vielsagend von seinem Bruder zu mir und wieder zurück.

»Würden Sie den Account definitiv persönlich betreuen, Miss Bennet?«, erkundigte er sich.

»Aufgrund seiner Größenordnung, ja«, antwortete ich mit fester Stimme. »Mein Team wird mich im operativen Tagesgeschäft unterstützen, aber ich trage die Verantwortung und ich treffe die Entscheidungen.«

Maxwell Parker schien meine Antwort zufriedenzustellen, denn ein listiges Lächeln breitete sich auf seinem Gesicht aus. »Miss Bennet hat uns versichert, dass sich unser Investment auszahlen wird und sie ist diejenige, die unseren Account betreut ...«

»Du meinst also, ich sollte ihr die Chance geben, sich zu beweisen?«

Ich widerstand dem Drang, Grayson Parker daran zu erinnern, dass ich mich nach wie vor im selben Raum mit ihm befand. Der Typ konnte einen mit seiner überheblichen Art wirklich auf die Palme bringen.

Maxwell Parker fixierte mich mit seinen wachsamen Augen. Mehr noch, er schien mich regelrecht mit seinem Blick zu scannen. Es kostete mich einiges an Überwindung, nicht unbehaglich auf meinem Stuhl hin und her zu rutschen und seinem Blickkontakt stattdessen, ohne mit der Wimper zu zucken, standzuhalten.

»Ja, das solltest du, Grayson. Gib Miss Bennet eine Chance.«

1

DAKOTA

3 MONATE SPÄTER IN LAS VEGAS, NV

»Auf eine erfolgreiche Zusammenarbeit.« Toni, der Teamchef von *Titan Racing*, erhob sein Glas und prostete Grayson und Maxwell Parker feierlich zu.

Oliver, Byron King, unser Teammanager, und ich, taten es ihm gleich.

Der Megadeal mit *Parker Resorts & Spas* war heute Nachmittag unterzeichnet worden. Zur Feier des Tages hatte uns Grayson Parker zum Abendessen in eines seiner Restaurants ausgeführt.

Während der letzten drei Monate hatten Oliver und die Anwälte von *Parker Resorts & Spas* unter der Leitung von Grayson Parker die Details des Vertrags ausgehandelt und ihn auf allen Geschäftsebenen prüfen und absegnen lassen. Ein langwieriger Prozess, der nun seinen Abschluss fand.

Ich freute mich für Oliver, der sich diesen phänomenalen Deal hart erarbeitet und redlich verdient hatte. Und ich freute mich für *Titan Racing*, das dank seines erstklassigen Rufes und seiner ausgezeichneten sportlichen Leistungen, einen weiteren hochkarätigen Sponsoren-Deal vermelden durfte.

Toni, Byron, Oliver und ich waren am Vormittag zur Vertragsunterzeichnung angereist. Während Toni, Byron und Oliver bereits morgen früh wieder abreisen würden, um sich auf das letzte Rennen der Saison in Abu Dhabi vorzubereiten, würde ich noch etwas länger in Las Vegas verweilen, um das *Titan Racing* Projektteam von *Parker Resorts & Spas* kennenzulernen und die ersten Schritte der Partnerschaft mit ihnen in die Wege zu leiten.

Obwohl ein Kurztrip nach Las Vegas durchaus verlockend klang, befürchtete ich, dass mir kaum Zeit bleiben würde, meinen Aufenthalt in *Sin City* zu genießen. Die Termine waren eng getaktet und ließen kaum Raum zum Durchatmen. Dazu kam, dass das bevorstehende Rennen in Abu Dhabi zu den beliebtesten und begehrtesten Rennen der Saison zählte. Zahlreiche Sponsoren veranstalteten aufwändige Gästeprogramme und Dinner in Abu Dhabi und Dubai, die ich vorab organisieren und vor Ort managen musste.

Da ich jedoch nicht an mehreren Orten gleichzeitig sein konnte, hatte meine Kollegin und Freundin Allegra, die Chefin der Hospitality- und Eventabteilung, mir einen großen Teil der Vorbereitungen für das Rennen in den Emiraten abgenommen.

Riley, die Chefin der Presseabteilung, unterstützte mich zudem mit der Pressemitteilung, die die baldige Partnerschaft zwischen *Parker Resorts & Spas* und *Titan Racing* verkünden würde.

Ich lauschte dem Smalltalk der Herren, die mit mir am Tisch saßen und versuchte mich nicht von dem eindrucksvollen Ausblick auf die bunten Lichter des Las Vegas Strips, die unter uns leuchteten, ablenken zu lassen.

Mit mäßigem Erfolg.

Denn, obgleich ich gebürtige Amerikanerin war, hatte ich es bis auf die kurze Stippvisite vor drei Monaten noch nie bis nach Las Vegas geschafft. Und das, obwohl *Sin City*, die Stadt der Sünden, schon ewig auf meiner Wunschliste stand.

»Gefällt Ihnen, was Sie sehen, Miss Bennet?« Grayson Parkers unverhoffte Frage ließ mich ertappt den Blick von den imposanten Bauten und den blinkenden Lichtern des nächtlichen Strips losreißen. Widerwillig wandte ich mich dem selbstbewussten und unnahbaren CEO von *Parker Resorts & Spas* zu, der mir schräg gegenüber saß.

»Faszinierend«, entgegnete ich mit einem schmallippigen Lächeln und trank einen winzigen Schluck aus meinem Weinglas.

Damit meinte ich sowohl Las Vegas, als auch den Mann, dem gefühlt die Hälfte davon gehörte.

Ersteres gab ich gern zu. Letzteres versuchte ich mit aller Macht zu unterdrücken.

Ebenfalls mit mäßigem Erfolg.

Seit unserem letzten Aufenthalt in Las Vegas wurde ich von Oliver regelmäßig zu virtuellen Meetings mit Grayson und Maxwell Parker eingeladen, um den Businessplan und die damit einhergehende Zielsetzung des Deals zu erstellen und auszuarbeiten.

Zu meinem Leidwesen musste ich gestehen, dass Grayson Parker mir in Sachen Strategie und Marketing scheinbar mühelos die Stirn bieten konnte.

Der Hoteltycoon wusste ganz genau, was er wollte und wie er es bekam.

Er ließ sich durch nichts beirren. Formulierte seine Erwartungen präzise und unmissverständlich. Stellte kritische und treffende Fragen.

Man konnte ihm nichts vormachen. Ihm nichts verheimlichen. Und ihn nicht so leicht beeindrucken.

Ach ja, und recht machen konnte man ihm sowieso nichts.

Nie.

Er verlangte, dass wir größer, profitabler und weiter dachten, als wir es sowieso schon taten. Dass wir härter, effektiver und effizienter arbeiteten, als Mark Zuckerberg, Warren Buffet und Elon Musk zusammen.

Gott, Grayson Parker war so dermaßen anstrengend. Schlichtweg unersättlich. Unermüdlich. Unnachgiebig.

Ich verstand, woher sein Erfolg und Reichtum kamen. Und insgeheim bewunderte ich ihn dafür. Natürlich würde ich das niemals zugeben. Genauso wenig wie die Erkenntnis, dass es mich tierisch anmachte, wenn er den *Bad Boss* mimte und alle Anwesenden herumkommandierte. Oder wenn er mir Paroli bot und zwischen uns eine hitzige Diskussion entfachte, die keiner verlieren wollte.

Ja, Grayson Parker besaß das gewisse Etwas. Dieses Etwas sorgte dafür, dass sich mir die Härchen auf den Armen aufstellten, wenn er sprach. Dieses Etwas brachte die Menschen zum Verstummen, wenn er den Raum betrat. Dieses Etwas trieb alle Personen in seinem Umfeld zu Höchstleistungen an, weil sie lieber starben, als hinter seinen Erwartungen zurückzubleiben.

Grayson Parkers einnehmendes Wesen hatte auch mich in Beschlag genommen.

Aber das würde er nie erfahren.

Denn trotz seines messerscharfen Intellekts, der mir regelmäßig die Sprache verschlug und seinem übertrieben attraktiven Erscheinungsbild, das meinen Atem entweder aussetzen oder beunruhigend schnell gehen ließ, blieb Grayson Parker ein arroganter, überheblicher, selbstsüchtiger, egozentrischer, herrischer und unmenschlicher Mistkerl.

Als der nächste Gang serviert wurde, schob ich die Gedanken an Grayson Parker entschieden von mir und konzentrierte mich auf das vorzügliche Essen, das verlockend duftete.

»Wie lange bleibst du noch hier?«, wandte sich Toni an mich.

»Ich treffe mich morgen und übermorgen mit dem Projektteam von Mr. Parker und nehme danach den Nachtflug nach Abu Dhabi«, informierte ich ihn.

Er nickte zustimmend. »Ich bin mir sicher, dass Dakota Ihnen exzellente Resultate liefern wird, Grayson. Sie ist die Beste auf ihrem Gebiet.«

Grayson schaute mich abschätzend an und widmete seine Aufmerksamkeit dann wieder Toni. »Ich kann es kaum erwarten herauszufinden, ob die Beste gut genug ist«, lächelte er und prostete Toni zu.

Am nächsten Tag frühstückte ich mit Toni, Byron und Oliver, bevor diese zurück zu der Base von *Titan Racing* nach Italien flogen und von dort in wenigen Tagen weiter nach Abu Dhabi, zum letzten Grand Prix dieser Saison, aufbrechen würden.

Nachdem wir uns voneinander verabschiedet hatten, begann für mich ein Meetingmarathon, der mich bis zum späten Nachmittag in Schach hielt. Ich lernte das Projektteam kennen, das Grayson eigens für den Deal mit *Titan Racing* zusammengestellt hatte und verbrachte den Vormittag damit, sein Team in die Welt der *Serie del Rey*, der Königsklasse des Motorsports, sowie in die Welt von *Titan Racing,* einzuführen.

Am Nachmittag erarbeiteten wir Konzepte für die Umsetzung der – ausgesprochen ambitionierten – Ziele, die Grayson Parker von dieser Partnerschaft erwartete.

Besagter Oberboss ließ sich jedoch während des gesamten Tages nicht einmal blicken.

Nicht, dass mich das störte oder gar enttäuschte. *Absolut nicht.*

Und dass ich jedes Mal, wenn die Tür zum Konferenzraum sich öffnete, instinktiv die Schultern straffte und unauffällig meine Kleidung glättete, geschah definitiv nicht in der Hoffnung, dass sich der König von Las Vegas dazu erbarmte, wertvolle Minuten seiner Zeit mit seiner ergebenen Dienerschaft zu verbringen.

Jetzt, wo der Vertrag unter Dach und Fach war, sämtliche Ziele und Erwartungen klar und deutlich formuliert, gab es für Grayson Parker keinen Grund mehr, den Meetings noch länger beizuwohnen. Er würde sich darauf verlassen, dass sein handverlesenes Projektteam das Schiff sicher auf Kurs hielt.

»Miss Bennet, wie lief es heute?«, begrüßte mich Maxwell Parker, als ich gegen neunzehn Uhr das letzte Meeting beendete und den Korridor entlang zu den Aufzügen schritt.

Im Gegensatz zu seinem Bruder wirkte Maxwell im Umgang deutlich nahbarer und entspannter. Herzlicher. Menschlicher.

Dennoch hegte ich keinen Zweifel daran, dass es dem eleganten Wirtschaftsanwalt, der wie sein Bruder in Harvard graduiert hatte, in keinster Weise an Scharfsinn, Tüchtigkeit und Finesse fehlte.

»Ein gelungener Start«, antwortete ich diplomatisch und blieb stehen.

»Das freut mich. Ich begleite Sie zu den Aufzügen, kommen Sie.« Maxwell legte mir galant eine Hand ins Kreuz und führte mich zu den Fahrstühlen. Er sah seinem Bruder sehr ähnlich, wenngleich er weichere

Gesichtszüge und sanftere Augen besaß. »Haben Sie für den Rest des Tages noch Pläne, Miss Bennet?«, fragte er und betätigte den Knopf für mich.

»Ich werde einige Emails abarbeiten und mir dann irgendwo ein Takeaway holen, um mir im Schnelldurchlauf den Las Vegas Strip anzusehen.«

Maxwell lachte heiser. Er besaß ein schönes Lachen. Sympathisch. Angenehm.

Ich erwischte mich dabei, wie ich ihn ansah und überlegte, wie wohl Graysons Lachen klingen mochte. In den vergangenen drei Monaten, in denen wir teilweise mehrmals pro Woche miteinander kommuniziert hatten, wurde ich zwar hin und wieder Zeuge eines angedeuteten Lächelns, aber ein echtes Lachen schien dieser Mann nicht zu besitzen.

»Sie klingen wie mein Bruder. Dabei hätte ich es nicht für möglich gehalten, dass es ein weibliches Pendant zu ihm gibt.«

Als wäre das sein Stichwort, schwangen just in dieser Sekunde die Türen des Aufzugs auf, den Grayson mit seiner dominanten Aura vollkommen für sich beanspruchte.

Unsere Blicke trafen sich und ich erschauderte unter der aufgestauten Wut, die in seinen Augen loderte.

Instinktiv trat ich einen Schritt zur Seite, um ihm Platz zu machen und ärgerte mich im selben Moment maßlos darüber, dass er diese gebieterische Wirkung auf mich ausübte.

»Miss Bennet«, nickte er mir brüsk zu und marschierte ohne ein weiteres Wort an mir vorbei.

Ich zwang mich, ihm nicht hinterherzusehen und wandte mich stattdessen Maxwell zu, dessen Gesicht eine steile Sorgenfalte zierte.

Es stand mir nicht zu ihn zu fragen, ob alles in Ordnung sei.

Erstens ging es mich nichts an und zweitens würde er mir sowieso keine ehrliche Antwort geben.

Die Parker Brüder schienen exzellente Pokerspieler zu sein – in jeglicher Hinsicht.

»Also dann …«, versuchte ich Maxwells Aufmerksamkeit zu erregen und streckte ihm meine Hand entgegen. »Ich wünsche Ihnen einen schönen Abend.«

Maxwell blinzelte verwundert, fing sich dann jedoch wieder und setzte ein unverbindliches Lächeln auf. »Den wünsche ich Ihnen auch, Miss Bennet«, sagte er und verabschiedete sich mit einem höflichen Händedruck.

2

GRAYSON

»P robleme?«

Max steckte den Kopf zur Tür hinein und musterte mich fragend.

»Problem. Singular. Und was für eins ...«

Mein Bruder trat ein und lehnte sich mit hinter dem Rücken verschränkten Armen gegen die Tür. »Ich höre.«

»Das Orient Projekt ...« Ich brach ab, weil mir die Situation so lächerlich erschien, dass ich keine Worte dafür fand.

»Was ist damit?«

Maxwell klang alarmiert. Das war verständlich. Denn für die Finanzierung des Orient Projektes hatten wir uns weit aus dem Fenster gelehnt. Sehr weit.

In den letzten Monaten mussten wir lukrative Geschäfte sausen lassen, um uns gezielt auf dieses

Projekt zu konzentrieren. Nicht nur das: Massenweise Ressourcen waren in die Vorbereitung geflossen.

Zeit. Geld. Energie.

Wir hatten auf volles Risiko gesetzt.

Warum?

Weil das Orient Projekt ein Milliardengeschäft war.

Keine Millionen.

Milliarden.

Aus einem Haufen Sand mitten in der Wüste im Orient würde ein Megaluxusresort entstehen. Hotels, Restaurants, Spas, Shopping, Freizeitparks … einfach alles, was die Herzen der Menschen, die es sich leisten konnten, begehrten.

Zusammen mit zwei weiteren Luxushotelketten hatten wir es bis in die Endauswahl der Projektpartner geschafft. Da *Parker Resorts & Spas* in dieser Final-gruppe das einzige Unternehmen mit Sitz in den USA verkörperte, erschien es mir logisch, dass wir den Zugriff erhalten sollten.

Die saudischen Prinzen wollten den amerikani-schen Luxus exportieren? Wieso also nicht mit den Leuten zusammenarbeiten, die das Knowhow, das Insiderwissen und die Mittel besaßen, ihnen genau das zu bieten.

Allerdings hatte ich bei meiner Einschätzung ein wichtiges Detail außer Acht gelassen.

Tradition.

Die Prinzen, denen das Land gehörte und die das Projekt finanzieren würden, legten enormen Wert auf intakte soziale Bindungen. Traditionen waren ihnen heilig. Eine Vorzeigeehe unantastbar.

Alles gut und schön. Ich respektierte diese Einstellung, solange ich dabei tun und lassen konnte, was ich wollte.

Aber genau da lag das Problem.

»Sie geben uns den Zuschlag ...«

Maxwell riss überrascht die Augen auf und stieß sich von der Wand ab. »Aber das ist doch grandios. Damit haben wir in diesem und in den nächsten einhundert Leben ausgesorgt. Das müssen wir feiern. Jetzt gleich!«

»Dass es ein Problem gibt, hast du eben schon verstanden, oder?« Ich trommelte ungeduldig mit den Fingern auf die Tischplatte vor mir.

»Sie geben uns den Zuschlag für das Orient Projekt. Damit entferne ich mit sofortiger Wirkung das Wort ,Problem' auf ewig aus meinem Repertoire«, gluckste Maxwell.

»Sie geben uns den Zuschlag, wenn ich eine ehrbare Ehefrau präsentiere, die mich liebt und respektiert.«

Maxwell entfuhr ein erheiterter Laut. Dann noch einer. Und noch einer. Schließlich brach er in schallendes Gelächter aus.

»Der war gut«, prustete er und hielt sich den Bauch vor Lachen. »Beinahe hätte ich dir diesen Schwachsinn geglaubt, Gray.«

»Ich stimme dir zu: Es ist Schwachsinn. Vollkommener Schwachsinn. Doch leider Gottes habe ich mir das nicht ausgedacht. Das Angebot ist an diese Bedingung geknüpft.«

Mein schneidender Tonfall ließ Max verstummen.

Wortlos und mit offenem Mund sah er mich an.

»*Was?*«

»Das ist kein Scherz?«

»Nein.«

»Du meinst das ernst?«

»Sehe ich so aus, als würde ich mir einen Spaß erlauben?«

»Also ich ... kann das nicht glauben.«

»Die meinen das todernst, Max.« Ich schnaubte verächtlich und fasste mir in einem kläglichen Versuch, meine pochenden Kopfschmerzen zu lindern, an die Nasenwurzel.

»Aber wieso?«

»Weil es ein Vorzeigeprojekt ist. Für die Prinzen. Für die Nation. Für die ganze beschissene Welt, die es in den Medien sieht und darüber Bauklötze staunen wird. Deshalb muss das Image passen. Sie wollen einen Saubermann an ihrer Seite. Gut situiert. Eloquent. Gebildet. Human. Verantwortungsbewusst. Verheiratet. Einen erfolgreichen Geschäftsmann, der die westlichen Werte verkörpert, die die Menschen im Osten respektieren und als ehrbar erachten.«

»Das klingt so gar nicht nach dir.«

»Ich lasse mir dieses Projekt nicht durch die Lappen gehen«, knurrte ich. »Auf gar keinen Fall.«

»Und wie willst du die Prinzen überreden, dir als überzeugtem Single den Zuschlag zu erteilen?«

»Indem ich ihre Bedingung erfülle. Ich werde heiraten.«

»Du und heiraten?«

»Warum sagst du das so, als ob ich dir gerade

erzählt hätte, dass ich morgen zum Mars fliege, um dort nach außerirdischem Leben zu suchen?«

»Weil es ungefähr auf dasselbe hinausläuft, Gray. Du und heiraten …das ist …«

»… die einzige Lösung, unseren Traum zu verwirklichen. Wenn wir den Zuschlag für dieses Projekt erhalten, wird jeder in der Branche unseren Namen kennen und ihn voller Ehrfurcht aussprechen.«

»Nehmen wir mal für eine Sekunde an, diese Idee wäre nicht vollkommen absurd, abwegig und hirnrissig: Wen bitteschön willst du heiraten? Wir sind uns doch wohl einig, dass es in deinem Leben keine einzige Frau gibt, die dafür in Frage käme. Oder besitzt du eine heimliche Freundin, von der ich nichts weiß?«

»Schwachsinn. Für diesen ganzen Beziehungskram fehlt mir die Zeit. Das weißt du.«

»Okay. Das bedeutet also …«

»Das bedeutet, dass ich eine Scheinehe eingehe, die nach außen hin vollkommen echt wirken muss.«

»Gray. Jetzt mal ehrlich. Die Prinzen sind nicht dumm. Wenn du von heute auf morgen eine Frau auf die Bildfläche zauberst, werden sie misstrauisch werden.«

»Du hast recht. Es muss jemand sein, den ich schon länger kenne und mit dem mich die Menschen in meinem Umfeld zusammen gesehen und erlebt haben.«

»Da fällt mir niemand ein. Dein Assistent ist intelligent und auf Zack. Allerdings ist er ein Mann. Deine Bettgeschichten sind topsecret und wenn ich das anmerken darf, alles andere als orientalisches Heiratsmaterial. Und deine Geschäftspartner, tja die sind allesamt männlich oder bereits verheiratet.«

Ich lehnte mich in meinem Sessel zurück und dachte über die Worte meines Bruders nach.

»Es gibt in Las Vegas bestimmt eine Agentur, die Fake-Ehefrauen vermittelt«, überlegte ich laut. »Man bekommt in dieser Stadt doch so ziemlich alles. Wieso also nicht auch eine Scheinehefrau?«

»Wenn man dich reden hört, könnte man glatt meinen, dass du die letzten Jahre in einer Polarstation in der Arktis und nicht in Vegas gelebt hast. Du weißt, dass dich so ein Scheiß erpressbar macht. Wir müssten den Kreis der Mitwisser so klein wie möglich halten und eine windige Agentur, die bei deinem Namen das große Geld wittert, ist da keine gute Idee. Mal abgesehen davon, dass die Frauen, die sich auf sowas einlassen wahrscheinlich gute Gründe dafür haben. Ich sage nur Schulden, dubiose Exfreunde und Drogen. Mir scheint, als hättest du schon genug Probleme. Also bürde dir nicht noch mehr davon auf.«

»Hast du einen besseren Vorschlag?«, herrschte ich meinen Bruder an, obwohl ich wusste, dass er den Nagel auf den Kopf traf.

»Es muss eine Frau sein, die dir das Wasser reichen kann.«

»Warum?«

»Weil es nicht genügen wird, dass sie hübsch an deinem Arm hängt und die Prinzen dümmlich anlächelt. Sie muss wissen, wie man sich in deinen sozialen Kreisen und in den orientalischen Kulturen bewegt. Sie sollte sprachgewandt sein. Nicht auf den Kopf gefallen. Kultiviert. Gebildet. Gepflegt.«

»Du hast soeben die weibliche Version von Grayson Parker beschrieben, Max. So jemanden kenne ich aber nicht.«

»Die weibliche Version von Grayson Parker«, murmelte Max und rieb sich das Kinn. Dann sah er auf und seine Augen sprühten geradezu vor Elan. »Ich hab's!«

»Ach ja?« Ich zog skeptisch die Stirn kraus.

»Dakota Bennet«, sagte Maxwell triumphierend.

»Dakota Bennet?«

»Dakota Bennet! Die Frau ist dein weibliches Pendant.«

»Inwiefern?«

»Sie ist intelligent. Zielstrebig. Ehrgeizig. Erfahren. Sie liebt ihren Job. Sie ist extrem erfolgreich in dem, was sie tut. Sie muss sich jeden Tag mit Sponsoren sämtlicher Kulturen und Geschäftsgebiete auseinandersetzen: Banken, Luxusgüter, Öl- und Chemiekonzerne, Tech-Schwergewichte. Sie ist es gewohnt, mit CEOs und CFOs zu sprechen und zu verhandeln. Sie ist wortgewandt, taff, charmant und falls du keine Tomaten auf den Augen hast, wirst du mitbekommen haben, dass sie zudem verdammt attraktiv ist.«

»Ich empfinde sie vor allem als nervig«, brummte ich.

Aber natürlich war ich nicht blind. Dakota Bennet war nicht nur attraktiv, sondern auch wunderschön, gebildet und - zu meinem täglichen Leidwesen - extrem heiß. Vor allem in ihren figurbetonten Businesskostümen und mit den streng zurückgebundenen, blonden Haaren.

»Weil sie dir auf Augenhöhe begegnet. Du hast Angst, dass ihre Management-Fähigkeiten die deinen übersteigen könnten.«

»Bullshit!«

»Mach dir nichts vor, Gray. Dakota Bennet schüchtert dich ein. Deshalb gehst du sie auch immer so grob an.«

»Wenn das, was du über sie sagst, stimmt, wird sie sich wohl kaum auf eine Fake-Ehe mit mir einlassen. *Titan Racing* wird sie gut bezahlen. Sie ist bereits Chefin der Sponsorenabteilung. Weiter nach oben kann es für sie also nicht mehr gehen. Und ja, sie sieht phänomenal aus. Das gebe ich zu. Aber genau aus den soeben genannten Gründen hat sie es nicht nötig, eine Scheinehe einzugehen.«

»Du könntest ihr ein paar Millionen Dollar anbieten.«

»Erscheint sie dir wie eine Frau, die sich für ein paar Millionen Dollar kaufen lässt?«

»Nein.« Maxwell seufzte resigniert.

»Eben.«

»Was wäre, wenn sie dringend Geld benötigt? Viel Geld?«

»Warum sollte sie dringend Geld brauchen?«

Max zuckte die Achseln. »Krankheitsfall in der Familie? Die Kosten für Therapien, Operationen und Heimplätze sprengen schnell mal den Rahmen.«

»Wir finden also heraus, ob sie in Schwierigkeiten

steckt und nutzen ihre Notsituation aus, um dadurch an unser Ziel zu gelangen?«

»Wenn du es so krass ausdrücken willst, ja«, gab Maxwell abgeklärt zurück. »Letztendlich wäre es doch eine *Win-Win*-Situation für euch beide: Du bekommst den Zuschlag und sie ist finanziell auf ewig abgesichert. Dafür muss sie lediglich ab und an in der Öffentlichkeit deine Ehefrau mimen. Außerdem könnt ihr euch eine Weile nach der Zusage des Orient Projektes wieder scheiden lassen.«

»Was, wenn sie nicht auf das Geld angewiesen ist?«

»Dann überlegen wir uns einen neuen Plan. Bevor wir uns darüber jedoch den Kopf zerbrechen, solltest du vorfühlen, ob unser eigentlicher Plan funktionieren könnte.«

»Und wie soll ich das deiner Meinung nach anstellen?«

»Indem du ausnahmsweise mal nett zu ihr bist und sie zum Essen ausführst. Denn zufälligerweise weiß ich, dass sie sich heute Abend den Las Vegas Strip ansehen will.«

»Muss das sein?«

»Morgen Nachmittag reist sie ab. Ich sehe in dem heutigen Abend also unsere einzige echte Chance. Aber hey, du musst selbst entscheiden, wie wichtig dir das Orient Projekt ist, Gray.«

3
DAKOTA

»Miss Bennet, Sie gehen aus?«

Ich sah von meinem Handy auf, direkt in die Augen des Mannes, den ich heute eigentlich nicht mehr zu sehen gehofft hatte.

»Das wäre zu viel gesagt, Mr. Parker. Ich möchte mir nur ein schnelles Abendessen in einem *Takeaway* holen.«

»Da haben Sie einen freien Abend in Las Vegas zur Verfügung und geben sich mit einem *Takeaway* zufrieden?« Er belächelte mich mitleidig, wofür ich ihm am liebsten einen Tritt in seinen knackigen Allerwertesten verpasst hätte.

»Ich habe vor dem nächsten Rennen noch einiges aufzuarbeiten. Deshalb kann ich mir keine großen Ausflüge erlauben.«

»Auch nicht mit dem CEO einer Ihrer größten Sponsoren?«

»Sprechen Sie etwa von sich, Mr. Parker?«

»Sehen Sie hier außer mir noch einen anderen CEO, Miss Bennet?«

Ich sah mich demonstrativ um, was er mit einem belustigten Schnauben quittierte.

»Sie wirken überrascht, Miss Bennet.«

»Das liegt daran, dass ich mich frage, wieso Sie Ihre wertvolle Zeit ausgerechnet mit mir verbringen wollen, statt Ihr Imperium, frei nach dem Motto *Money Never Sleeps,* zu vergrößern.«

Grayson Parker schenkte mir ein entwaffnendes Lächeln. »Essen muss jeder, nicht wahr? Wieso tun wir das nicht gemeinsam? Ich kenne da ein exzellentes italienisches Restaurant direkt am Strip.«

Ich versuchte mir nicht anmerken zu lassen, wie sehr mich sein freundlicher Ton und seine unverhoffte Einladung aus dem Konzept brachten.

Meiner ersten Eingebung folgend wollte ich das Angebot ausschlagen. Der Tag, der hinter mir lag, war anstrengend genug gewesen. Da brauchte ich zu später Stunde nicht noch eine geballte Dosis von Grayson Parkers unerträglicher Arroganz.

Andererseits handelte es sich bei Grayson Parker um den CEO unseres demnächst zweitgrößten Sponsors. Eine Einladung von ihm abzulehnen erschien mir wenig förderlich im Hinblick auf unsere zukünftige Geschäftsbeziehung.

Ich seufzte kapitulierend. »Danke für das Angebot. Ich begleite Sie gern«, gab die professionelle Dakota in mir nach und erwiderte sein Lächeln.

Er nickte zufrieden und platzierte seine Hand völlig

selbstverständlich auf meinem unteren Rücken. Hitze schoss durch meinen Körper, wie die glühend heiße Lava eines brodelnden Vulkans. Ich ignorierte beharrlich die zigtausenden von Nadelstichen, die sich von seiner Hand durch den Stoff meines auf einmal viel zu dicken Pullovers, bis hin zu den Nerven meiner Wirbelsäule brannten.

Vor dem Hotel wartete bereits Grayson Parkers Limousine samt Fahrer. Das war nicht weiter ungewöhnlich. Die meisten CEOs hielten ihre Chauffeure stets auf Abruf. Denn Zeit war bekanntlich Geld.

Während der kurzen Fahrt versuchte ich nicht allzu fasziniert und angetan von der bunten Glitzerwelt zu wirken, die sich auf der anderen Seite der Fensterscheibe abspielte.

Grayson hüllte sich indes in nachdenkliches Schweigen.

Der Typ machte mir vielleicht Spaß. Erst lud er mich zum Essen ein und dann sagte er kein Wort.

Na mir sollte es recht sein. Je weniger er sprach, desto geringer standen die Chancen, dass ich mich erneut über ihn und seine altkluge Art aufregen würde.

Unmittelbar vor dem nachgebauten Eiffelturm des *Paris* Hotels hielt der Wagen.

Der Chauffeur öffnete zuvorkommend meine Tür und entließ mich in die verrückte Scheinwelt dieser einzigartigen Stadt. Ich drehte mich unauffällig um die eigene Achse und unterdrückte ein breites Grinsen. Zu meiner Linken befand sich das Replikat des wohl romantischsten Wahrzeichens von Paris und zu meiner Rechten erhob sich in goldenem Scheinwerferlicht das majestätische und gleichermaßen pompöse *Bellagio* Hotel mit seinen weltberühmten Wasserfontänen.

Wahnsinn.

Ich konnte mein Erstaunen über die atemberaubende Fakewelt, die in Las Vegas erschaffen wurde, nur schwer verbergen.

Grayson Parker führte mich zu einem vornehmen Restaurant, das sich auf einem Plateau unweit des Eiffelturms befand. Von dort bot sich den Besuchern ein fantastischer Ausblick auf das auf der gegenüberliegenden Straßenseite thronende *Bellagio* Hotel. Allein für diese einmalige Aussicht lohnte es sich, hier einzukehren.

»Lassen Sie mich raten: Das Restaurant gehört Ihnen?«, mutmaßte ich, während ich mich anerkennend in dem schicken Lokal umsah.

»Das tut es, ja«, gab Grayson unbeeindruckt zurück und winkte eine der tüchtigen Kellnerinnen herbei, die uns selbstredend den besten Platz auf der weitläufigen Terrasse des Restaurants zuwies.

»Was trinken Sie, Miss Bennet?«

Grayson Parker hatte der Menükarte, die uns die Kellnerin gereicht hatte, keinerlei Beachtung geschenkt.

Mir dafür umso mehr.

Das wiederum sorgte dafür, dass die Buchstaben auf der Karte, die ich in den Händen hielt, nicht den geringsten Sinn ergaben und ich nach einer Weile gefrustet aufgab.

»Was empfehlen Sie mir?«, rettete ich mich aus

meiner peinlichen Situation und legte die Karte mit leicht zitternden Händen zurück auf den Tisch.

»Der *Virgin Vegas* ist eine neue Kreation und kommt gut bei den Restaurantbesuchern an.«

»*Virgin Vegas?*« Meiner Kehle entschwand ein amüsiertes Kichern.

»Gefällt Ihnen der Name nicht?«

»Ändern Sie ihn um, falls er das nicht tut?«

»Lassen Sie es darauf ankommen«, forderte er mich heraus.

Ich hob abwehrend die Hände. »Lieber nicht. Ich vertraue Ihrem Urteilsvermögen und nehme einen *Virgin Vegas.*«

»Gute Wahl. Dazu *Spaghetti Cacio e Pepe?*«

»Klingt lecker«, stimmte ich zu. »Sie verstehen Ihr Handwerk als Restaurantbesitzer.«

»Das will ich schwer hoffen«, gluckste Grayson und bestellte uns identische Drinks und identisches Essen.

»Worauf stoßen wir an?«, fragte ich, als die Kellnerin unsere Cocktails servierte.

»Auf einen schönen Abend in guter Gesellschaft?«

Bildete ich mir das in meiner gnadenlosen Überarbeitung nur ein, oder war die angespannte Stimmung zwischen uns tatsächlich einem neckischen, kleinen Flirt gewichen?

»Sie halten mich für gute Gesellschaft?« In meiner Stimme schwang ein ungläubiger Unterton.

»Sind Sie das denn nicht, Miss Bennet?«

»Tja, das werden Sie schon selbst herausfinden

müssen, Mr. Parker«, entgegnete ich achselzuckend und stieß mein Glas gegen das seine.

»Herausforderung angenommen«, sagte er, nachdem er einen Schluck getrunken und das Glas vor sich abgestellt hatte. »Am besten fangen wir damit an, dass wir uns duzen. Schließlich sind wir ab sofort Geschäftspartner. Es sei denn, Sie siezen die CEOs Ihrer anderen Sponsoren ebenfalls?«

»Nein, wir sind alle per Du«, antwortete ich verwundert.

Meine Verwirrung über die plötzliche Wandlung von Grayson Parker, der aus heiterem Himmel nach monatelanger arktischer Kälte wie aus dem Nichts menschliche Züge annahm, stieg mit jeder Minute.

»Na dann: Grayson.«

»Dakota«, erwiderte ich und genehmigte mir einen weiteren Schluck meines Cocktails.

»Erzähl mir etwas über dich, Dakota.«

»Was willst du wissen?«

»Was sollte ich denn über dich wissen?«

»Die Kurzversion? Ich bin in Charlotte in North Carolina geboren und aufgewachsen.«

»Daher stammt das Interesse am Motorsport?«

Ich nickte. »Genau. *NASCAR* gehört zu North Carolina, wie die Casinos zu Las Vegas.«

»Interessant. Du bist also ein *East Coast Girl*.«

»Du hast es erfasst«, zwinkerte ich. »Nach der Schule bin ich an die *Duke* und habe dort *International Business* studiert.«

Grayson riss erstaunt die Augen auf. »Du hast an der *Duke* studiert?«

Ich trank einen großzügigen Schluck von dem köstlichen Drink, um meine Verärgerung über Graysons überraschte Reaktion zu überspielen. Dieser Cocktail schmeckte aber auch zu gut. Und das ganz ohne Alkohol.

»Warum sagst du das so, als würde es dich verwundern?«

»Die *Duke* gehört zu den zehn besten Universitäten des Landes.«

»Das ist richtig. Aber es beantwortet nicht meine Frage. Deinem Tonfall nach zu urteilen, könnte man jedoch fast meinen, du traust mir ein Studium an der *Duke* nicht zu.«

Ich hob den Arm und bestellte einen weiteren *Virgin Vegas* bei der eifrigen Kellnerin, die unseren Tisch stets im Blick behielt. Da Grayson sein Glas bisher kaum angerührt hatte, lehnte er dankend ab.

»Das ist es nicht. Ich habe es nur nicht erwartet.«

»Was hast du denn erwartet, Grayson?«

»Ehrlich gesagt weiß ich es nicht.«

Ich schwieg und sah hinüber zu dem beleuchteten *Bellagio*, wo in diesem Moment die Wasserfontänen unter der Melodie von »Lucy in the Sky with Diamonds« von den *Beatles* in dem riesigen Becken vor dem gigantischen Hotel tanzten.

»Ich wollte dich nicht beleidigen, Dakota. Tut mir leid.«

»Schon vergessen.« Doch das entsprach nicht der Wahrheit.

Dass Grayson Parker mich offenbar nicht für intelligent genug hielt, um an einer der Topuniversitäten

Amerikas zu studieren, wurmte mich. Keine Ahnung, warum es mich interessierte, was dieser arrogante, abgehobene CEO von mir hielt. Aber dass er mich offenkundig erheblich unterschätzte, tat weh.

»Wie bist du nach der Uni in die *Serie del Rey* gekommen?«, überging er die geladene Atmosphäre zwischen uns.

»Ich habe zunächst ein paar Jahre für ein Team in der *NASCAR* gearbeitet und bei einem Event den Teamchef von *Titan Racing* als VIP-Gast betreut. Er hat mir kurz darauf ein Angebot gemacht, das ich nicht ablehnen konnte. Also habe ich meine Koffer gepackt und bin nach Europa gezogen, um mich bei *Titan Racing* in der *Serie del Rey* die Karriereleiter hochzuarbeiten.«

»Und hast es dort bis zur Direktorin der Sponsorenabteilung geschafft.«

»Vor drei Jahren, genau.«

»Was ist mit deiner Familie? Lebt sie nach wie vor in North Carolina?«

»Ja, das tut sie.«

»Und die Distanz zwischen Europa und Amerika ist für deine Eltern und dich kein Problem? Selbst im fortschreitenden Alter?«

Grayson durchbohrte mich regelrecht mit seinem wachsamen Blick, so als könne er meine Antwort von den Lippen ablesen, noch bevor ich sie aussprach.

Seine seltsame Art von Smalltalk, gepaart mit dem plötzlichen Interesse an meiner Person, ließ mich zügig meinen zweiten Cocktail leeren.

»Noch einen, bitte«, bat ich die Bedienung.

»Das ist bereits dein dritter *Virgin Vegas* innerhalb einer halben Stunde. Möchtest du vielleicht lieber ein Glas Wasser?«, erkundigte sich Grayson vorsichtig.

»Nein, danke. Der *Virgin Vegas* ist wirklich ausgezeichnet. Ich kann kaum glauben, dass er keinen Alkohol enthält. Dabei schmeckt er so authentisch. Ich fühle mich ehrlich gesagt sogar ein wenig beschwipst. Ist das ein Pseudoeffekt?«

»Wieso denkst du ...«, setzte Grayson an, doch ich unterbrach ihn, bevor er seinen Satz beenden konnte.

»Meine Eltern sind topfit. Von daher ist die Distanz kein Problem, nein. Außerdem besuche ich sie, wann immer es geht, zwischen den Rennen und sie verbringen regelmäßig einen Teil des Sommers bei mir in Italien.«

Die Kellnerin servierte mir den nächsten *Virgin Vegas* und ich sandte ein stilles Stoßgebet zum Himmel, als kurz darauf die Pasta aufgetischt wurde und ich Graysons Inquisition für ein paar Minuten entgehen konnte.

Schweigend aßen wir die Spaghetti, die schmeckten, als kämen sie auf direktem Wege aus Italien und ließen den Zauber der Fontänen, die sich rhythmisch zu den romantischen Klängen von *Andrea Bocellis* »Con te Partirò« in gold, blau und lila bewegten, auf uns wirken.

Würde ich nicht ausgerechnet mit dem Mann an diesem Tisch sitzen, den ich zwar unerhört attraktiv, aber gleichzeitig unerträglich selbstgefällig fand, wäre dieser Abend in höchstem Maße romantisch und vollkommen gewesen.

»Wollen wir einen Spaziergang über den Strip machen?«, schlug Grayson vor, als unsere Teller abgeräumt wurden und ich meinen dritten Cocktail geleert hatte.

»Musst du nicht zurück in dein Büro und weiterarbeiten?«

»Musst du denn zurück?«, konterte er gelassen.

»Eigentlich schon.«

»Und uneigentlich?«

»Uneigentlich könnte ich mir möglicherweise einen klitzekleinen Ausflug über den Strip erlauben.«

»Wenn das so ist, nichts wie los.« Grayson schob seinen Stuhl zurück und erhob sich.

Ich tat es ihm gleich und fiel beinahe der Länge nach hin, weil sich plötzlich alles um mich herum zu drehen begann.

»Was ist mit dir?« Mit zwei Schritten erreichte er mich und griff zielsicher nach meinem Arm.

»Mir ist schwindelig.«

»Das liegt wahrscheinlich am Alkohol.«

»*Am Alkohol?* An welchem Alkohol?«

»Na an dem Alkohol, der sich in den *Virgin Vegas* befand, die du in Rekordgeschwindigkeit gebechert hast«, lachte er leise.

»Da war *Alkohol* drin?«, rief ich entrüstet.

»Natürlich war da Alkohol drin. Was denkst du denn?«

»Alle Cocktails, die *Virgin* im Namen tragen, enthalten keinen Alkohol. Das ist eine ungeschriebene Regel, um nicht zu sagen ein Gesetz. *Virgin Colada, Virgin Mary, Virgin Daiquiri* ...«

»Was soll ich sagen ...« Grayson verkniff sich ein Grinsen. »In Las Vegas gelten eben andere Regeln und Gesetze.«

»Na wunderbar«, stöhnte ich. »Da ich so gut wie keinen Alkohol vertrage, ohne dass ich mich in eine ausgesprochen peinliche Person verwandele, die du nicht kennenlernen willst, fahren wir am besten auf direktem Wege zum Hotel zurück.«

»Vielleicht will ich diese peinliche Person ja kennenlernen«, stichelte er.

Ich warf ihm einen tadelnden Blick zu. »Willst du nicht. Glaub mir. Lass uns lieber fahren.«

»Bist du sicher?«

»Ja, bitte. Sonst kann ich für nichts garantieren.«

Grayson presste bedauernd die Lippen aufeinander. »Okay, wie du möchtest. Ich rufe meinen Chauffeur. Er wird uns abholen.«

4

GRAYSON

Eigentlich sollte ich mich ärgern. Ich hatte die letzten beiden Stunden damit verbracht, mich im Schneckentempo durch den nächtlichen Verkehr von Las Vegas zu schlängeln und in einem meiner Restaurants eine geschlagene halbe Stunde auf das Essen gewartet, das ich mir problemlos in mein Büro hätte liefern lassen können. Ohne unproduktive Wartezeit.

Zwei Stunden hatte ich an diesem Abend verloren.

Zwei Stunden, in denen man eine Menge an Arbeit bewältigen konnte.

Dennoch verspürte ich wider Erwarten keinen Groll über die vergeudete Zeit. Im Gegenteil. Ich fühlte mich ungewohnt entspannt und beschwingt, um nicht zu sagen, motiviert. Vergeudete Zeit sah anders aus. Und das, obwohl sich mein Plan, Dakota das Angebot einer Scheinehe mit mir zu unterbreiten, schwieriger gestaltete als erhofft.

Woher bloß rührte dieses seltsame Hochgefühl? Was versetzte mich in diesen *Zen*-Zustand? Oder sollte ich besser fragen, wer?

Ich konnte mich nicht erinnern, wann ich das letzte Mal einfach nur dagesessen und die Eindrücke meiner Umgebung auf mich wirken gelassen hatte. Ich wusste nicht einmal, ob ich jemals zwanglos als Gast in einem meiner Lokale gespeist hatte, statt hochkonzentriert mit Geschäftspartnern über den nächsten Deal zu verhandeln.

Zum ersten Mal seit Jahren erlaubte ich mir an diesem Abend durchzuatmen. Zu genießen. Nichts zu tun. Und das ausgerechnet mit Dakota Bennet, der nahezu unerträglich ehrgeizigen und zielstrebigen Karrierefrau von *Titan Racing*.

Ich verstand nicht, warum ich ihr allen Ernstes angeboten hatte, zusammen den Las Vegas Strip zu erkunden. Und zwar *nachdem* feststand, dass es für sie finanziell betrachtet keinen Grund gab, sich auf eine Fake-Ehe mit mir einzulassen.

Wieso hatte ich trotzdem weiterhin Zeit mit ihr verbringen wollen?

Seit Jahren war ich nicht mehr zu Fuß den Strip entlang spaziert.

Wieso also ausgerechnet jetzt? Und wieso um Himmels Willen mit Dakota?

Wahrscheinlich hatte ich insgeheim gehofft, so doch noch eine Möglichkeit zu finden, meinen Heirats-plan in die Tat umzusetzen und mir den *Orient Deal* zu sichern. Warum sonst sollte ich freiwillig mehr Zeit mit der Überfliegerin verbringen wollen?

»Mr. Parker! Gut, dass Sie da sind«, begrüßte mich der Hotelmanager des Resorts, als wir aus dem Wagen stiegen.

»Was gibt es, Douglas?«

»Heute Abend findet im Hotel die Hochzeit von Mr. Price statt und ich dachte mir, dass Sie womöglich mit dem Hochzeitspaar anstoßen möchten? Es ist eine unserer teuersten Hochzeiten in diesem Jahr und sie haben sich nach Ihnen erkundigt ...«

»Gut mitgedacht, Douglas. Vielen Dank«, lobte ich meinen Mitarbeiter, der sich sichtlich darüber zu freuen schien.

»Im Hotel kann man heiraten?« Dakota sah sich neugierig in der Lobby um.

»Selbstverständlich. Bei all den Ehen, die im Jahr in Las Vegas geschlossen werden, ist das ein äußerst profitables Geschäft.«

»Für dich ist alles ein Geschäft, oder?«

»Warum klingt das aus deinem Mund so abwertend?« Ich warf ihr einen scharfen Seitenblick zu, der zu meiner Verärgerung mühelos an ihr abprallte.

»Tut es das?« Sie bedachte mich mit einem unschuldigen Lächeln.

»Ja, das tut es.«

»Kann ich die Hochzeitslocation mal sehen?«, wechselte sie das Thema und reckte ihren filigranen Hals.

»Warum? Stehst du auf Hochzeiten?« Neue Hoffnung keimte in mir auf, während ich gebannt auf Dakotas Antwort wartete.

»Klar. Wer tut das nicht? Ich sehe anderen total gern dabei zu, wie sie mit ihrem Seelenverwandten den Bund fürs Leben eingehen. Wo sonst kann man das Glück förmlich mit den Händen fassen?«

»Du siehst also gern zu. Und wie fändest du es, selbst die Rolle der Braut einzunehmen?«

Dakota schnaubte verächtlich. Ihre Miene zeugte von Bitterkeit. »Heiraten ist nichts für mich.«

»Warum ist Heiraten nichts für dich?«

»Weil ich dazu den richtigen Partner finden müsste. Und um den richtigen Partner zu finden, fehlt mir die Zeit.«

»Ich habe das Gefühl, dass du mir nur die halbe Wahrheit sagst«, bohrte ich tiefer.

»Ach was! *Du* hast Gefühle?« Dakota biss sich ertappt auf die Zunge und riss erschrocken die Augen auf. »Tut mir leid. Der Alkohol lässt mich zu dieser überaus direkten, indiskreten und peinlichen Person mutieren, die ich nicht kontrollieren kann. Ich gehe jetzt besser. Danke für das Abendessen.«

»Warum begleitest du mich nicht zu der Hochzeit von Mr. und Mrs. Price?«, hielt ich sie auf.

»*Ich*?«

»Ja, du.«

»Wieso ich?«

»Na weil du mir vor einer Minute erzählt hast, dass du anderen total gern dabei zusiehst, wie sie mit ihrem Seelenverwandten den Bund fürs Leben eingehen.«

»Das stimmt zwar, aber dieses Mal verzichte ich wohl besser«, antwortete Dakota bedauernd.

»Du lässt dir eine Hochzeit in Las Vegas entgehen?«

»Ich habe noch zu arbeiten.«

»Ich ebenfalls. Doch glücklicherweise dauern Hochzeitszeremonien in Las Vegas in der Regel nicht lange. Außerdem kannst du mich nach dem, was du mir eben unterstellt hast, nicht einfach im Regen stehen lassen.«

»Nach dem, was ich dir eben unterstellt habe?«, echote sie.

»Dass ich keine Gefühle habe.«

»Ich habe nicht gesagt, dass du keine Gefühle hast ...«

»Du hast mich *gefragt*, ob ich Gefühle *habe*, was auf dasselbe hinausläuft.«

»Du bist extrem spitzfindig, Grayson Parker.«

»Na das sagt die Richtige.«

»Selbst *wenn* du mit deiner Behauptung recht hättest und ich sage nicht, *dass* du recht hast, bin ich wohl kaum angemessen für eine Hochzeit angezogen.« Zweifelnd sah sie von ihrem warmen Pullover zu ihren figurbetonten Jeans. »Und ich habe auch nichts Passendes in meinem Koffer, das einer Hochzeit angemessen ist.«

»Wenn deine Garderobe unser einziges Problem ist, betrachte es als gelöst.« Ich zog die überrascht dreinblickende Dakota mit mir zu einer der eleganten Designer Boutiquen im weitläufigen Erdgeschoss des Hotels und winkte eine der Verkäuferinnen herbei.

»Wir müssen in fünf Minuten zu einer Hochzeit. Suchen Sie für Miss Bennet bitte ein paar passende Kleider heraus. Ich möchte, dass sie die freie Auswahl hat.«

»Natürlich, Mr. Parker.« Die Verkäuferin musterte Dakota prüfend, um ihre Maße abzuschätzen und eilte dann zu den Umkleidekabinen.

»Was wird das hier?« Misstrauisch beäugte mich Dakota von der Seite.

»Ich kaufe dir ein Kleid. Ist das nicht offensichtlich?«

»Ich will nicht, dass du mir ein Kleid kaufst. Schon gar kein Designer Kleid für …« Dakota drehte das Etikett einer der Roben um und zuckte zusammen. »… dreitausend Dollar.«

»Und warum nicht?«

»Weil das *seltsam* ist, Grayson. Jetzt tu nicht so, als wäre das nicht vollkommen bizarr und unangebracht.«

»Mr. Price ist einer unserer treusten und besten Kunden. Ich komme also nicht umher, bei seiner Hochzeit vorbeizuschauen, wenn er es sich ausdrücklich wünscht.«

»Was hat das mit mir zu tun?«, zischte sie leise, sodass die Verkäuferin es nicht hören konnte.

»*Du* bist meine Begleitung und bewahrst mich vor all den nervigen Single- und Nichtsingle-Frauen, die sich mir bei solchen Veranstaltungen stets und ständig an den Hals werfen. Sieh es also als ein Geschäft: Du gibst *mir* etwas. Ich gebe *dir* etwas.«

»Meine Zeit und meine Gesellschaft sind kein Geschäft, Grayson. Man kann sie sich nicht erkaufen.«

Ich hob provokativ eine Augenbraue. »Ach nein? Für zwanzig Millionen Dollar im Jahr anscheinend schon«, spielte ich auf den Deal zwischen *Parker Resorts & Spas* und *Titan Racing* an.

»Das ist etwas völlig anderes.«

»Ist es das?«

»Ja, ist es. Das ist ein vertraglich geregeltes Geschäft zwischen meinem Arbeitgeber und deiner Firma. Meine Begleitung als Privatperson zu dieser Hochzeit kannst du nicht als Geschäft deklarieren.«

»Wer von uns beiden ist jetzt spitzfindig?« Ich überkreuzte triumphierend die Arme vor der Brust, als Dakota ertappt ihre vollen Lippen aufeinanderpresste und ein leichter Rotton sich wie ein dezentes Rouge über ihre Wangen legte.

»Also schön.«

»Also schön, was? Begleitest du mich?«

»Ja, ich begleite dich. Eine Stunde. Danach bist du auf dich allein gestellt. Und das wird nicht billig für dich.«

Ich verkniff mir ein Lächeln. »Du hast fünf Minuten, um meine Kreditkarte zum Glühen zu bringen.«

»Wie großzügig«, spottete sie und folgte der Verkäuferin zu den Umkleidekabinen.

5
DAKOTA

Ich entschied mich für ein einarmiges, enganliegendes, royalblaues Kleid, das mir bis zu den Knien reichte. Es konnte mit Hilfe eines durchgängigen Reißverschlusses, der von meinen Kniekehlen bis zu meinem Nacken reichte, geöffnet und geschlossen werden.

Elegant und gleichzeitig sexy.

Alle Roben, die mir die Verkäuferin in die Umkleidekabine gehangen hatte, waren hinreißend. Aber nur dieses Kleid würde ich auch außerhalb festlicher Anlässe tragen können. Und genau das hatte ich vor. Wenn mir schon mal jemand ein zigtausend-Dollar-Kleid spendierte, sollte es nicht ungenutzt im Schrank verstauben.

Die Verkäuferin reichte mir goldene Riemchensandalen und dazu passende Kreolen. Ich zog mir das Haarband aus meinem Pferdeschwanz und beugte mich nach vorn, um meine blonde Mähne aufzuschütteln.

Fertig.

Mehr Wunder konnte ich innerhalb der kurzen Frist, die mir Grayson Parker gesetzt hatte, nicht vollbringen.

Als ich den Vorhang zur Seite schob und der Verkäuferin folgte, die Jeans, Schuhe und Pullover für mich zur Kasse trug, konnte ich einem bewundernden Blick in den Spiegel nicht widerstehen.

Für gewöhnlich kannte ich mich nur in der *Titan Racing* Teamuniform oder in eleganten Business-Outfits. Bei mehr als zwanzig Rennen in neun Monaten, noch dazu verteilt auf dem ganzen Globus, war das kein Wunder. Ich befand mich über zweihundert Tage eines Jahres irgendwo in der Weltgeschichte, wo ich die Sponsoren von *Titan Racing* in der *Serie del Rey* betreute. Während der verbleibenden Tage besuchte ich unsere Sponsoren in den USA, in Japan, in Schweden, England, Deutschland, im Orient und organisierte Events in Südamerika, Südafrika, Australien und dem Rest der Welt.

Kurzum: Arbeit war mein Leben und Leben war meine Arbeit.

Deshalb blieb so gut wie keine Zeit, der privaten Dakota in mir Ausgang zu gewähren. Anlässe wie der heutige bildeten die Ausnahme. Wobei ich zu keiner Zeit vergessen durfte, mit wem ich diesen Abend verbrachte.

Ich würde mich zusammennehmen müssen. Denn vor Grayson Parker repräsentierte ich stets das Image von *Titan Racing*. Auch wenn er mich als Chefin der Sponsorenabteilung nicht ernst zu nehmen schien, musste ich ihm gegenüber jederzeit als solche auftreten.

»Ich habe die Rechnung beglichen. Deine übrige Kleidung wird man dir auf dein Zimmer bringen. Können wir dann?«

Mein ungewohnter Anblick lenkte mich dermaßen ab, dass ich nicht bemerkt hatte, wie Grayson hinter mich getreten war.

Unsere Blicke begegneten einander im Spiegel und mir stockte der Atem, als er seine Hand hob und mit dem Zeigefinger bedächtig über meine nackte Schulter glitt, während sein Atem meinen Hals streichelte und seine Lippen wenige Zentimeter über meiner erhitzten Haut verweilten.

Ich schloss die Augen, weil ich es nicht ertragen konnte, wie sehr ich diese flüchtige, unschuldige Berührung genoss.

Eine Berührung, die nicht sein durfte.

Nicht von diesem Mann.

Nicht von Grayson Parker.

Nicht von dem Mann, der die Arroganz und die Selbstgefälligkeit des gesamten Planeten für sich beanspruchte.

Nicht von dem Mann, der alles und jeden als Geschäft betrachtete.

Und doch, entgegen aller Vernunft, entfachte ausgerechnet die Berührung dieses Tyrannen das Feuer in mir und ließ mich lichterloh brennen.

»Bereit?«, flüsterte Grayson an meinem Ohr und

brach den Zauber dieses verbotenen Moments vollkommener Intimität.

Flatternd öffnete ich die Augenlider und vermied
es, Grayson noch ein weiteres Mal anzusehen. Stattdessen nickte ich stumm und sah zur Seite, weil ich
fürchtete, meine Stimme und meine Augen könnten
die Erregung, die meinen Körper fest im Griff hielt,
verraten.

Grayson legte mir seine Hand ins Kreuz und führte
mich galant aus der Boutique. »Scott Price veranstaltet
internationale Events in Vegas und bucht zu diesen
Anlässen regelmäßig die gesamten Kapazitäten
unserer Hotels«, klärte mich Grayson auf.

In seiner Stimme schwang keinerlei Leidenschaft
oder Verlangen. Im Gegenteil. Sein Ton war so emoti-
onslos und ungeduldig, wie bei jedem unserer zahlreichen Business Meetings.

»Seine Verlobte heißt Judy und ist eine ehemalige
Schönheitskönigin.«

»Wie lautet unser Fluchtplan?«

Grayson warf mir einen belustigten Seitenblick zu.
»Nach der Zeremonie stoßen wir mit ihnen an. Dann
täuschst du Kopfschmerzen vor und wir verschwinden
von dort. Ich habe wirklich noch einiges auf meinem
Schreibtisch, das ich abarbeiten muss und du wahrscheinlich auch.«

»Der Plan gefällt mir.«

»Und das, obwohl er von mir stammt?«

»Selbst ein blindes Huhn findet ab und an ein
Korn.«

»Sehr witzig.«

»Nein, im Ernst. Was du vorschlägst, klingt vernünftig.«

»Tatsächlich?«

»Du klingst überrascht?«

»Nach dem Anblick von dir in diesem Kleid überrascht mich nichts mehr«, sagte er leichthin und öffnete die Tür zu einem mit Samt ausgekleideten Raum.

Er trat ein, bevor sich mir die Chance bot, ihn zu fragen, was genau er mit dieser Bemerkung meinte.

»Grayson, wie schön, dass Sie es einrichten konnten«, begrüßte ihn ein Mann Anfang fünfzig in einem exquisiten Anzug mit auffälligen, diamantbesetzten Manschettenknöpfen.

»Ich fühle mich geehrt, diesem besonderen Anlass beiwohnen zu dürfen«, erwiderte Grayson und lenkte die Aufmerksamkeit auf mich. »Darf ich Ihnen Dakota Bennet vorstellen?«

»Dakota Bennet. Welch reizender Name. Es freut mich, Sie kennenzulernen. Wenn ich nicht ausgerechnet heute heiraten würde, könnte mich Ihr Kleid fast in Versuchung führen. Aber so muss ich mir meine Energie leider für die Hochzeitsnacht aufheben.« Scott Price lachte über seine dreiste Bemerkung und ich zwang mich, in sein Lachen einzustimmen. »Ich muss mir schnell noch etwas Mut antrinken. Wir sehen uns dann auf der anderen Seite«, witzelte er und entfernte sich in Richtung der Bar, wo er sich ein Glas Champagner genehmigte.

»Netter Zeitgenosse. Kann es sein, dass diese Hochzeit nicht seine Erste ist?«, stellte ich trocken fest.

»Die Dritte. Doch dieses Mal ist es die große Liebe«, entgegnete Grayson.

Ich wandte den Kopf und sah ihn verblüfft an. »Sagt wer?«

»Na Scott.«

Ich prustete los und auch Grayson, wenngleich er sich redlich bemühte, die Fassung zu wahren, konnte sich ein breites Grinsen nicht verkneifen.

»Kannst du mir eine dieser pinken Champagner-flöten organisieren?« Ich reckte den Hals nach einem der Kellner, der soeben mit einem vollen Tablett davon in der Menge verschwunden war.

»Ich dachte, du verträgst nicht viel?«

»Notgeile Vollidioten vertrage ich noch viel weni-ger. Die einzige Möglichkeit, sie mir erträglicher zu machen, ist mit Hilfe von Alkohol. Viel Alkohol.«

Als Grayson sich netterweise auf die Suche nach dem pinken Champagner machte, nutzte ich die Zeit, um mich in diesem riesigen Ballsaal umzusehen. Am Ende des Saals befand sich ein mit weißen Rosen gespickter Hochzeitsbogen. Rechts und links hinter dem Bogen reihten sich weiße, elegante Stühle mit überdimensionalen Schleifen. Ein rosafarbener Teppich schmückte den Gang, den die Braut entlang zum Altar schreiten würde.

Ein galaktisch großer Kerzenleuchter aus scheinbar tausenden kleinen und großen Kristallen diente als Hauptlichtquelle. Denn durch die ausgedehnte Fens-terfront drang um diese späte Uhrzeit lediglich das schwache Mondlicht.

Was bei jeder anderen Hochzeit kitschig und

protzig gewirkt hätte, passte wunderbar in die verrückte Glitzer- und Glamourwelt von Las Vegas.

Rechts neben dem provisorischen Altar begann eine weitläufige Tanzfläche, am Rande derer sich die Live Band auf ihren Einsatz vorbereitete.

Links vom Altar befanden sich runde Tische mit weißen Tischdecken und weiß-rosafarbenen Rosengestecken.

»Wir sollten zu unseren Plätzen. Die Zeremonie beginnt gleich.« Grayson reichte mir vorsichtig das randvoll gefüllte Glas.

Die Melodie von *Leona Lewis'* emotionalem Song »A Moment Like This« verkündete das Eintreffen der Braut und versetzte mich völlig unverhofft in die magische Hochstimmung, die Hochzeiten stets in mir auslösten.

6

GRAYSON

Während der Zeremonie beobachtete ich Dakota verstohlen. Ihr schien dieses ganze Gefühlstheater tatsächlich zu gefallen. Und das, obwohl sie Scott unsympathisch fand.

Zugegeben, Scotts turbulente Vergangenheit sprach nicht gerade für ihn und seine Machosprüche machten es nicht besser. Aber die aufrichtige Liebe, die in seinen Augen stand, als Judy den Saal betrat und zum Altar schritt, war nicht zu übersehen.

Und auch Judy schien mehr als nur den Reichtum in ihm zu sehen.

Entweder das oder die Frau war eine verdammt gute Schauspielerin. Die Chancen diesbezüglich standen in Las Vegas wohl fünfzig zu fünfzig.

Ich wünschte Scott, dass es dieses Mal die Eine war.

Nicht, dass ich an das Konzept der *Einen* glaubte. Doch anscheinend tat es Scott.

Und genau diesem verflixten Glauben an die große Liebe hatten wir es zu verdanken, dass unser Plan, nach der Zeremonie mit dem Brautpaar anzustoßen und uns danach schleunigst aus dem Staub zu machen, auf ganzer Linie scheiterte.

Denn Scott bestand darauf, dass Dakota und ich mit ihm, Judy und weiteren Freunden und Geschäftspartnern an einem Tisch saßen und mit ihnen aßen.

Der Alkohol floss in Strömen und die höflichen, aber bestimmten Einwände von Dakota wurden gekonnt ignoriert. Jedes Mal, wenn sie einen Schluck aus ihrem Glas trank, wurde sofort nachgefüllt. Als sie die Hand auf ihr Glas legte, stellte man ihr ein neues, randvollgefülltes Glas daneben und forderte sie zum Anstoßen auf.

Scott und seine Freunde warteten mit gefühlt einer Million Dinge auf, auf die man anstoßen musste.

Die Liebe.

Das Leben.

Die Frauen.

Die Gesundheit.

Die Stadt der Sünden.

Den heutigen Abend.

Die Liste war schier endlos und so wunderte es mich nicht, dass Dakota irgendwann leicht zu lallen begann und ausgelassen über Witze lachte, über die sie unter normalen Umständen die Augen verdreht hätte.

»Höchste Zeit für unseren Hochzeitstanz«,

quietschte Judy nach dem Dessert und zog den sichtlich angeheiterten Scott von seinem Stuhl.

Wie auf Knopfdruck fing die Band an »Marry Me«
von *Train* zu spielen und die anwesenden Gäste
versammelten sich rings um die Tanzfläche, um dem
frisch vermählten Brautpaar bei ihrem ersten gemeinsamen Tanz zuzusehen.

»Parker, worauf warten Sie? Schwingen Sie Dakota
über die Tanzfläche«, rief einer von Scotts Geschäftspartnern über die Musik hinweg.

»Ich glaube wir setzen heute Abend aus. Dakota
ist ein wenig angeschlagen«, antwortete ich mit
einem entschuldigenden Blick auf die sexy Überfliegerin.

»Gar nicht wahr.« Dakota schüttelte überdeutlich
den Kopf. »Ich möchte so gern tanzen.«

»Wie willst du das denn anstellen? Du kannst nicht
mal allein stehen«, zischte ich so leise, dass nur sie es
verstehen konnte.

»Schon kapiert. Ich bin dir nicht gut genug. Wie
immer«, nuschelte sie.

»Was redest du denn da?«

»Andauernd siehst du auf mich herab. Für dich bin
ich dumm und ordinär. Nicht mal zum Tanzen genüge
ich deinen Ansprüchen.«

Ihre Augen füllten sich mit Tränen und sie ballte
aufgebracht die Hände zu Fäusten.

»Das ist Unsinn, Dakota.«

»Du lügst.«

»Nein, tue ich nicht.« Ihre Anschuldigungen
machten mich wütend. Ich stand auf und streckte ihr

die Hand entgegen. »Du willst tanzen? Dann tanzen wir.«

Sie ergriff meine Hand und wankte dabei verdächtig. Doch im Gegensatz zu unserem Restaurantbesuch einige Stunden zuvor, war ich dieses Mal gewappnet und zog sie in meine Arme, bevor sie ins Straucheln geriet.

Zu *Ed Sheerans* Song »Thinking out Loud« erreichten wir die Tanzfläche und mischten uns unter die anderen Hochzeitsgäste.

Ich hielt Dakota fest im Arm, weil ich ihrem Gleichgewichtssinn an diesem Abend nicht mehr traute. Komischerweise nervte es mich jedoch kein bisschen, mich um die angetrunkene *Miss Perfect* zu kümmern. Im Gegenteil. Die lustige, entfesselte Frau, die hinter der knallharten Fassade zum Vorschein kam, gefiel mir. Ich hätte nicht gedacht, dass die taffe Streberin im betrunkenen Zustand einen ausgeprägten Sinn für Humor besaß und sich offenbar prächtig zu amüsieren wusste.

»Du riechst gut«, murmelte sie in diesem Moment und vergrub ihre Nase in meinem Hemd.

Ich erschauderte ungewollt, als sie ihre Hände unter mein Jackett schob und sich in ihrem sündigen Outfit wie eine Katze auf der Jagd nach Streicheleinheiten an mich schmiegte.

Der Reißverschluss von Dakotas Kleid stach mir erneut ins Auge. Bereits in der Boutique musste ich mich nach Kräften bemühen, meine Hände bei mir zu halten, statt den provokanten Fetzen Stoff mit einem Ruck zu öffnen. Der asymmetrische Schnitt, der ihre zarte linke Schulter und ihren linken Arm mit den klirrenden Armbändern entblößte, raubte mir schier den Verstand.

Ich ballte meine Hand zur Faust, um nicht erneut der Versuchung zu erliegen, meine Finger über ihre Haut gleiten zu lassen oder gar an ihrem warmen, duftenden Hals zu knabbern, der von den verführerischen goldenen Kreolen gekonnt in Szene gesetzt wurde.

In dem verzweifelten Versuch, professionell zu bleiben, rief ich mir ins Gedächtnis, dass diese Frau nicht zu meinen belanglosen Affären zählte, mit denen ich mich hin und wieder vergnügte.

Bei der angetrunkenen Frau in meinen Armen handelte es sich um die Oberstreberin schlechthin. Dakota war die anstrengende, ambitionierte Überfliegerin, die andauernd meine Strategien und Zielsetzungen in Frage stellte und meine Nerven aufs Äußerste strapazierte. Sie war ermüdend, besserwisserisch und außerdem extrem von sich überzeugt.

Bloß weil sie heute Abend ihr strenges Business-Kostüm, das sie sonst für gewöhnlich trug, gegen ein Killerkleid samt Mörderheels eingetauscht hatte und ihre Haarpracht offen trug, änderte das nichts daran, dass ich mich in der Gegenwart dieser Frau ständig anspannte und ärgerte.

»Ich beneide Judy und Scott«, gestand Dakota müde an meiner Brust. »Ich möchte auch heiraten. Aber niemand will mich heiraten.«

Bei dieser Bemerkung lichteten sich schlagartig die einhüllenden Wattewolken in meinem Kopf, die

Dakotas weiche Kurven, die sich an mich drängten, heraufbeschworen hatten.

»Warum will dich niemand heiraten?«, fragte ich und versuchte, dabei möglichst unbeteiligt zu klingen.

»Angeblich arbeite ich zu viel und bin mit meinem Job verheiratet.«

»Das stört die Männer? Dass du viel arbeitest?«

»Kein Mann will eine Karrierefrau heiraten, die mehr verdient als er selbst.«

»Ist das so?«

»Ja. Sex wollen sie alle. Aber zum Heiraten tauge ich nicht.«

»Hat das einer deiner Exfreunde zu dir gesagt?«

»Einer? Das sagen sie alle ...« Dakota löste ihre Hände von meinem Rücken und wischte sich die Tränen aus den Augenwinkeln. »Ich habe den Glauben, eines Tages zu heiraten, vor langer Zeit aufgegeben«, seufzte sie resigniert.

Ihr verbitterter Gesichtsausdruck stimmte mich traurig, obwohl mir das Liebesleben der Besserwisserin herzlich egal sein sollte. Genau darauf besann ich mich, während ich sie behutsam zu unserem Tisch zurückführte, wo wir uns von den Gästen, die nicht auf der Tanzfläche feierten, verabschiedeten.

Als wir den Ballsaal verließen und zu den Aufzügen gingen, traf mich bei dem Anblick der Etagenknöpfe auf dem Bedienfeld des Fahrstuhls ein Geistesblitz. Ohne noch eine weitere Sekunde darüber nachzudenken, drückte ich den Knopf für die fünfte Etage.

»Wie wäre es, wenn wir dein Heiratstrauma heute Nacht beenden, Dakota?«

»Wie soll das gehen? Willst du mich etwa heiraten?«, giggelte sie und hielt sich an den Handläufen des Aufzugs fest.

»So ähnlich, ja.«

Ich führte sie aus dem Aufzug und auf direktem Wege in die hoteleigene Hochzeitskapelle, die sich eigens für spontane Blitzhochzeiten mit maximal zwanzig Gästen, wie sie in Las Vegas gang und gäbe waren, in diesem Stockwerk des Hotels befand.

»Setz dich kurz hierher und gib mir einen Moment«, bat ich Dakota, die mich mit großen Augen ansah.

Vor der Tür rief ich meinen Concierge an und wies ihn an, Richard, einen meiner ältesten und treuesten Mitarbeiter, der gleichzeitig die nötige Traulizenz besaß, zu mir in den fünften Stock zu schicken.

Wenige Minuten später kam Richard den Korridor entlanggeeilt und schaute stirnrunzelnd auf seine Uhr. »Wollen wir das Paar nicht dazu überreden, zuerst seinen Rausch auszuschlafen und morgen mit nüchternem Verstand zu entscheiden, ob sie tatsächlich heiraten wollen, Boss?«

»Normalerweise würde ich dir da zustimmen, Rich, aber diese Hochzeit erfordert spezielle Maßnahmen.«

»Wie meinst du das?« Richard wirkte ausgesprochen verwirrt. Verständlicherweise.

»Ich bin die Person, die heiratet.«

»*Du?*«

»Ich will eine *Pretend Wedding* für die Frau in der Kapelle und mich.«

Pretend Weddings gehörten in Las Vegas zur Tagesordnung. Bei einer *Pretend Wedding* lief alles genauso ab, wie bei einer normalen Hochzeitszeremonie. Der einzige Unterschied bestand darin, dass man bei einer *Pretend Wedding* lediglich so tat, als ob. Mit anderen Worten: Eine *Pretend Wedding* war rechtlich nicht bindend.

In Las Vegas hatte man *Pretend Weddings* ins Leben gerufen, um all den Paaren, die von einer Hochzeit in Vegas träumten, aber den eigentlichen Bund der Ehe noch nicht oder nicht in Las Vegas eingehen wollten, diesen Wunsch zu erfüllen. Darüber hinaus gab es auch viele bereits verheiratete Paare, die ihre Hochzeit in Las Vegas so ein zweites Mal zelebrierten, ohne sich um die teuren und aufwändigen Formalitäten kümmern zu müssen.

»Wieso in Gottes Namen solltest du das wollen? Hast du was genommen, Boss?« Richard schien aufrichtig besorgt.

»Das ist kompliziert zu erklären. Ich würde die Details in unser aller Interesse lieber für mich behalten. Wichtig ist, dass außer dir, mir und Maxwell niemand von dieser Scheinhochzeit wissen darf.«

Richard schloss die Augen und rieb sich die Stirn. »Du weißt, dass ich fast alles für dich tun würde, aber das klingt ziemlich abgedreht.«

»Vertrau mir. Mehr kann ich dazu im Moment nicht sagen.«

Er stieß einen frustrierten Laut aus und nickte widerwillig. »Gut. Unter Protest.«

Ich klopfte ihm dankbar auf die Schulter. »Hast du alles dabei?«

»Das volle Programm: Musik, Ringe, Trauscheine und die Kamera für die Fotos«

»Dann lass uns reingehen.« Ich öffnete die Tür zu dem Raum, in dem sich die nachgebaute Kapelle befand und trat ein.

Dakota saß nach wie vor auf der Bank in der vordersten Reihe und drehte sich neugierig zu uns um, als sie unsere Stimmen vernahm.

»Willst du mich jetzt wirklich heiraten?«, kicherte sie, noch immer merklich beschwipst von den enormen Mengen an Alkohol, die sie heute Abend hatte ertragen müssen.

»Du meintest doch, dass dich niemand heiraten will. Das sollten wir schleunigst ändern. Vorausgesetzt du willst es?«

»Das ist verrückt. Du und ich als Mann und Frau.« Ihr Kichern wurde noch eine Spur lauter.

»Es wäre nur zum Spaß. Keine legale Bindung. Wir können wieder gehen, falls du das nicht möchtest. Vielleicht ist es eine dumme Idee.«

Auch wenn ich einen ganz speziellen Plan verfolgte und es sich nicht leugnen ließ, dass mir Dakotas durch den Alkohol getrübter Verstand dabei in die Karten spielte, wollte ich sie zu nichts drängen, was sie nicht wollte.

»Es ist so nett von dir, dass du mich aufheitern willst und das für mich tust, Grayson«, sagte sie ergriffen und erhob sich von der Bank.

Bei ihren aufrichtigen, dankbaren Worten fühlte

ich mich schlagartig wie ein elender Verräter und mein Entschluss, den Plan für den Zuschlag des Orient Projektes durchzuziehen, geriet ins Wanken.

»Dakota, weißt du ...«

»Ich will es. Lass uns heiraten«, unterbrach sie mich und nahm meine Hände in die ihren.

7

DAKOTA

»Sie dürfen die Braut jetzt küssen«, hörte ich den Mann, der Grayson und mich soeben getraut hatte, durch die rosarote Seifenblase, in der ich hoch über dem Boden schwebte, feierlich sagen.

Meine Augen ruhten noch immer auf meinem frisch gebackenen Ehemann, der meinen Blick erwiderte, mich regelrecht darin fesselte, und es mir so unmöglich machte, mich von ihm zu lösen.

»Willst du, dass ich dich als meine Frau jetzt küsse, Dakota?«, flüsterte er heiser und nahm meine Hand. Ehrfürchtig strich er mit dem Daumen über den Ehering an meinem Ringfinger.

Ich nickte stumm und seufzte, als er sich daraufhin vorbeugte und seine Lippen auf die meinen legte.

Ein paar Sekunden lang verweilten wir wie paralysiert in unserem keuschen Kuss, der trotz seiner

Unschuld meine Sinne flutete und meine Nerven-
bahnen zum Glühen brachte. Erst als Grayson seine
Hände auf mein Gesicht legte und mit seinen Daumen
zärtlich meine Wangenknochen nachzeichnete, wurde
ich mutiger und begann, meine Lippen an den seinen
zu bewegen. Unser langsamer, andächtiger Kuss
entlockte Grayson ein gequältes Stöhnen, das mich vor
Erregung erschauern ließ. Ich vergrub meine Hände in
seinem Haar und zog ihn dichter zu mir, neigte meinen
Kopf und bat stumm um mehr.

Grayson gab mir mehr.

Seine Zunge glitt in meinen Mund und umkreiste
die meine, neckte sie, spielte mit ihr, während seine
Hände von meinem Gesicht zu meinem Nacken
wanderten und mich dazu aufforderten, mich seinem
Kuss noch weiter zu öffnen.

Die Sanftheit und Unschuld in unserem Kuss
wurden durch einen unkontrollierbaren Rausch
animalischer Lust ersetzt und so taumelten wir eng
umschlungen durch den Raum, bis ich mit dem Rücken
gegen eine Wand stieß.

Grayson packte die Rückseite meiner Oberschenkel, hob mich hoch und platzierte sich zwischen
meinen gespreizten, entblößten Schenkeln. Meine
Beine schlangen sich wie von selbst um seine Hüften
und zogen seinen harten Schwanz, den ich durch den
Stoff der Anzughose an meiner pulsierenden Mitte
spüren konnte, gegen meine gierig pochende Scham.

Sein Mund ließ von meinen Lippen ab und brannte
eine heiße Spur an Küssen in meinen Hals. Ich neigte
meinen Kopf zur Seite, um Grayson besseren Zugang

zu gewähren und schrie überrascht auf, als er seine Zähne in die empfindliche Kuhle an meinem Schulteransatz grub.

»Gray, das hier ist strenggenommen eine Kirche«, räusperte sich der Mann, der uns getraut hatte, peinlich berührt.

Ich hatte ihn vollkommen vergessen. So wie den Rest der Welt.

»Es ist *meine* verdammte Kirche«, knurrte Grayson und arbeitete sich schwer atmend zurück zu meinen Lippen. »Lass uns von hier verschwinden, was meinst du?«

»Gute Idee«, murmelte ich an seinem Mund, machte jedoch keine Anstalten, unseren Kuss zu unterbrechen.

Ich brauchte diesen Kuss wie die Luft zum Atmen und das, obwohl er mir im wahrsten Sinne des Wortes den Atem raubte. Es schien fast so, als könne ich ohne ihn nicht überleben. Welch Ironie, dass mein Leben in diesem höchst sonderbaren und beunruhigenden Traum ausgerechnet von dem Mann abhing, den ich nie küssen und dem ich erst recht nicht mein Leben anvertrauen würde.

Ich schlug die Augen auf und stellte erleichtert fest, dass ich in meinem Hotelbett lag.

Lebendig und allein.

Ich war also weder gestorben, noch hatte ich mich auf den unausstehlichen Egomanen eingelassen.

Unbehaglich starrte ich auf die petrol-gold gesprenkelte Tapete über mir und atmete tief durch. Dieser Albtraum, aus dem ich soeben erwacht war, kam der Wirklichkeit erschreckend nahe. Selbst die Träume, in denen ich ungewollt schwanger wurde und völlig überfordert mein Neugeborenes in den Armen hielt, kamen nicht an die Authentizität dieses Grayson-Parker-Hochzeits-Albtraums heran.

Ein Blick auf den Wecker verriet mir, dass ich verschlafen hatte.

Ich verschlief nie.

Und wieso brummte mir der Schädel?

Das tat er nur nach durchzechten Nächten und bei Migräne.

Ich drückte meine Handfläche gegen meine pochende Schläfe und bemerkte etwas Kühles an meiner Haut.

Mit dem Daumen tastete ich nach der kühlen Stelle und erstarrte, als ich die Konturen eines Rings nachfuhr.

Ich trug keinen Ring an diesem Finger.

Ruckartig zog ich die Hand von meiner Schläfe und schrie auf, als ich den schlichten, goldenen Ring an meinem Ringfinger entdeckte.

Mit einem Satz sprang ich aus dem Bett und lief ins Bad, wo ich mit zitternden Fingern das kalte Wasser am Waschbecken voll aufdrehte und es mir mit beiden Händen ins Gesicht klatschte.

Ich musste noch immer träumen.

Ganz klar.

Das hier war ein hartnäckiger Albtraum. Einer bei dem man träumte, dass man bereits aufgewacht war, obwohl man nach wie vor träumte.

Die hatte ich öfter.

Gleich würde ich aufwachen. Gleich würde ich über diesen absurden Traum lachen. Gleich würde dieser dumme Ring auf Nimmerwiedersehen verschwinden.

Doch egal, wie viel Wasser ich mir in mein Gesicht klatschte, ich wachte nicht auf.

Schließlich drehte ich den Wasserhahn zu und stützte mich erschöpft am Beckenrand ab. Verängstigt hob ich den Blick und erschrak ein zweites Mal.

Dunkel unterlaufene Waschbär-Augen schauten mich müde und blutunterlaufen aus dem Spiegel an. Die schwarze Wimperntusche hatte sich mit den dunkelblauen Augenringen zu einer erstklassigen Horrormaske vermischt. Dutzende rote Flecken zierten meinen Hals.

Ich beugte mich näher an den Spiegel und schnappte wie ein Fisch an der Wasseroberfläche nach Luft.

Knutschflecke.

Das waren verdammte Knutschflecke!

Mir wurde speiübel und ich schaffte es gerade noch zur Toilette, bevor ich mich übergab und meinen gesamten Mageninhalt in der Toilettenschüssel ausleerte.

Mit letzter Kraft schleppte ich mich auf allen Vieren unter die Dusche und drehte das Wasser auf.

Erst jetzt fiel mir auf, dass ich ein royal blaues Kleid trug. Bei dem Anblick des durchnässten Kleides, das an meinem Körper klebte, spielte sich vor meinen Augen ein Film ab, der meinen schlimmsten Albtraum wie ein Sommernachtsmärchen aussehen ließ.

Gestern Abend.

Das Abendessen mit Grayson auf dem Strip.

Die anschließende Hochzeitsfeier von Scott und Judy Price.

Der Schampus, der Wein, die Shots.

Und danach?

Ich vergrub das Gesicht in meinen Händen und begann wie am Spieß zu schreien.

Hatte ich tatsächlich darauf bestanden, mit Grayson Parker zu tanzen oder bildete ich mir das bloß ein?

Ich kannte seinen herben, männlichen Eigengeruch. Denn exakt dieser stieg mir bei dem Gedanken an ihn in die Nase. Das bedeutete, dass ich ihm nahegekommen sein musste.

Sehr nahe.

Die Hochzeit!

Die zweite Hochzeit, um genau zu sein.

Die Hochzeit von Grayson ... *und mir.*

Lass uns heiraten.

Ich hörte in dem luxuriösen Badezimmer, das sonst nur von dem Rauschen des Wassers erfüllt wurde, klar und deutlich meine eindeutige Bitte in Dauerschleife widerhallen.

Lass uns heiraten?

Was zur Hölle?

Hatte ich allen Ernstes Grayson Parker dazu aufgefordert, mich zu heiraten?

Unmöglich!

So etwas würde ich nie tun.

Und Grayson Parker würde sich auf so etwas Absurdes niemals einlassen.

Er hätte mich niemals geheiratet.

Der Mann respektierte mich nicht. Herrgott, er mochte mich ja nicht einmal.

Das alles machte nicht den geringsten Sinn.

Wie wahrscheinlich war es, dass mir jemand Drogen in meine Drinks gemischt hatte, die Realität und Fantasie miteinander verschwimmen ließen? Dass ich mir all das bloß einbildete?

Das klang plausibel.

Doch wieso trug ich dann einen Ring am Finger? Am linken Ringfinger, um genau zu sein? Und warum sah dieser Ring aus wie ein Ehering?

Wieso kannte ich nicht nur Grayson Parkers einmaligen Duft, sondern schmeckte außerdem seine lockenden Küsse auf meinen Lippen?

Und die Knutschflecke?

Hatte ich mir die im Delirium mit dem Staubsauger verpasst?

Gab es in diesem Hotelzimmer überhaupt einen Staubsauger?

Heilige Scheiße. Ich war geliefert. Im Arsch. Vollkommen am Ende.

Verfluchter Mist! Ich fluchte nicht. Nie.

Aber genauso wenig ließ ich mich für gewöhnlich volllaufen und zu hirnrissigen Chaosaktionen hinreißen.

Kalte Panik überfiel mich, als ich begriff, dass die Theorie mit den Drogen und den Fantasievorstellungen im Hinblick auf die erdrückende Indizienlage ziemlich schnell von dannen schwamm.

Ich griff über mich und drehte die Temperatur der Dusche heißer.

Dampfende Nebelschwaden umhüllten mich wie ein schützender Schleier und schlossen die furchteinflößende Realität aus.

Zumindest für den Moment.

Denn ich wusste, dass es lediglich eine einzige Person gab, die mir erklären konnte, was sich gestern Nacht tatsächlich abgespielt hatte.

Wenn ich also wissen wollte, was in den vergangenen zwölf Stunden passiert war, kam ich nicht umher, eben diese Person aufzusuchen und mit ihr zu sprechen.

Dumm nur, dass diese Person ausgerechnet der Mensch war, dem ich am liebsten nie wieder unter die Augen getreten wäre, aus Angst, vor Scham tot umzufallen.

8

GRAYSON

»M r. Parker, Miss Bennet ist hier und möchte Sie sprechen.« Mein Assistent stand in der Tür zu meinem Büro und wartete geduldig auf meine Antwort.

»In Ordnung, Elias. Schicken Sie sie rein.«

Ich schloss das Dokument, an dem ich gerade arbeitete und klappte den Laptop vor mir zu.

Den ganzen Morgen hatte ich darauf gewartet, dass Dakota mich aufsuchte.

Dass sie so spät auftauchte, gab mir wenigstens die Möglichkeit, wieder einen klaren Kopf zu bekommen, bevor ich ihr gegenübertreten und mich mit ihr auseinandersetzen musste.

Zwar war mein Plan aufgegangen, doch dass ich in der Kirche hoffnungslos die Kontrolle über mich verlor und meiner Scheinfrau statt einem schnellen, unschuldigen Kuss, eine Reihe leidenschaftlicher Knutschflecke und Bissmale verpasste, war nicht Teil des Masterplans gewesen.

Und auch nicht, dass ich mich von ihr in ihr Hotelzimmer zerren ließ und ernsthaft in Erwägung zog, die Hochzeitsnacht zu vollziehen.

Zum Glück war sie auf dem Bett eingeschlafen, während ich wie ein Irrer auf der Suche nach Kondomen, durch das Hotel zu meinem Schlafzimmer rannte.

Ich schrieb meinen peinlichen Totalausfall den Unmengen an Alkohol zu, zu denen nicht nur Dakota, sondern auch ich genötigt worden war. Zwar stand diese Vermutung im krassen Widerspruch zu der akribischen und bis ins letzte Detail durchdachten Ausführung meines Heiratsplans, den ich selbst im besoffenen Zustand problemlos in die Tat umgesetzt hatte, aber anders konnte ich mir mein plötzliches Verlangen nach *Miss Perfect* nicht erklären.

Anscheinend wirkte der Alkohol immer noch nach, denn als sie mein Büro betrat, spannten sich meine Muskeln unwillkürlich an und der süße Geschmack ihrer Lippen lag auf meiner Zunge.

»Hi.« Sie schloss die Tür hinter sich und lehnte sich dagegen.

Akribisch ließ sie den Blick über meine Hände schweifen.

»Suchst du hiernach?« Ich öffnete die Schreibtischschublade und entnahm ihr meinen Ehering.

»Oh mein Gott«, murmelte sie atemlos und sackte in sich zusammen. »Was ist das?«

»Wonach sieht es denn aus? Ein Ehering natürlich.«

»Dein Ehering?«

»Ja. Wo ist deiner?«

»Mo ... Moment mal.« Dakotas Stimme bebte. »Wir haben geheiratet? Du und ich? Wir sind Mann und Frau?«

»Ganz genau.«

»Aber das ist unmöglich.«

»Wieso?«

»*Wieso*? Fragst du ernsthaft wieso?« Dakota richtete sich auf und straffte ihre Schultern. »Ich will jetzt auf der Stelle wissen, was in den letzten Stunden passiert ist. Alles. Jedes Detail. Du kannst nicht seelenruhig dasitzen und mir eröffnen, dass wir Ehepartner sind. Das macht keinen Sinn. Wieso solltest du mit mir verheiratet sein wollen? Seien wir ehrlich, du kannst mich nicht ausstehen, Grayson.«

»Wie kommst du darauf, dass ich dich nicht ausstehen kann?«

Sie holte tief Luft und kam auf mich zu. »Von allem, was ich dir soeben gesagt habe, merkst du dir ausgerechnet den Teil? Das ist doch jetzt völlig nebensächlich, um nicht zu sagen irrelevant. Erklär mir lieber, was hier los ist.«

»Na schön. Setz dich.« Ich deutete auf den Stuhl mir gegenüber und Dakota ließ sich widerstandslos darauf nieder.

»Also?« Sie überkreuzte ungeduldig die Arme vor der Brust und legte den Kopf schief.

Das Zittern in ihren Fingern entging mir nicht. Sie war nervös. Extrem nervös.

»Wie viel weißt du noch?«

»Du hast mich überredet, dich zu der Hochzeit von Scott Price zu begleiten. Dort mussten wir trinken. Viel trinken. Danach erinnere ich mich zwar noch an dies und jenes, bin mir aber nicht sicher, ob das Realität oder Fantasie ist.«

»Du wolltest tanzen. Ich nicht. Daraufhin hast du in etwa gesagt, dass ich auf dich hinabschaue und dich nicht respektiere. Dass du nicht mal zum Tanzen gut genug für mich seist. Da das nicht der Wahrheit entspricht, habe ich dir das Gegenteil bewiesen.«

»Wir haben also getanzt?«

»Ja. Und du bist dabei auf Tuchfühlung gegangen.«

»Bin ich nicht.«

»Bist du wohl.«

»Was habe ich getan?«

»Dich an mich geschmiegt. Gesagt, dass ich gut rieche und mir von deinen Exfreunden erzählt, von denen dich keiner heiraten wollte, weil du angeblich zu viel arbeitest.«

»*Nein!*«

»Doch.«

Dakota schloss die Augen und presste die Lippen aufeinander. »Shit«, fluchte sie leise. »Erzähl weiter.«

»Wir haben die Feier gemeinsam verlassen. Du warst so traurig und niedergeschlagen. Also habe ich dich in unsere kleine, hoteleigene Kapelle gebracht und vorgeschlagen, dass wir dein Hochzeitstrauma zusammen überwinden.«

»Indem du mich heiratest? Bist du irre?«

»Du hast gesagt: Ich will es. Lass uns heiraten.«

»Weil ich sturzbetrunken war. Vollkommen unzurechnungsfähig. Ich wäre in meinem Zustand wahrscheinlich auch nackt in den Hotelpool gesprungen und hätte dabei laut *Viva Las Vegas* gegrölt.«

»Den Eindruck hast du nicht auf mich gemacht.«

»Ich scheiß auf deinen Eindruck, Grayson Parker. Sind wir jetzt rechtmäßig verheiratet?«

»Nein.«

»Was nein? Ich dachte, wir haben geheiratet.«

»Haben wir ja auch.«

»Also sind wir doch verheiratet.«

»Heiraten geht in Las Vegas zwar verblüffend einfach und schnell, aber so ganz ohne Vorbereitung und Ausweisdokumente geht es dann doch nicht. Wir haben uns im Rahmen einer *Pretend Wedding* das Ja-Wort gegeben.«

»*Pretend Wedding*? Was zum Teufel ist das?«

»Eine Heirat ohne rechtliche Bindung. Eine Fake Heirat sozusagen.«

»Lass mich das kurz zusammenfassen: Du hast aus Mitleid mit mir eine Scheinheirat organisiert, in der wir uns das Ja-Wort gegeben haben, aber vor dem Gesetz sind wir nicht verheiratet? Es war alles nur Show.«

»Fast richtig, ja.«

»Wieso fast?«

»Ich habe die *Pretend Wedding* nicht aus Mitleid arrangiert.«

»Sondern?«

»Weil ich eine Ehefrau brauche.«

»Wie bitte? Wovon redest du?«

»Die Kurzversion ist, dass ich eine vorzeigbare

Ehefrau präsentieren muss, um den Zuschlag an einem milliardenschweren Projekt im Orient zu erhalten«

»Aha. Und was habe ich damit zu tun?«

»Du wirst meine Ehefrau auf Zeit spielen. Gelegentlich mit mir in den Orient fliegen. Mich zu Veranstaltungen begleiten. Nett lächeln. Ab und an eine eloquente, kultivierte Unterhaltung mit meinen Geschäftspartnern und ihren Frauen führen. Dabei möglichst keinen Alkohol trinken.«

»Stopp. Hast du nicht gerade gesagt, dass wir vor dem Gesetz nicht verheiratet sind?«

»Stimmt. Das sind wir nicht. Doch das wissen die Prinzen nicht. Dank meiner hiesigen Kontakte besitze ich die nötigen Dokumente, um zu belegen, dass wir verheiratet sind. Niemand sollte auf die Idee kommen, dass sie nicht echt sind, auch weil ich mein Privatleben stets unter Verschluss halte. Trotzdem kann ich nicht gänzlich ausschließen, dass wir dennoch noch richtig heiraten müssen. Es kommt darauf an, wie rigoros wir durchleuchtet werden.«

Dakota schüttelte ungläubig den Kopf und sah mich an, als spräche ich Rapanui, den Dialekt der Osterinsel.

»Wieso um alles in der Welt sollte ich da mitspielen? Du hast gerade gesagt, dass unsere Hochzeit lediglich eine Show war. Zwar eine unterirdisch peinliche Show, für die ich mich aufrichtig bei dir entschuldigen muss, aber eben nur eine Show.«

»Du hast dir die Antwort eigentlich schon selbst gegeben, Dakota.«

»Könntest du bitte aufhören in Rätseln zu sprechen?«

Ich öffnete die Schreibtischschublade ein weiteres Mal und griff nach den Fotos, die sich darin befanden, um sie Dakota zu reichen.

»Was ist das? Was sind das für Fotos?«

»Sieh sie dir an.«

Ich lehnte mich in meinem Stuhl zurück und faltete die Hände im Schoß, während ich Dakota aufmerksam bei der Sichtung der Fotos beobachtete.

Ihre Gesichtsfarbe wechselte von zartrosa zu puterrot.

»Das sind Fotos von unserer Hochzeit«, erklärte ich ihr das Offensichtliche. »Du und ich, wie wir die Ringe tauschen, du und ich, wie wir uns küssen und du und ich, nun ja, beim Vorspiel der Hochzeitsnacht.«

»Warum zeigst du mir das? Vernichte sie.«

»Das werde ich. Es sei denn, du gibst mir einen Grund, es nicht zu tun.«

»*Bitte*?«

»Wenn du meine Ehefrau spielst und dich brav an die Regeln hältst, wird niemand außer dir und mir diese Fotos jemals zu Gesicht bekommen. Sobald der *Orient Deal* unter Dach und Fach ist, erhältst du die Fotos samt Speicherkarte und kannst sie vernichten. Ich sichere dir vertraglich zu, dass es keine Kopien gibt. Außerdem möchte ich mich für deine Kooperation erkenntlich zeigen. Sämtliche Kleidungsstücke, Accessoires, Schönheitsanwendungen, Business Class- oder Privatjet-Flüge, von denen du innerhalb unserer Ehe

Gebrauch machen wirst, finanziere ich. Zusätzlich biete ich dir eine Million Dollar Gage.«

»Das ist Erpressung.«

»Du hast Recht. Das ist es. Dementsprechend erübrigt sich die Frage, ob wir einen Deal haben oder nicht. Dir bleibt nämlich keine andere Wahl, als mitzumachen, Dakota. Außer natürlich du willst, dass die gesamte *Serie del Rey* erfährt, dass du betrunken den Boss des wichtigsten *Titan Racing* Sponsoren geheiratet hast, der über dein zutiefst unprofessionelles Verhalten alles andere als erfreut ist.«

9
DAKOTA

»Du hast *was*?« Allegras Kaffeetasse fiel scheppernd zu Boden und zerbrach in tausend Teile.

Sämtliche Teammitglieder von *Titan Racing*, die sich gegenwärtig in unserem provisorischen Teamhaus in Abu Dhabi befanden, drehten sich neugierig zu uns um.

»Geht es auch etwas diskreter?«, schimpfte ich und lächelte meinen Teamkollegen entschuldigend zu. »Nichts passiert. Sie ist bloß ein wenig ungeschickt heute.«

»Wer hier ungeschickt ist, liegt ja wohl auf der Hand«, zischte Allegra, eine meiner besten Freundinnen und gleichzeitig Chefin des Event- und Hospitality-Teams von *Titan Racing*. »*Ich* bin nicht nach Las Vegas geflogen und habe im Suff den CEO unseres zweitgrößten Sponsors geheiratet.«

»Dafür hast *du* dich im Suff auf eine Affäre mit dem mächtigsten Mann von *Titan Racing* eingelassen und ziehst in ein paar Wochen zu ihm nach New York.«

»Touché.«

Wir schauten einander ertappt an und prusteten los.

»Ich habe dermaßen Scheiße gebaut, Allegra«, kicherte ich am Rande der Hysterie.

Meine Freundin fächerte mir mit einem der Motorsportmagazine, die auf dem Tisch neben uns lagen, Luft zu. »Wir verkrümeln uns jetzt mal für ein Stündchen, damit du mir in Ruhe erzählen kannst, wie du es innerhalb eines Tages geschafft hast, dein Leben komplett auf den Kopf zu stellen. Die ersten Gäste kommen sowieso erst morgen.«

»Gute Idee. Lass uns den Scherbenhaufen hier beseitigen und dann reden wir über den zweiten, noch viel größeren Scherbenhaufen.«

»Scherben bringen Glück. Vergiss das nicht«, schmunzelte Allegra und machte sich auf die Suche nach einem Besen.

Auf dem Weg nach draußen begegneten wir unserer Freundin Riley, der Pressechefin von *Titan Racing*, die sich spontan zu uns gesellte.

»Ist das Kenzie dort bei *Racing Rosso*?«, erkundigte sie sich missmutig und kniff die Augen zusammen, als wir an dem Teamhaus unseres stärksten Konkurrenten vorbeigingen.

»Sie ist in letzter Zeit auffällig oft dort«, bestätigte Allegra Rileys Vermutung.

Kenzie war die Assistentin des Teamchefs von *Titan*

Racing und als solche Wächterin der geheimsten Team-interna.

Dass ausgerechnet sie in jüngster Zeit permanent mit dem Team verkehrte, mit dem wir am Sonntag den Kampf um die Teamweltmeisterschaft ausfechten würden, sorgte bei uns seit Tagen für Verwirrung.

Obwohl Allegra, Riley, Kenzie, Skye, die Catering-chefin und ich seit Jahren eine enge Freundschaft pflegten und stets übereinander im Bilde waren, herrschte in letzter Zeit so viel Trubel und Chaos im Job und in unserem Privatleben, dass unsere Freund-schaft dabei teilweise auf der Strecke blieb.

Die feurige Liebesgeschichte zwischen Allegra und unserem Teammanager Byron King hatte sie viel Kraft gekostet. Nervenaufreibende Monate lagen hinter ihr. Für ihr Happy End hatte die Arme hart arbeiten müssen. Aber ein Blick in ihr strahlendes Gesicht genügte, um zu wissen, dass es all die Strapazen wert gewesen war.

Dasselbe galt für Riley, die sich mit unserem Topfahrer Dante Di Santo, alias *Il Diavolo* in den letzten Monaten einen erbitterten Kampf nach dem nächsten geliefert hatte, bevor die beiden Streithähne irgend-wann erkannten, dass sie einander in Wahrheit gar nicht hassten, sondern liebten.

»Ist was passiert?« Riley sah besorgt von Allegra zu mir, als wir uns am Ende des Paddocks hinter dem Teamhaus des Reifenlieferanten der *Serie del Rey* verkrochen und uns dort auf einen Stapel Paletten setzten.

»Dakota hat geheiratet«, sagte Allegra trocken.

»*Wie bitte?*« Riley fielen beinahe die Augen aus dem Kopf.

»Nicht so richtig«, beeilte ich mich zu sagen.

»Hä? Wie kann man denn *nicht so richtig* heiraten?« Riley zog die Augenbrauen in die Höhe und beugte sich voller Neugier zu mir vor.

In der folgenden Viertelstunde berichtete ich meinen beiden Freundinnen, was sich in Las Vegas zugetragen hatte. Dabei ließ ich nichts aus. Auch den ausartenden Kuss mit Grayson nicht. Ich wusste, dass ich Allegra und Riley vertrauen konnte und dass sie mein Geheimnis niemandem verraten würden.

»Trägst du deshalb bei dreißig Grad im Schatten einen Schal? Um die Knutschflecken zu verdecken?«, lachte Riley und wischte sich die Tränen aus den Augen.

»Wie schön, dass sich wenigstens eine von uns an meinem Leid erfreuen kann«, meckerte ich und zog den Schal enger um meinen Hals.

»Süße, sieh es doch mal so: Du sollst für ein paar Monate die Ehefrau von einem schwerreichen, erschreckend erfolgreichen und überaus attraktiven Hoteltycoon spielen und bekommst dafür im Gegenzug eine Million Dollar. Wenn du es schlau anstellst, sicherst du dir in der Zeit all die Teile von Gucci, Prada und Dior, die seit Jahren auf deiner Wunschliste stehen. Das Beste daran: Er zahlt es und du musst nicht mehr länger Geld dafür auf die Seite legen.«

»Du Opportunistin«, witzelte Allegra.

»Kommt schon, ihr wisst, dass ich Recht habe. Wenn Dakota nicht das Risiko eingehen will, dass Grayson

Parker die Fotos möglicherweise Byron und Toni zuspielt oder sie unseren zweitgrößten Sponsor kräftig verärgert, muss sie mitspielen. Also fügen wir uns doch unserem Schicksal und machen das Beste daraus.«

»Unserem Schicksal? Soweit ich weiß, hat er von einer Ehefrau gesprochen und nicht von einem Harem«, spottete ich.

»Unser Schicksal, weil wir da alle mit dir drinstecken. Wir lassen dich nicht hängen, Dakota. Wir machen gemeinsame Sache: Du, Allegra, Kenzie, Skye und ich gegen deinen Ehemann.«

»Riley hat nicht unrecht«, pflichtete ihr Allegra bei. »Du hast die Chance, Ehefrau auf Probe zu sein. Du kannst in Ruhe austesten, ob die Ehe etwas für dich ist und falls nicht, brauchst du dich um keine teure und aufwendige Scheidung zu kümmern.«

»Und falls es dir gefallen sollte mit einem hochintelligenten, stinkreichen und brandheißen Amerikaner verheiratet zu sein, der noch dazu allem Anschein nach phänomenal küssen kann, bleibst du einfach seine Ehefrau und drehst den Spieß um. Wenn der *Orient Deal* unter Dach und Fach ist, erpresst *du ihn*. Du sagst ihm, dass du den Prinzen erzählst, dass er sie verarscht hat, wenn er dich nicht heiratet.«

»Oder dir zwei Millionen statt einer Million Dollar überschreibt.«

»Und ein Hotel in Las Vegas«, spann Riley den Bogen weiter.

»Und Anteile an der Megastadt, die er da im Orient aus dem Boden stampfen will«, verlangte Allegra.

»Wir werden den Kerl sowas von ausziehen und es ihm zehnfach heimzahlen, dass er sich mit uns angelegt hat.« Rileys Augen glänzten voller Vorfreude. »Du solltest auch einen Jet verlangen.«

»Und die passende Tankkarte dazu«, meldete sich Allegra erneut zu Wort.

»Wie sieht es mit Autos aus? Hast du dir mal die Garage von dem Kerl angesehen?«

»Ich wusste gar nicht, dass ihr verkappte *Gold Digger* seid.« Nun war es an mir, Tränen zu lachen.

Riley und Allegra klatschten miteinander ab. »Da siehst du es, sie lacht wieder. Mission erfüllt.«

Meine Freundinnen zwinkerten sich zu und zogen mich in eine Umarmung.

Die aufmunternde Gruppenkuscheleinheit war genau das, was ich jetzt brauchte.

»Kann ich nochmal auf den Kuss zwischen dir und Grayson zurückkommen?«, murmelte Allegra, die ihr Kinn auf meinem Kopf abgelegt hatte.

»Lieber nicht, aber du tust es ja trotzdem.«

»Bereust du ihn? Also den Kuss.«

Ich überlegte.

Instinktiv wollte ich laut *»Ja«* schreien.

Doch die ehrliche Antwort, die ich mir nur schwer eingestehen konnte, lautete *»Nein«*.

Graysons Küsse glichen feinster Schweizer Schokolade, die einen schon bei dem ersten Bissen süchtig machte. Er küsste mit derselben Hingabe und Entschlossenheit, mit der er in Meetings verhandelte und alle in seinen Bann zog. Seine Hände glichen flüssigem Gold. Wie sie über mein Gesicht gestreichelt und meinen Hals umfasst hatten ... göttlich.

»Nein«, antwortete ich wahrheitsgemäß. »Nein, ich bereue keinen einzigen unserer Küsse.«

»Würdest du ihn wieder küssen?«

»Nachdem er mich auf so eine miese Weise hinters Licht geführt und erpresst hat? Nein. Auf keinen Fall.«

»Würdest du dich wehren, wenn er versuchen sollte, dich erneut zu küssen?«

»Ja. Ich würde ihm wahrscheinlich eine schallende Ohrfeige dafür verpassen.«

Riley schaute vielsagend zu Allegra.

»Was ist?« Fragend musterte ich sie.

»Als Dante mich damals überrumpelt und geküsst hat, habe ich ihm auch eine Ohrfeige verpasst.«

»Na siehst du.«

»Und anschließend haben wir weitergeknutscht.«

»Oh.«

»Dakota, Schatz.« Allegra strich mir über mein Haar und seufzte. »Pass auf dein Herz auf. Ich habe seit Monaten das Gefühl, dass dir Grayson Parker unter die Haut geht. Du redest ständig von ihm. Meistens schimpfst du über seine unerträgliche Art und seine unausstehliche Arroganz. Aber es ist nicht zu überhören, dass du ihn insgeheim für das, was er geschaffen hat, bewunderst. Der Mann ist dir ebenbürtig. Er bietet dir die Stirn. Er fordert dich heraus. Er lässt sich nicht von deiner Intelligenz und deinem Wissen einschüchtern. Ich glaube, dass er sehr gefährlich für dein Herz werden könnte.«

»Unsinn. Grayson Parker befindet sich auf meiner

Liste der meistgehassten Personen dieser Welt aktuell unangefochten auf Platz Eins. Wenn ich bei ihm etwas verliere, dann meine Geduld und sicher nicht mein Herz.«

»Dein Wort in Gottes Ohr ...«, mahnte Allegra.

Das gesamte Rennwochenende über blieb mir nicht sonderlich viel Zeit, um über meine missliche Lage nachzudenken. Das letzte Saisonrennen in Abu Dhabi gehörte jedes Jahr zu den absoluten Saisonhighlights. Tickets zu unserer exklusiven Suite waren bereits Monate im Voraus ausgebucht und es gab eine ellenlange Warteliste.

Jeden Abend fanden bis zu drei verschiedene Sponsorenveranstaltungen in Abu Dhabi oder im 150 Kilometer entfernten Dubai statt, die ich betreute und zu denen ich die Fahrer und das Management begleitete.

Dazu kam, dass die Entscheidung über den Weltmeistertitel der Teams in dieser Saison erst im letzten Rennen, also hier in Abu Dhabi, fallen würde.

Demnach standen alle Teammitglieder, inklusive der Fahrer und des Managements, unter enormem Druck. Die Atmosphäre war angespannt. Jeder Handgriff an diesem Wochenende musste sitzen.

Was die Zuschauer und Gäste als ein fantastisches Spektakel empfanden, bedeutete für das Team

Knochenarbeit unter immensem psychologischem Druck.

Mit laut klopfendem Herzen verfolgte ich das spannungsgeladene Rennen am Sonntag zusammen mit Allegra und unseren 250 anwesenden Gästen von der Außentribüne unserer Hospitality-Suite aus.

Racing Rosso, die *Roaring Bulls* und *Titan Racing* schenkten sich auch in diesem letzten Wettkampf der Saison nichts. Es wurde hart gekämpft. Keiner der Fahrer war bereit, nachzugeben. Jeder fuhr am Limit, was das Unfallrisiko gefährlich erhöhte.

Gegen Mitte des Rennens verschwand die Sonne am Horizont und die Flutlichter ersetzten die warme, goldene Lichtquelle. Dieser besonderen Atmosphäre schenkte ich in diesem Jahr jedoch wenig Aufmerksamkeit, denn bis zur letzten Runde herrschte höchste Anspannung, die unsere Nerven auf das Äußerste strapazierte.

Als sich Tom Clark und Dante Di Santo, unsere beiden Fahrer, nach fünfundfünfzig Runden den Doppelsieg und somit die Teamweltmeisterschaft sicherten, brach lauter Jubel in der Suite und auf den Zuschauertribünen aus.

Begleitet von einem pompösen, bunten Feuerwerk überquerten die beiden die Ziellinie und beendeten offiziell eine bis zuletzt spannende WM-Saison.

Das Catering-Team erschien wie aus dem Nichts mit Unmengen an Champagnerflöten und verteilte sie an die Gäste, die miteinander anstießen und die Hälse nach den Rennwagen reckten, die nach ihrer Auslaufrunde in die Pitlane, also in die schmale Gasse direkt unterhalb der Tribünen, fuhren. Die Fahrer würden sich aus ihren 1000 PS starken Boliden hieven und abfeiern. Dieses eindrucksvolle Erlebnis wollte sich keiner der Gäste entgehen lassen. Genauso wenig wie die Siegerehrung, die auf einem als Podium umfunktionierten Balkon unweit der Suite stattfand und einen Teil der Rennstrecke überragte.

Die Gäste drängten sich auf der Außentribüne dicht aneinander, sodass ich mich dazu entschied, die Siegerehrung auf den TV-Bildschirmen der Suite zu verfolgen. Allegra hatte ein paar der VIP-Gäste nach unten in die Garage von *Titan Racing* gebracht, um sie hautnah unter dem Podium an der Siegerehrung teilnehmen zu lassen.

Die eindrucksvollen Bilder, die sich mir boten, schafften es, mich für ein paar wertvolle Minuten von meinen Sorgen abzulenken und den verdienten Sieg von *Titan Racing* in vollen Zügen zu genießen.

Es dauerte eine gefühlte Ewigkeit, bis auch der letzte Gast sich verabschiedet hatte und ich mich auf den Weg zurück in den Paddock machen konnte, um im Teamhaus nach weiteren Sponsoren und deren Gästen Ausschau zu halten.

Dort angekommen informierte mich mein persönliches Team, dass alle Sponsoren unter Lobeshymnen und mit einem strahlenden Lächeln den Heimweg angetreten hatten.

Damit war unsere Arbeit eigentlich getan. Doch bevor wir uns endgültig der Feierlaune hingaben und zu der Party aufbrachen, die unser Top-Management zu Ehren der gewonnenen Weltmeisterschaft heute Abend im Teamhotel schmeißen würde, hakten wir noch den letzten Punkt auf unserer Liste ab, den sogenannten *Race Debrief*.

Erschöpft ließen wir uns auf die freien Stühle an einem der Tische fallen und besprachen die Ereignisse dieses Rennwochenendes: Welche Veranstaltungen waren ein Erfolg gewesen? Wo befand sich Verbesserungspotenzial? Gab es spezielle Vorkommnisse?

Mitten in unserer Diskussion gesellte sich Toni zu uns und bat mich, mit ihm mitzukommen.

Augenblicklich schlug mir mein Herz bis zum Hals und raubte mir die Luft zum Atmen.

Sollte Toni, unser Teamchef, Wind von den peinlichen Fotos bekommen haben? Hatte sich Grayson bei ihm über mich beschwert? War möglicherweise der Megadeal mit *Parker Resorts & Spas* aufgrund meines inakzeptablen Verhaltens in Gefahr?

»Grayson Parker hat mich angerufen und uns zum Titel gratuliert.«

Ich nickte und senkte den Kopf in stiller Erwartung auf meine Enthauptung.

»Es tut mir leid, dir das sagen zu müssen, aber du wirst nach dem Rennen nicht mit dem Team nach Hause fliegen können. Jedenfalls nicht auf Dauer.«

Ich schloss die Augen und schluckte mühsam.

Das war's dann wohl.

Toni beendete offiziell meine Karriere. Meinen Traum. Mein Leben.

Und das Schlimmste daran war, dass ich es mir selbst zuzuschreiben hatte.

Niemand anderem konnte ich die Schuld an meiner Misere geben.

Obwohl mich Grayson Parker ausgetrickst und hintergangen hatte: Der Grund, dass er das geschafft hatte, war ich selbst. Wäre ich nüchtern geblieben, würde ich jetzt nicht meinen Job verlieren, den ich über alles liebte.

»Es muss dir nicht leidtun, Toni. Mir tut es leid, dass ich dich und das Team mit meinem Handeln blamiert und enttäuscht habe.«

»Wovon redest du, Dakota? Grayson Parker hat mir am Telefon erzählt, welch exzellente Arbeit du in Las Vegas geleistet hast. Er war von deiner Hingabe und Leidenschaft ganz angetan und möchte, dass du vor Weihnachten noch einmal dorthin fliegst, um mit ihm und seinem Projektteam die letzten Vorbereitungen zu treffen, bevor wir den Deal im Januar offiziell bekannt geben. Da Weihnachten bereits nächste Woche vor der Tür steht, schlage ich vor, du fliegst morgen wie geplant mit dem Team zurück nach Italien, packst deine Koffer und fliegst danach direkt weiter nach Las Vegas. Dort spulst du dein Programm ab, machst Grayson Parker glücklich und steigst pünktlich zu den Weihnachtsfeiertagen in den Flieger zu deiner Familie nach North Carolina.«

Das Klingeln von Tonis Telefon ließ keine Antwort meinerseits zu.

»Entschuldige, das ist meine Frau. Da muss ich ran, sonst gibt es Ärger«, sagte er und zog eine verängstigte Grimasse. »Du machst das schon, Dakota. Das tust du immer. Auf dich ist Verlass.« Er reckte zum Abschied den Daumen in die Höhe und verschwand in seinem Büro, um den Anruf seiner Frau entgegenzunehmen.

»Du fliegst nach Vegas? Schon wieder?«, kicherte Riley, die das Gespräch heimlich belauscht hatte. »Dein Ehemann scheint dich ja mächtig zu vermissen. Das ist ein gutes Zeichen. Da sage ich nur: *Hohoho und Merry Christmas everyone.* Ich bin gespannt, was du dieses Mal so alles anstellst.«

10

GRAYSON

»Trägst du eine schusssichere Weste?«, zog mich Maxwell auf und setzte sich auf den freien Stuhl mir gegenüber.

»Brauche ich die?«

»Dakota Bennet hat vor zehn Minuten eingecheckt. Beantwortet das deine Frage?«, neckte mich mein Bruder.

»Glaubst du, dass sie noch immer sauer auf mich ist?«

»Das meinst du rhetorisch, oder? Natürlich ist sie noch sauer auf dich.«

»Dazu gibt es keinen Grund.«

»Weil du die Fotos nicht gegen sie verwenden würdest?«

»Genau.«

»Tja, mein Lieber. Das weißt du und das weiß ich. Aber sie weiß es nicht. Sie glaubt, dass ihr keine andere

Wahl bleibt, als sich dir zu fügen, wenn sie ihren heiß-
geliebten Job behalten will. Und da diese Frau ein
Alphatier ist, genau wie du übrigens, missfällt es ihr,
von dir in eine Ecke gedrängt zu werden.«

»Danke für den Vortrag. Bist du gekommen, um
mir Vorwürfe zu machen?«

»Nein, um dich zu warnen.«

»Wovor?«

»Vor Dakota. Unterschätze sie nicht. Diese Frau ist
dein weibliches Spiegelbild.«

»Na dann wird es wenigstens nicht langweilig.«

»Das wird es bestimmt nicht. Wirst du ihr von
Dubai erzählen?«

»Na sicher doch. Sie soll sich schließlich darauf
vorbereiten können, damit wir dort eine gute Figur
abgeben.«

»So gut wie beim Vögeln an der Kirchenwand oder
besser?«

»Wir haben nicht gevögelt«, knurrte ich gereizt.

»Na was nicht ist, kann ja noch werden. Allerdings solltet ihr euch vor den Prinzen ein wenig
zusammennehmen, sonst bekommen die unter
Umständen noch Minderwertigkeitskomplexe, weil
sie bei eurem exzessiven Paarungstrieb nicht
mithalten können.«

»Du übertreibst schamlos.«

»Nicht, wenn ich Richard Glauben schenke.«

»Sprich nur weiter. Vielleicht bekommt Richard
deinetwegen in diesem Jahr die Kündigung statt dem
Bonusscheck zu Weihnachten.«

»Sei kein Arsch, Gray. Richard war bloß überrascht,

dass du deine Gefühle so offen zur Schau stellst. Das tust du sonst nie. Du bist die Reserviertheit in Person.«

»Was denn für Gefühle? Ich war betrunken und geil, weil ich in letzter Zeit kaum dazu komme, mich zu entspannen.«

»Du willst mir also sagen, dass jede x-beliebige attraktive Frau dich in jener Nacht dazu gebracht hätte, sie in einer geweihten Kirche zu vernaschen?«

»Es ist eine nachgebaute Kapelle. Und sie ist nicht geweiht. Du bist eine verdammte Dramaqueen, Max. Und falls du es noch nicht bemerkt hast: Du nervst.«

»Ich nerve, weil du mir ausweichst und ich werde so lange weiternerven, bis du damit aufhörst.«

»Also gut. Ja, ich hätte an dem Abend so ziemlich jede Braut gevögelt. Dakota Bennet nimmt keine Sonderstellung ein. Bist du jetzt zufrieden?«

Ich schnaubte wütend. Womöglich weil ich wusste, dass ich meinem Bruder soeben eine faustdicke Lüge aufgetischt hatte und weil er es wusste. Oder weil ich mir während der vergangenen Tage eingestehen musste, dass ich öfter an meine Scheinehefrau dachte, als mir lieb war. Und das ärgerte mich maßlos. Denn die Bilder in meinem Kopf, wie sie mich mit ihren weichen Lippen verzweifelt und hungrig küsste, ließen sich nicht abschalten. Ich konnte sie nicht kontrollieren. Und ich kontrollierte alles in meinem Leben. Alles und jeden.

Aber diese Frau wollte sich einfach nicht kontrollieren lassen. Das trieb mich zur Weißglut.

Max erhob sich grinsend und ging zur Tür. »Vergiss nicht, ihr einen angemessenen Ring zu kaufen. Du kannst nicht in Dubai aufschlagen, ohne dass ein Diamant an ihrem Ringfinger funkelt.«

Ich fand Dakota im Büro meines *Titan Racing* Projektteams. Als ich vor ihrem Schreibtisch zum Stehen kam, hob sie nicht einmal den Blick.

»Begrüßt man so seinen Ehemann?«, flüsterte ich, obwohl sich außer uns beiden zu dieser späten Stunde niemand mehr in dem Raum befand.

»Hi Darling«, sagte sie leichthin, ohne von den Dokumenten, die vor ihr lagen, aufzusehen.

»Das müssen wir noch ein wenig üben, bevor wir Silvester zusammen nach Dubai fliegen.«

Bingo.

Bei dieser Andeutung hob Dakota ruckartig den Kopf. »Neujahr in Dubai? Vergiss es! Ich habe Pläne für Silvester.«

»Die hast du allerdings. Du wirst im *Burj Al Arab* als Mrs. Grayson Parker mit mir und den Verantwortlichen des Orient Projekts auf das neue Jahr anstoßen.«

»Träum weiter«, spottete sie und klappte ihren Laptop zu.

»Du erinnerst dich an unsere Abmachung? Oder muss ich deiner Erinnerung auf die Sprünge helfen?« Ich zog die Fotos aus meiner Jackettasche und legte sie auf den Tisch.

»Du bist ein mieses Arschloch, Grayson Parker.

Und nur fürs Protokoll: Als deine Ehefrau darf ich dich beschimpfen. Also gewöhn dich besser dran.«

»Darf ich deine Hasstirade als Zustimmung zu unserer Dubai Reise werten, mein Schatz?«

Dakota schob die Fotos energisch von sich. »Nenn mich nicht *Schatz.*« Sie holte tief Luft und kniff die Augen zusammen. »Wie soll diese Reise ablaufen?«

»Wir fliegen am 29. Dezember nach Dubai und bleiben bis zum ersten Januar. Während ich einigen Meetings beiwohne, kannst du shoppen und dich verwöhnen lassen.«

»Definiere verwöhnen.« Sie schob skeptisch die Augenbrauen zusammen.

»Friseur, Nagelstudio, Kosmetikerin, Massage und was dir sonst noch so einfällt.«

»Ich wollte schon immer mal eines dieser reichen, verwöhnten Anhängsel sein, die ihre vielbeschäftigten Männer gnadenlos ausnehmen. Das wird nicht billig für dich, Gray. Ich shoppe sehr ausdauernd«, flötete sie mit aufgesetzt fröhlicher Miene.

Die provozierende Art, wie sie meinen Spitznamen aussprach, ließ meine Kopfhaut anregend kribbeln. Und zu meinem Leidwesen auch ein ganz anderes Körperteil ...

»Wo wir gerade beim Shoppen sind: Du brauchst einen Ring.«

»Falsch. Ich brauche drei Ringe: Einen Ehering und einen Verlobungsring für mich und einen Ehering für dich. Aber keine Sorge, *Darling.* Der Termin bei *Tiffany* ist morgen früh. Du musst mir lediglich deine Kreditkarte geben oder dort anrufen und per Telefon zahlen.«

»Ich könnte mitkommen?«

»Wieso solltest du deine wertvolle Zeit mit so etwas profanem vergeuden? Oder glaubst du, ich habe keinen Geschmack?«

»Du hast mich geheiratet. Die Frage erübrigt sich also.«

»Gott erbarme. Jetzt zweifle *ich* an meinem Geschmack.«

»Isst du mit mir zu Abend?«

»Ich habe bereits gegessen, danke.«

»Dann einen Drink?«

»In deiner Gegenwart trinke ich nicht mehr. Sonst wache ich morgen verkatert auf und stelle fest, dass du mir über Nacht Drillinge eingepflanzt hast.«

Ich lachte amüsiert auf. »Du übertreibst gern, oder?«

Dakota verzog die Lippen zu einem schmalen Strich. »Das letzte Mal hast du mich vor den Traualtar gelockt, mich geheiratet und mich anschließend damit erpresst. Entschuldige bitte, dass mein Vertrauen in dich und deine Absichten unter dem Nullpunkt liegt.«

»Autsch.«

»Ja, autsch. Und wo wir schon bei der nackten Wahrheit sind: Hatten wir Sex in unserer Hochzeitsnacht?«

»Daran hättest du dich erinnert, glaub mir.«

Sie ließ den Blick absichtlich abwertend an mir hinabwandern und schwieg.

»Wieso fragst du? Hättest du gern Sex gehabt?«

»Nein. Und du?«

»Nein.«

»Also haben wir uns bloß geküsst und das war's?«

»Das war's.«

Dakota atmete erleichtert auf, was mich offen gesagt erheblich störte.

»Dass eines klar ist: Dieser Kuss wird unser erster und unser letzter Kuss bleiben.«

»Das glaube ich kaum«, konterte ich und verschränkte die Arme vor der Brust. »Wir müssen vor meinen Geschäftspartnern ein glückliches und verliebtes Ehepaar mimen. Wie soll das funktionieren, wenn wir keine Zärtlichkeiten austauschen?«

Dakota fluchte wenig damenhaft. »Zum Glück befindet sich dein *Projekt* im Orient und nicht in Südamerika. So fallen die *Zärtlichkeiten* wenigstens spärlich und konservativ aus.«

»Die Prinzen sind sehr aufgeschlossen.«

»Ja, genau.« Der Sarkasmus in Dakotas Stimme war nicht zu überhören. »Deswegen geben sie dir den Auftrag auch nur, wenn du einen Ring am Finger und eine treudoofe Ehefrau vorweisen kannst, die dir jeden Wunsch von den Augen abliest.«

»An deiner kulturellen Einstellung müssen wir noch etwas feilen. Den Sarkasmus lässt du bitte zuhause, wenn du deine Koffer packst.«

»Ich muss meine Koffer selbst packen? Ich bekomme keinen Sklaven zur Seite gestellt, der das für mich erledigt? Und einen zweiten Sklaven, der mir mit einem Palmenblatt Luft zufächelt?«

»Und einen dritten Sklaven, der dich mit Trauben füttert und dir die Füße massiert?«

»Sehr gut. Du hast das Konzept verstanden.«

»Na siehst du. Vielleicht bin ich gar kein so schlechter Ehemann.«

»*Das* bezweifele ich. Aber ich lasse mich gern vom Gegenteil überzeugen.«

Dakota erhob sich und klemmte sich die Mappe mit den Dokumenten unter den Arm. »Der Flug von Mailand nach Las Vegas war lang und anstrengend. Wenn du mich jetzt entschuldigst?«

»Bevor du abreist, schicke ich dir die Unterlagen mit den Informationen zu Dubai, damit du sie ausführlich studieren kannst.«

»Das klingt nach Arbeit.«

»Dein Scharfsinn überrascht mich immer wieder.«

»Schwingt da Ironie in deiner Stimme, Grayson Parker?«

»Niemals.«

»Du solltest deine Frau nicht belügen. Jedenfalls nicht so kurz nach der Hochzeit.«

»Das tue ich nicht.«

»Wenn ich dich also frage, warum du Toni angerufen und mich unmittelbar vor Weihnachten herbestellt hast ...«

»... dann würde ich dir antworten, dass ich vor Jahresende die Vorbereitungen für den Sponsorship Launch in der nächsten Saison abschließen und dich bei der Gelegenheit auch auf Dubai vorbereiten wollte.«

Dass ich von unseren Küssen träumte und insgeheim hoffte, mehr von ihnen erhaschen zu können, würde ich in meiner Antwort dezent übergehen. Ich sollte dringend eine meiner Bettbekanntschaften anrufen, um auf andere Gedanken zu kommen. Gedanken, in denen die kleine *Miss Perfect* keine Rolle spielte.

Ich begriff nicht, wie sie es in meinen Kopf geschafft hatte, aber ich musste sie schleunigst wieder dort rausbekommen, wenn ich die Oberhand behalten wollte.

11

DAKOTA

Die schauspielerische Leistung, mein unbeteiligtes Pokerface zu wahren, als der Sicherheitsmann meinen Termin überprüfte und ich die exklusive Boutique mit der funkelnden Auslage betrat, sollte mir einen Oscar einbringen. Denn obwohl ich soeben die Schwelle zum Paradies übertreten hatte, blieb ich cool und gelassen.

Zumindest nach außen hin. Denn innerlich rastete ich vollkommen aus. Schließlich bekam ich nicht jeden Tag die Chance, mit einer Kreditkarte ohne Limit Diamanten zu kaufen. Noch dazu mit der Kreditkarte des Mannes, die ich mit Freuden und ohne schlechtes Gewissen zum Glühen bringen konnte.

»Mrs. Parker. Herzlich willkommen. Darf ich Ihre Jacke nehmen und Ihnen ein Glas Champagner anbieten?«, hieß mich der gepflegte Verkäufer willkommen.

Mrs. Parker.

An diese Anrede würde ich mich erst noch gewöhnen müssen.

Dakota Parker.

Klang das nun gut oder schlecht?

Ich reichte dem Verkäufer meine Jacke und lehnte höflich den Champagner ab. Seit meiner ungewollten Scheinheirat machte ich einen großen Bogen darum, auch wenn der teure Blubberdrink zweifellos vorzüglich schmeckte.

»Sie sagten am Telefon, dass Sie Ihren provisorischen Ehering gerne mit einem hochwertigeren Exemplar ersetzen würden?«

»Das stimmt. Unsere Hochzeit fand sehr ... spontan statt. Wir zäumen das Pferd also von hinten auf.«

Ein wissendes Lächeln stahl sich auf das Gesicht des Verkäufers. »Las Vegas übt eine ganz besondere Magie auf Verliebte aus. Seien Sie beruhigt, das geht vielen Paaren so. Ich möchte Ihnen zunächst unsere Kollektion speziell für Verliebte und Verlobte zeigen, wenn das in Ihrem Interesse ist?«

Ich nickte und folgte ihm in einen edel eingerichteten Raum aus dunkelblauem Damast. Auf dem flauschigen Sofa in der Mitte des Raumes ließ ich mich nieder und sah dem Verkäufer hinterher, der durch eine in die Wand eingelassene Tür verschwand und kurz darauf mit einer Auswahl an Schmuckstücken wiederkehrte, die er auf einem mit Samt ausgekleideten Tablett vor mir ausbreitete.

Die folgende Stunde verbrachte ich damit, die schönsten und teuersten Ringe, die ich je in meinem Leben gesehen hatte, anzuprobieren und anzustarren.

Ich würde lügen, wenn ich behauptete, dass ich diese Erfahrung nicht genoss.

Meine Angewohnheit, kaum Schmuck zu tragen, würde ich im Hinblick auf diese Schätzchen überdenken müssen.

Ich hatte stets getönt, dass Geld mich nicht beeindruckte. Dass ich nicht verstehen konnte, wieso sich Frauen von Männern kaufen ließen. Dass ich mir meinen Lebensunterhalt wunderbar selbst verdienen konnte.

Die Message des Songs »I don't need a man« von den *Pussycat Dolls* gehörte zu meiner Lebensphilosophie, wie der morgendliche Kaffee.

Und jetzt?

Jetzt saß ich in einem der teuersten Schmuckläden in ganz Nevada und tat genau das, worüber ich mich immer ausgelassen hatte.

Ich ließ mich beeindrucken.

Beeindrucken von dem obszönen Luxus, zu dem mir Graysons Kreditkarte die Türen öffnete.

Nicht, dass ich nicht selbst sehr gut verdienen würde. Aber das hier ... das war eine komplett andere Liga.

Was sagte das über mich aus?

»Mrs. Parker?«

Der Verkäufer riss mich aus meinen Gedanken.

»Dieser Ring steht Ihnen fantastisch. Er ist ein Symbol grenzenloser Liebe und existiert auf der ganzen Welt bloß einhundert Mal.«

Ich betrachtete den Ring, der wie gemacht für mich schien.

Schlicht.

Elegant.

Einzigartig.

Ein goldenes Herz zierte das Zentrum des Schmuckstücks. Durch das Herz schlang sich eine mit Diamanten versehene liegende Acht, das Symbol der Unendlichkeit. An dem Punkt, an dem sich die Acht in der Mitte des Herzens überschnitt, prangte ein kleiner Rubin in der Farbe der Liebe, des Feuers und der Leidenschaft.

Dieser Ring erzählte eine Geschichte. Vermittelte eine Botschaft. Dieser Ring verkörperte die Kraft der Liebe, die sich mit der Macht der Unendlichkeit vereinte.

»Der ultimative Liebesbeweis. Mit diesem Schmuckstück können Sie die grenzenlose Liebe, die Sie und Mr. Parker einander geschworen haben, für alle Welt sichtbar machen.«

Die eifrigen Worte des Verkäufers holten mich schlagartig von meiner rosaroten Wattewolke zurück auf den harten, kalten Boden der Realität.

Liebe? Welche Liebe denn?

Meine Gefühle für Grayson Parker glichen eher einem alles vernichtenden Schneesturm in der Arktis. Zumindest wollte ich, dass sie das taten.

»Der Ring ist wirklich zauberhaft. Aber nicht das Richtige für mich«, murmelte ich bedauernd.

Der Verkäufer stieß einen verwunderten Laut aus. Ihm war nicht entgangen, dass meine Augen bei dem Anblick dieses traumhaften Schmuckstücks zu leuchten begonnen hatten.

Und ja, ich fand ihn hinreißend. Er war absolut perfekt. Wie für mich gemacht.

Doch es gab ihn nur einhundert Mal auf der Welt. Und er sollte von einhundert Frauen getragen werden, die von ihrem Partner aufrichtig und inständig geliebt wurden.

Ich hatte nicht das Recht, die tiefschürfende Botschaft dieses einzigartigen Rings mit unserer gespielten Liebe zu beschmutzen.

Eine halbe Stunde später verließ ich das Juweliergeschäft. Ich hatte mich für einen stilvollen, aber schlichten Verlobungsring entschieden, der Eindruck schindete, mit dem ich mich aber dennoch wohl in meiner Haut fühlte. Dazu wählte ich einen dezenten, mit kleinen Diamanten besetzten Ehering für mich und eine maskulinere Version aus Platin mit goldenem Rand für Grayson.

Die Ringe wurden in den kommenden Tagen auf meine Maße angepasst und Grayson würde sie abholen, wenn er über die Feiertage zu seiner Anprobe kam.

Nach diesem aufregenden Erlebnis am Morgen, stand mir nun ein Tag voller Meetings bevor, bis ich am Abend endlich in das Flugzeug nach North Carolina steigen durfte, um die Weihnachtsfeiertage mit meiner Familie in Charlotte zu verbringen.

Und um mich auf Silvester in Dubai vorzubereiten.

Grayson hatte mir eine ganze Reihe von Dokumenten und Informationen gemailt und mich gebeten, sie mir über die Feiertage einzuprägen.

Es wunderte mich nicht, dass er zwischen Feiertagen und regulären Arbeitstagen Tagen keinen Unterschied machte. Aber ich wollte mich nach einem überaus anstrengenden und kräftezehrenden Jahr wenigstens für zehn Tage erholen und Energie für die kommende Saison, die bereits in zwei Monaten mit den Testfahrten in Barcelona begann, sammeln.

Stattdessen würde ich nun zwischen Truthahn, heißen Maronen, Glühwein und Zimtsternen, das Handbuch für perfekte Ehefrauen lesen und mich mit dem Projekt vertraut machen, wegen dem Grayson mich unbedingt als Ehefrau an seiner Seite benötigte.

Sieben Tage blieben mir, um mich für diese gemeinsame Reise zu wappnen.

Die Aussicht auf ein baldiges Wiedersehen mit Grayson, noch dazu in einem offiziellen Rahmen und als seine ihn liebende Ehefrau, ließ mich nervös die imaginären Fussel von meiner Jacke zupfen.

Ich sollte ihn abgrundtief dafür hassen, dass er meinen benebelten Zustand in jener Nacht so schamlos ausgenutzt und mich anschließend damit erpresst hatte. Doch so sehr ich mich auch bemühte, ich konnte den Hass in mir nicht heraufbeschwören.

Vielmehr weckte der Gedanke daran, dass wir einander in Dubai berühren und küssen mussten, um allen glaubhaft das verliebte, frischvermählte Ehepaar vorzuspielen, ein verräterisches Kribbeln in meinem Bauch.

12

GRAYSON

Der Flug von Las Vegas nach Charlotte dauerte vier Stunden. Mit jeder Stunde, die wir uns North Carolina näherten, nahm meine Rastlosigkeit zu.

Ich schob es auf das bevorstehende Treffen mit den Entscheidungsträgern des Orient Projektes, von dem viel, um nicht zu sagen, alles, abhing.

Bei unserem letzten Treffen hatten sie mir versichert, dass mein Konzept und meine Strategie voll ihren Erwartungen und Anforderungen entsprachen. Einzig der Umstand, dass ich mich in keiner harmonischen Vorzeige-Ehe befand, um das kultivierte, konservative Saubermann Image dieser Megakampagne an allen Fronten vermarkten zu können, ließ sie zögern.

Die Nachricht von meiner, wenngleich recht plötzlichen Eheschließung, zog prompt die Einladung nach

Dubai nach sich, zusammen mit der Bitte, den Feier-
lichkeiten gemeinsam mit meiner Frau beizuwohnen.

Ich wertete das als ein gutes Zeichen.

Wenn wir es geschickt anstellten, konnte ich
womöglich mit einem unterzeichneten Vertrag zurück
nach Las Vegas fliegen und das neue Jahr mit einem
bombastischen Geschäftsabschluss beginnen.

Was mich daran störte war, dass der Erfolg nicht
von mir allein abhing, sondern dass ich mich auf
Dakota verlassen musste.

Mit ihr lebte oder starb das Orient Projekt.

Gaben wir ein glaubwürdiges, sympathisches Paar
ab, stand dem Deal nichts mehr im Wege. Doch wenn
sie die Gastgeber nicht von sich als Frau und Ehefrau
überzeugte, lief ich Gefahr, dass ich dieses gigantische,
einmalige Geschäft an die Konkurrenz verlor.

Das letzte Mal als wir einander begegnet waren,
schien sie alles andere als gut auf mich zu sprechen zu
sein. Und dass sie wegen mir Silvester getrennt von
ihrer Familie auf einem anderen Kontinent verbringen
musste, hatte mir weitere Minuspunkte bei ihr
eingebracht.

Ich war es nicht gewohnt, von anderen abhängig
zu sein und es missfiel mir, dass ich *Miss Perfect* so viel
Macht über mein Leben überlassen musste.

Es reichte ja nicht, dass sie mich mit ihren Lippen
in einen Zustand der Dauererregung versetzt hatte.
Nein, sie entschied nun auch noch indirekt, ob ich den
Deal meines Lebens abschließen würde oder eben
nicht.

Die zahlreichen Verpflichtungen während der

Weihnachtstage verhinderten zu meiner Verärgerung, dass ich mir den Stress und die Gedanken an sie aus dem Kopf und aus dem Sinn vögeln konnte. Dementsprechend gereizt und angespannt verhielt es sich aktuell mit meinem Gemütszustand.

Wenn Dakota heute in den Jet steigen und mich reizen würde, wie sie es andauernd tat, konnte ich für nichts garantieren.

Dass wir uns in den nächsten zwölf Stunden gemeinsam auf engem Raum in zigtausend Metern Höhe befanden, machte es nicht besser. Daran änderte auch der Umstand nichts, dass ich den größten Jet genommen hatte, den *Parker Resorts & Spas* zu seiner Flotte zählte.

Immerhin würden wir über Nacht fliegen. So konnten wir einen Großteil der gemeinsamen Zeit damit verbringen, zu schlafen.

Getrennt natürlich.

Ich schüttelte den Kopf, um die Erinnerung von Dakota, wie sie in ihrem sexy Kleid auf dem Hotelbett lag und mich aus erwartungsvollen Augen anschaute, zu vertreiben.

Dakota war Teil eines Geschäfts. Mehr nicht.

Und da ich grundsätzlich Privates und Geschäftliches nicht miteinander vermischte, würde ich eine klare Grenze ziehen. Berührungen und Zärtlichkeiten zwischen ihr und mir fanden nur im geschäftlichen Rahmen und lediglich zu offiziellen Anlässen statt.

Ohne Ausnahme.

»Fünfzehn Minuten bis zur Landung«, informierte

mich einer der Piloten und bat mich, den Anschnall-
gurt anzulegen.

»Hi Darling«, zwitscherte Dakota mit einem
zuckersüßen Lächeln und trat dick eingemummelt
durch die Vordertür des Jets.

Sie zog sich den Mantel aus, übergab ihn dem Stewart
und kam selbstbewussten Schrittes auf mich zu. Bevor ich
mich versah, hatte sie sich zu mir hinabgebeugt und mir
einen verheißungsvollen Kuss auf die Wange gehaucht.

»Ich habe dich so furchtbar vermisst, Gray«, beteu-
erte sie wehmütig und ließ ihre Fingerspitzen über
mein Gesicht gleiten.

Obwohl ihre Hände von den Minusgraden, die in
North Carolina derzeit herrschten, eisig kalt waren,
brannten sie sich wie Feuer in meine Haut.

Dakota richtete sich auf und ließ sich in einer flie-
ßenden Bewegung auf dem Sitz mir gegenüber nieder.

Sie trug bequeme, enganliegende schwarze Leggins
und einen weiten, langen, braunen Wollpullover, der
ihr bis knapp über die Knie reichte.

Sprachlos musterte ich sie und rieb mir die Wange,
auf der ich noch immer ihre weichen Lippen spüren
konnte.

»Na, wie war ich?«, fragte sie und schlug abwartend die Beine übereinander. »Hast du mir die liebende

Ehefrau, die sich verzweifelt nach ihrem Mann sehnt, abgekauft?«

»Das war …« Ich verstummte. In meinem Kopf herrschte absolute Leere.

»Wieso schaust du so perplex? Dieses ultrawichtige Event, von dem angeblich alles abhängt, findet in weniger als zwei Tagen statt. Ich dachte, da sollten wir besser jede freie Minute zum Üben nutzen. Dafür, dass wir Ehepartner sind, wissen wir nämlich ziemlich wenig übereinander. Und im Umgang miteinander haben wir kaum Erfahrung.«

»Die Informationen über mich standen alle in den Dokumenten, die ich dir gemailt habe. Und was dich betrifft, habe ich Erkundigungen eingezogen. Ich bin also auf dem neuesten Stand.«

»Du hast Erkundigungen über mich eingezogen?« Dakota zog spöttisch eine Augenbraue in die Höhe. »Wieso bloß überrascht mich das nicht? Dann lass mal hören, Gray.«

»Das wäre wirklich zu viel des Guten.«

»Tatsächlich? Mir war nicht bewusst, dass es über mich so viel zu erzählen gibt. Was hast du Spannendes in Erfahrung gebracht?«

»Du hast den besten Abschluss deines Jahrgangs gemacht.«

»Das ist nicht spannend.«

»Du bist die einzige weibliche Sponsorendirektorin in der *Serie del Rey*.«

»Das ist auch nicht spannend.«

Ich überkreuzte die Arme vor der Brust und sah Dakota unverwandt in die Augen. »Du bist Anfang zwanzig einen Sommer lang durch Südostasien gereist. Als Backpackerin. Allein.«

»Das ist schon spannender. Was ist mein Lieblingsrennen auf dem *Serie del Rey* Kalender?«

»Monaco?«

»Melbourne. In welchem Land urlaube ich am liebsten?«

»Thailand?«

»Griechenland. Was könnte ich jeden Tag essen?«

»Pasta?«

»Salami Pizza. Wer ist meine Lieblingsband?«

Ich schloss die Augen und gab mich widerwillig geschlagen.

»Du siehst, es gibt da einiges an Redebedarf, *Darling*. Wir sind die nächsten zwölf Stunden in diesem Flugzeug gefangen. Wieso nutzen wir die Zeit nicht, um uns optimal auf dieses Event vorzubereiten? Je eher du den Deal abschließt, desto früher bekomme ich meine Freiheit und mein Leben zurück, was ich, gelinde gesagt, kaum erwarten kann.«

»Wir sollten uns lieber ausruhen und schlafen, damit wir für die nächsten Tage gewappnet sind«, widersprach ich.

»Wieso tun wir nicht einfach beides? Lass uns die nächsten beiden Stunden über unsere Vorlieben, unsere Marotten und unsere Erfahrungen reden. Danach schlafen wir ein Weilchen und vor der Landung besprechen wir unsere Geschichte: Wo haben wir uns kennengelernt, warum haben wir uns ineinander verliebt, wo hast du mir den Antrag gemacht, was sind unsere Familienpläne, wie bekommen wir Berufliches und Privates unter einen Hut ...«

»Du musst auch immer das letzte Wort haben, oder? Unsere Geschichte stand doch in meiner E-Mail.«

»Die Geschichte ist staubtrocken und kein bisschen romantisch. Wenn du willst, dass unsere Liebe den Leuten das Herz erwärmt, musst du definitiv ein bisschen dicker auftragen, Grayson Parker.«

»Apropos Herz.« Ich zog eine dunkelblaue, mit Samt ummantelte Schachtel aus der Tasche auf dem Sitz neben mir und reichte sie Dakota.

»Was ist das?« Neugierig nahm sie sie mir ab.

»Dein Verlobungsring und dein Ehering.«

»Hat das mit den Maßen reibungslos funktioniert?« Dakota klappte das Kästchen auf und erstarrte. »Aber ... das hier ist nicht mein Verlobungsring«, flüsterte sie atemlos.

»Jetzt schon. Der Verkäufer meinte, dass dich dieser Ring regelrecht verzaubert hat und konnte überhaupt nicht nachvollziehen, wieso du statt diesem einen eher nichtssagenden Ring gekauft hast.«

Dakota klappte die Schachtel wieder zu und lehnte sich in ihrem Sitz zurück. »Du musst auch immer alles entscheiden, oder? Ich *wollte* diesen Ring nicht. Deshalb habe ich ihn nicht gekauft.«

»Warum wolltest du ihn nicht? Er ist wirklich hübsch und besonders.«

»Ja, das ist er. Aber wenn ich ihn ansehe, erinnert er mich daran, was für eine miese Heuchlerin ich bin. Er ist für Menschen gemacht, die sich ehrlich und

aufrichtig lieben. Wir lieben uns nicht, Grayson. Wir
mögen uns ja nicht einmal. Ich habe kein Recht dazu,
diesen Ring zu tragen.«

Ich nahm ihr die Schachtel aus der Hand und
öffnete sie. Nachdenklich begutachtete ich den außer-
gewöhnlichen Ring. »Er gefällt dir doch, oder?«

»Sehr. Aber darum geht es nicht, Grayson. Ich bin
...«

»... hör zu, Dakota«, unterbrach ich sie, »du bist
keine Heuchlerin. Du machst bei dieser Sache bloß mit,
weil ich dich dazu gezwungen habe.«

»Schön, dass wir uns in diesem Punkt einig sind«,
grummelte sie.

»Ich war noch nicht fertig.«

»Aber ich.«

Ich verdrehte die Augen und überging ihren
Kommentar. »Ob freiwillig oder nicht: Du hilfst mir
dabei, meinen Lebenstraum zu verwirklichen. Durch
dich erhalte ich die Chance, nach den Sternen zu greifen. Also betrachte den Ring nicht als ein Liebesgeständnis zwischen zwei Menschen, sondern als eine
Liebeserklärung an das Leben. Jedes Mal, wenn du den
Ring ansiehst, soll er dich daran erinnern, welche
Möglichkeiten das Leben bereithält und dass man alles
erreichen kann, wenn man an seinem Traum festhält.
Dass es keine Grenzen gibt, außer die, die wir uns
selbst auferlegen.«

Dakota beäugte mich schweigend. Dann beugte sie
sich vor und widmete ihre Aufmerksamkeit der
Schachtel in meiner Hand.

»Komm schon, du weißt, dass du ihn willst«, neckte ich sie.

Sie presste ertappt die Lippen aufeinander. Ihre Mundwinkel zuckten verräterisch, als ich leise zu lachen begann. Auffordernd streckte sie mir ihren Ringfinger entgegen.

»Worauf wartest du, Gray? Steck deiner Frau endlich den Ring an den Finger.«

»Welchen? Den Verlobungsring oder den Ehering?«, grinste ich wissend.

»Beide«, bestätigte sie meine Vermutung und schenkte mir ein strahlendes Lächeln, das meinen Herzschlag für einen Moment aus dem Takt geraten ließ.

13
DAKOTA

Das herzhafte Gähnen, das mir die Tränen in die Augen trieb, ließ Grayson auf die Uhr blicken.

»Es ist spät«, sagte er mehr zu sich selbst, als zu mir.

Stirnrunzelnd schaute er aus dem Fenster des Jets. Draußen herrschte absolute Dunkelheit. Nur die blinkenden Lichter der Tragflächen erhellten den schwarzen Nachthimmel.

Ich warf ebenfalls einen Blick auf meine Uhr und stellte überrascht fest, dass wir uns seit fast vier Stunden in der Luft befanden. In North Carolina musste es jetzt kurz vor Mitternacht sein. Die gemeinsamen Stunden hoch über den Wolken waren buchstäblich verflogen, ohne dass wir davon Notiz genommen hatten.

Erst mein Gähnen ließ mich realisieren, dass meine

Augen brannten und mein Verstand nicht mehr allzu aufnahmefähig schien.

Ich räkelte mich in meinem Sitz und leerte mein Glas.

Seit unserem Abflug in Charlotte hatten Grayson und ich unser Privatleben voreinander ausgebreitet. Was als zögerliches, stockendes und holpriges Gespräch begann, wandelte sich recht schnell in eine amüsante, ja beinahe lustige und angenehme Unterhaltung.

Ich hatte Grayson von einer vollkommen anderen Seite kennengelernt und obwohl dieses Gespräch aus einem Zwang heraus entstand, fühlte es sich seltsamerweise nach einer Weile ganz und gar nicht mehr zwanghaft an.

Ich musste zugeben, dass der Unmensch Grayson Parker in Wahrheit ein bemerkenswerter Mann war. Dass ich seine Ansichten, seine Ambitionen und seine Lebenseinstellung in erschreckendem Maße teilte.

Zähneknirschend gestand ich mir nach diesen vier Stunden ein, dass Grayson Parker und mich deutlich mehr verband, als uns unterschied.

Der unstillbare Durst nach dem Leben. Der Glaube daran, dass die Möglichkeiten, die uns das Leben bot, unendlich waren und dass die Menschen sich die Grenzen, die sie daran hinderten, diese zu ergreifen, selbst auferlegten. Die Liebe zu unseren Jobs, zu denen wir uns berufen fühlten und in denen wir aufgingen. Unsere direkte und unverblümte Art, mit der wir häufig aneckten. Die Abneigung gegen das Wort *Geduld*. Die Härte, mit der wir uns selbst beurteilten und oftmals verurteilten, wenn wir hinter unseren Erwartungen zurückblieben.

Wie war es möglich, dass ausgerechnet der Mensch, mit dem ich am wenigsten zu tun haben wollte, sich als der Mensch entpuppte, der mich verstand, wie kein anderer?

Dass ausgerechnet der Mann, der mir seinen Willen aufzwang und mir dadurch meinen freien Willen nahm, mich in meinen Ansichten bestärkte und sie beflügelte, statt mich wie die meisten Menschen zu entmutigen und auszubremsen?

Ich musterte den ehrgeizigen Mann, der trotz des langen Fluges noch immer einen eleganten Dreiteiler samt Krawatte trug und kein bisschen zerknittert aussah.

Er riss seine Augen vom Fenster los und fing meinen Blick auf.

Eine Weile schauten wir einander einfach nur an. Stumm. Regungslos. Mein Kopf war wie leergefegt. Kein einziger Gedanke formte sich darin. Einzig meine Kopfhaut prickelte unter den durchdringenden braunen Augen von Grayson.

Das Räuspern des Stewards ließ mich zusammenfahren.

»Mr. Parker, Mrs. Parker, darf ich Ihnen einen Mitternachtssnack servieren?«

Grayson sah mich auffordernd an. Ich schüttelte den Kopf.

»Danke, Gary. Legen Sie sich schlafen. Wir benötigen Sie heute nicht mehr.«

Mit einem höflichen Gruß verabschiedete sich der

junge Mann und verschwand hinter einer Tür unweit des Cockpits.

»Das gilt auch für dich, Dakota. Schlafzimmer und Bad im hinteren Teil des Jets stehen dir zur Verfügung. Leg dich ein paar Stunden hin. Du siehst müde aus.«

»Was ist mir unserer Geschichte? Darüber haben wir bisher nicht gesprochen«, wandte ich ein.

»Dazu bleibt uns vor der Landung noch genug Zeit.« Grayson zog seinen Laptop aus der Tasche, die neben ihm auf dem Sitz lag und klappte ihn auf.

»In Ordnung. Und was machst du?«

»Arbeiten.«

»Was ist mit Schlafen?«

»Später.«

»Woher weiß ich, welches Schlafzimmer für mich gedacht ist?«, fragte ich und reckte meinen Hals.

»Es gibt nur eins. Ich schlafe auf der Couch.« Grayson deutete mit dem Kinn auf die edle Sofalandschaft aus weißem Leder, die die Hälfte der linken Seite des Jets einnahm, und widmete sich dann seinem Laptop.

Ich verstand nicht, woher sein plötzlicher Stimmungsumschwung rührte. Noch vor fünf Minuten herrschte zwischen uns eine gelöste, nahezu heitere Stimmung.

Was hatte dazu geführt, dass er sich nun wieder in den unnahbaren, gefühlskalten Hoteltycoon verwandelte, der alle Welt aus seinem Leben ausschloss?

»Gutes Gelingen«, verabschiedete ich mich und legte ihm die Hand auf die Schulter, als ich an ihm vorbei in den hinteren Teil des Jets ging.

Obwohl ich schon ein paar Mal mit Toni in dessen Jet geflogen war, stellte Graysons Flugzeug alles an Luxus und Annehmlichkeiten in den Schatten, was mir bisher untergekommen war.

Ich konnte dem Drang, in luftiger Höhe zu duschen und mich mit den verführerischen Düften einzureiben, die eigens dafür bereitstanden, nicht widerstehen.

Nach Rose und Jasmin duftend zog ich mir die Leggins und das Sweatshirt über, die ich als Wechselkleidung für den Flug eingepackt hatte, putzte mir die Zähne und öffnete die Tür zu dem benachbarten Schlafzimmer.

Ein breites Bett nahm den größten Teil des Raumes ein. In die Wand vor dem Bett war ein riesiger Flachbildfernseher eingelassen. Ein integrierter Kleiderschrank mit einigen von Graysons Sachen befand sich zu meiner rechten. Oberhalb der Nachtschränkchen, links und rechts vom Bett, waren elegante Lampenschirme befestigt, deren Helligkeit sich mit einer Fernbedienung regulieren ließen.

Ich setzte mich auf das Bett und schaltete das Licht aus. Augenblicklich wurde es stockdunkel im Zimmer.

Trotz meiner Müdigkeit, den von der warmen Dusche entspannten Gliedern und den weichen Kissen, die praktisch zum Einschlafen einluden, dauerte es eine ganze Weile, bis mein Geist die nötige Ruhe fand, um in das Traumland abzudriften.

So sehr ich die letzten sieben Tage mit meiner Familie genossen und zum Abschalten genutzt hatte: Das Wissen, dass ich Silvester als Grayson Parkers

Ehefrau verbringen musste, spukte stets in meinem Hinterkopf und ließ mich nie gänzlich los.

Dass ich mich wenigstens meinen Freundinnen anvertrauen konnte, beruhigte meine flatternden Nerven. Zumindest teilweise.

Die Videokonferenzen, die wir geführt hatten, ermutigten mich dazu, die Reise mit Grayson als ein Abenteuer zu betrachten, statt dagegen anzukämpfen und sinnlos meine Kraft damit zu verschwenden.

Letztendlich verbrachte ich ein paar Tage in einem der exklusivsten Hotels der Emirate, hatte uneingeschränkten Zugang zu dessen Spa Bereich und konnte mich, wenn ich wollte, mit der neuesten Mode einkleiden.

Dass ich einen Abend lang nett lächeln, ein paar schlaue Worte sagen und an den richtigen Stellen zustimmend nicken musste, war ein geringer Preis für die luxuriösen Annehmlichkeiten, in deren Genuss ich kam.

Zwar gehörte ich nicht zu den Luxusweibchen, die total auf so was abfuhren, aber ich würde lügen, wenn ich behauptete, dass ich mich nicht insgeheim auf so ein Prinzessinnen-Wochenende freute.

Wenn ich meinen Job gut erledigte, würde Grayson seine Unterschrift bekommen und ich konnte meine Freiheit mit ihm verhandeln.

Darauf konzentrierte ich mich, als mir meine Augen zufielen und ich langsam davondriftete.

14
GRAYSON

Ich erwachte davon, dass jemand eine Decke über mir ausbreitete.

Blinzelnd öffnete ich meine Augenlider und hob den Kopf. Im selben Moment schoss mir ein stechender Schmerz in den Nacken.

Ich rieb mir leise fluchend die schmerzende Stelle und realisierte, dass ich im Sitzen eingeschlafen sein musste.

Dakota stellte meinen Laptop auf dem Tisch ab und setzte sich auf ihren Platz.

»Guten Morgen. Na, gut geschlafen?«, zog sie mich auf.

»Wie spät ist es?«

»In North Carolina sollte es jetzt kurz nach fünf Uhr morgens sein.«

Ich ließ meinen Blick über Dakota schweifen und staunte nicht schlecht. Sie sah frisch, ausgeschlafen und erholt aus. Unverkennbarer Weise hatte sie bereits geduscht und sich zurechtgemacht. Denn ihr Gesicht zierte ein dezentes Make-up. Ihre Haare hatte sie zu einem lockeren Knoten gebunden und ihr legeres, gemütliches Winter-Outfit wurde von einem stilvollen Maxikleid ersetzt, das sich gut für die warmen Temperaturen in Dubai eignete.

»Ich mache mich schnell frisch und dann können wir an unserer Geschichte feilen.«

Dakota nickte und schaute aus dem Fenster. Am Horizont hatte sich ein goldener Streifen gebildet, der von einem Meer aus Orange und Dunkelblau umrahmt wurde.

»Schön, nicht?«, murmelte sie abwesend und stützte das Kinn auf ihrem Handrücken ab. Das schwache Licht der Flugzeugbeleuchtung spiegelte sich in ihren verträumten Augen und ließ mich meine Schmerzen für einen Moment vergessen.

»Wunderschön«, raunte ich und ballte meine Hände zu Fäusten, um nicht auf dumme Gedanken zu kommen.

Ich brauchte deutlich länger als sonst, um mich zu duschen und anzuziehen, da meine Bewegungen durch den steifen Nacken sichtlich eingeschränkt waren.

Das hatte mir gerade noch gefehlt.

Ich hangelte im Schlafzimmer nach dem Hemd, das

in meinem persönlichen Kleiderschrank hing und stieß einen unterdrückten Fluch unter dem Schmerz aus, der mittlerweile von meinem Nacken bis in meine Schulterblätter gekrochen war.

»So schlimm?«

Ich versuchte den Kopf in Richtung der Tür zu drehen, doch es gelang mir nicht.

»Was tust du hier?«, fragte ich stattdessen und wandte Dakota weiterhin meinen nackten Rücken zu.

»Gary möchte wissen, wann er das Frühstück servieren soll.«

»Wann du willst.« Endlich gelang es mir, das Hemd samt Krawatte vom Bügel zu nehmen und es mir überzustreifen. Ich tastete nach den Knöpfen und versuchte sie zu schließen, ohne dabei den Kopf zu bewegen.

»Lass mich das machen.«

Dakota schob sich an mir vorbei und schloss das Hemd binnen Sekunden.

»Danke.«

»Schon gut. Setz dich mal aufs Bett und gib mir die Krawatte.«

Mit routinierten Handgriffen stellte sie meinen Hemdkragen hoch. Ich öffnete meine Beine, um die Distanz zwischen uns zu verringern und ihr so den Zugang zu meinem Hals zu erleichtern. Dakota stellte sich zwischen meine Oberschenkel und legte mir die Krawatte um. Verstohlen beobachtete ich sie aus den Augenwinkeln, während sie den Knoten band.

»Fertig.« Sie räusperte sich und klappte meinen

Hemdkragen hinab. Prüfend ließ sie ihre Hände an meinem Hemd entlanggleiten.

Ich erschauderte unter ihrer Berührung, was ihr nicht entging. Sie hielt inne und hob langsam den Blick. Ihr Atem ging flach und schnell.

»Bestehe ich die Musterung?«, flüsterte ich heiser.

»Das tust du doch immer.« Sie lächelte zaghaft und trat einen Schritt zurück.

Ich umgriff ihre Handgelenke und zog sie zu mir zurück.

»Du weißt, dass wir einander morgen küssen müssen? Spätestens zum Jahreswechsel um Mitternacht.«

Dakota schluckte nervös, hielt meinem Blick jedoch stand.

»Es darf nicht gezwungen oder aufgesetzt wirken.«

»Nein, das darf es nicht«, hauchte sie mit belegter Stimme.

»Vielleicht sollten wir es zur Sicherheit noch einmal üben, bevor wir landen?«

Ihre Augen weiteten sich und sie schnappte hörbar nach Luft.

»Außer natürlich, du fühlst dich gut vorbereitet.«

»Wir ... wir sollten es üben. Du hast recht«, keuchte sie und ließ zu, dass ich sie auf meinen Schoß zog und wir einander auf Augenhöhe gegenübersaßen.

Dakota fuhr mit ihren Daumen meine Augenbrauen nach. Ihre Finger zitterten dabei leicht.

In Zeitlupe näherte ich mich ihrem Gesicht. Unsere Blicke trafen sich, verhakten sich, entflammten einander.

Sie öffnete ihre Lippen für mich und ich nahm die Einladung dankbar an. Bedächtig verschloss ich unsere Münder und registrierte mit Genugtuung, wie Dakota ihre Hände in meinem Haar vergrub und einen zufriedenen Seufzer ausstieß.

Ich bewegte meine Lippen an den ihren und unterdrückte ein erregtes Knurren.

Fuck.

Diese Lippen.

Diese verdammten, himmlischen Lippen.

So weich. So warm. So süß.

Ich spürte, wie mir die Kontrolle entglitt und meine niederen Instinkte das Kommando übernahmen.

Langsam ließ ich mich mit dem Rücken auf die Matratze sinken und zog Dakota mit mir, sodass sie auf mir zum Liegen kam. Meine Hände fuhren über ihre Kurven und strichen ihr die langen, blonden Haare aus dem Gesicht. Meine Zunge glitt in ihren Mund und begann einen sinnlichen, erotischen Tanz der Leidenschaft. Sie wimmerte lustvoll und krallte ihre Finger fester in meine Haare, presste ihren Mund verzweifelter auf den meinen.

Mein Schwanz pochte beinahe schmerzlich in meiner Hose. Ich strich mit meinen Fingern an Dakotas Rücken hinab in Richtung Süden und umfasste ihren knackigen, runden Po mit beiden Händen, knetete ihn besitzergreifend. Dakota folgte meiner stummen Aufforderung und öffnete ihre Schenkel für mich. Aufreizend rieb sie ihre Mitte gegen meine pulsierende Erektion.

Ich begann mich unter ihr zu bewegen und stieß

mit meinem Becken gegen ihre Mitte, fickte sie durch unsere Kleidung, während wir vollkommen angezogen aufeinanderlagen und wie ausgehungerte, triebgesteuerte Teenager miteinander knutschten.

Dakota fing meine Bewegungen mit ihrer Hüfte ab, kam ihnen entgegen, rieb sich schamlos und hungrig an meiner ausgewachsenen Beule. Sie küsste mich mit einer Gier, die uns in Dubai in der Öffentlichkeit sofort in den Knast befördern würde.

Unsere Küsse wurden mit jeder Sekunde ausschweifender, geiler, explosiver.

Ich wollte diese Frau vögeln. Und sie wollte gevögelt werden. Von mir.

Aber das bedeutete, dass wir uns unserer Kleidung entledigen mussten. Und das konnten wir nur, wenn wir voneinander abließen und unsere Küsse unterbrachen.

Daran war bei diesen Lippen jedoch nicht zu denken. Ich musste sie kosten. Sie fühlen. Sie saugen. Noch fünf Minuten. Fünf Minuten knutschen und dann würde ich die Kraft finden, aufzuhören und sie auszuziehen. Vielleicht.

»Oh Gott, Gray.« Dakotas eindeutiges, hilfloses Stöhnen sorgte dafür, dass sich mir sämtliche Härchen aufstellten und mein ganzer Körper sich anspannte.

Sie kam. Sie kam allen Ernstes.

Dakota erlebte einen Orgasmus. Vollkommen bekleidet. Auf mir.

Keuchend bäumte sie sich auf und ritt mich durch den Stoff meiner Hose, während die letzten Wellen des Höhepunkts über sie hereinbrachen.

Der Anblick war zu viel für mich.

Ich ignorierte den stechenden Schmerz in meinen Schultern, als meine Arme in die Höhe schnellten und meine Hände nach Dakota griffen. Blitzschnell warf ich sie auf das Bett und rollte mich auf sie. Ich drängte mich ungeduldig zwischen ihre Beine, suchte stürmisch ihre Lippen und fickte sie, noch immer vollkommen bekleidet, mit meinem Schwanz.

Ich brauchte es. Jetzt. Und nicht in einer Minute oder wie lange es dauern würde, mich meiner Hose zu entledigen und ein beschissenes Kondom zu suchen.

Dakota schlang ihre Beine um meine Hüften und passte sich dem Rhythmus meiner Stöße an. Ihre geschwollenen Lippen beförderten mich auf direktem Weg in das ewige Verderben. Ihre Hände fixierten meinen Kopf, brachten ihn in eine Position, die es mir erlaubte, meine Zunge in ihren Mund zu schieben und sie zu kosten.

Ich stieß zu. Immer wieder. Heftiger. Wilder.

Ich war geil. So verflucht geil.

Als Dakota unter mir ein zweites Mal kam, hielt ich es nicht mehr länger aus. Ich ließ los und folgte ihr.

15
DAKOTA

Grayson brach auf mir zusammen und blieb schwer atmend liegen.

Ich rührte mich nicht und genoss die Nachbeben meines Orgasmus.

Erst als Grayson sich von mir herunterrollte und sich stumm neben mich legte, die Augen starr an die Decke des Schlafzimmers geheftet, kehrte langsam mein abhanden gekommener Verstand zurück.

»Shit«, murmelte ich und schloss beschämt die Augen.

»Allerdings«, stimmte mir Grayson zu und atmete zischend aus. »Wenn ein harmloser Kuss bei uns jedes Mal in zügelloses Vögeln ausartet, haben wir morgen Abend auf der Party ein riesengroßes Problem.«

»Es wird nicht wieder vorkommen.«

»Das habe ich mir bereits in unserer Hochzeitsnacht geschworen, als wir es beinahe in der Kapelle miteinander getrieben hätten. Und dennoch liegen wir jetzt hier ...«

»Ich verstehe nicht, wie das passiert ist, Grayson.«

»Wieso es *wieder* passiert ist, meinst du wohl.«

»Das erste Mal war ich betrunken und nicht bei Sinnen«, redete ich mich heraus, obwohl ich wusste, dass ich mich mit meiner lahmen Entschuldigung nur selbst belog.

»Tja, ich war beide Male bei Sinnen«, seufzte Grayson.

»Offensichtlich üben wir also eine Art sexuelle Anziehung aufeinander aus, so abwegig das klingen mag.«

»Scheint so«, brummte er und setzte sich auf.

»Was machen wir jetzt?«

»Nichts. Wir müssen die Finger voneinander lassen. Ich trenne Privates und Geschäftliches grundsätzlich. Lass uns diesen Deal abschließen und danach auf Abstand gehen.«

»Okay«, antwortete ich knapp und stieg vom Bett. Ich drehte mich von Grayson weg und richtete mein Kleid. »Ich mache mir im Bad die Haare. In der Zwischenzeit kannst du dich umziehen. Ich nehme an, du musste die Hose wechseln«, sagte ich, ohne ihn anzusehen und verließ die Kabine.

Die Stunden bis zur Landung verbrachten wir in einvernehmlichem Schweigen. Keinem von uns stand der Sinn nach Smalltalk oder Diskussionen darüber, wie wir uns kennen und lieben gelernt hatten. An unserer Lügengeschichte würden wir später arbeiten müssen.

Falls wir überhaupt noch einmal miteinander sprachen.

Ich musste mich schwer zusammenreißen, um mir nicht selbst eine Ohrfeige zu verpassen. Was zur Hölle war bloß los mit mir? Wieso küsste ich bei jeder sich mir bietenden Gelegenheit den Mann, der mich mit dem erpresste, was ich am meisten liebte: Mit meinem Job.

Wenn ich ihm nicht gehorchte und mich seinem Willen beugte, würde Grayson dafür sorgen, dass ich diesen Job verlor.

Und ich hatte nichts Besseres zu tun, als mich ausgerechnet an diesem herzlosen, skrupellosen Bastard von einem Mann zum Höhepunkt zu reiben?

Schlecht gelaunt verließ ich in Dubai nach der Landung das Flugzeug und überließ dem Steward die Einreiseformalitäten.

Wir stiegen in die weiße Limousine, die am Jet wartete und fuhren schweigend zu unserem Hotel. Da *Parker Resorts & Spas* auch in Dubai zwei Hotels besaß, hatte Grayson dort für uns reserviert.

»Du solltest dir eine Massage buchen, bevor du zu deinen Terminen aufbrichst.« Es war nicht zu übersehen, dass seine Verrenkung ihm weh tat. Keine Ahnung, warum ich wollte, dass seine Schmerzen gelindert wurden, doch es gefiel mir nicht, ihn so zu sehen.

»Ich nehme eine Tablette«, widersprach er.

»Du hast bereits zwei genommen. Aber bitte, es ist deine Entscheidung.«

»Wir hätten in einer halben Stunde einen freien Termin für eine Paarmassage«, klinkte sich die Rezeptionistin vorsichtig in unser frostiges Gespräch ein.

»Das klingt toll. Ich hätte nach dem langen Flug gern eine Massage«, erwiderte ich dankend und sah abwartend zu meinem störrischen Ehemann. »Komm schon, Gray. Lass dir helfen.«

Er seufzte verärgert. »Meinetwegen. Tragen Sie uns ein.« Ohne ein weiteres Wort drehte er sich um und stiefelte zum Aufzug.

Ich folgte ihm genervt.

Auf der obersten Etage kam der Aufzug zum Stehen und öffnete sich.

Grayson tippte den Pincode ein und die massiven Türen, die mich an die pompösen Torbögen der *Weißen Moschee* in Abu Dhabi erinnerten, schwangen auf.

»Die Suite hat zwei Schlafzimmer. Du kannst dir eins aussuchen«, informierte er mich und warf seine Tasche auf die Chaiselongue im Wohnzimmer der weitläufigen Suite.

Er ging zur Fensterfront, die einen fantastischen Ausblick auf die *Palm Islands* bot, eine künstliche Inselgruppe, die 2001 aus dem Nichts geschaffen wurde. Nachdenklich lockerte er seine Krawatte.

Ich verbannte den lächerlichen Gedanken, mich hinter ihn zu stellen und die Arme um seine Hüften zu schlingen, aus meinem Kopf und ging in das erste Schlafzimmer, das ich fand.

Mit Bademantel und Pantoffeln bewaffnet, kehrte ich eine Viertelstunde später in das Wohnzimmer zurück und fand Grayson in derselben Pose vor, in der ich ihn vor fünfzehn Minuten verlassen hatte.

»Bist du bereit für deine Massage?«

Er zuckte zusammen und drehte sich zu mir um. »Massage?«, wiederholte er irritiert. Seine Augen fokussierten sich und der abwesende Ausdruck, der darin lag, wurde von einem fiebrigen Glanz ersetzt, der mich unwillkürlich einen Schritt zurücktreten ließ, um den Sicherheitsabstand zwischen uns zu vergrößern.

»Die Paarmassage. Du erinnerst dich?«

Der Glanz in Graysons Augen erlosch und wich seiner typischen, gleichgültigen Miene. »Die Paarmassage. Natürlich. Ich bin bereit.«

Nichts ging über eine gekonnte Rückenmassage.

Ich atmete bewusst ein und aus und genoss die geschickten Hände auf meinem Körper, die meine verspannten Muskeln durchkneteten und lockerten. Der Duft von Myrrhe erfüllte den Raum und vermischte sich mit den exotischen Klängen der arabischen Musik. Der heiße Ingwertee, den man uns vor der Behandlung gereicht hatte, wärmte meinen Körper von innen und ließ mich schläfrig werden.

Ein verstohlener Blick auf Grayson verriet mir, dass auch ihm diese Art der Entspannung gefiel. Er hielt die Augen geschlossen und hatte den Kopf auf seinem Unterarm abgelegt, während sein Nacken und seine Schultern ausgiebig behandelt wurden.

Als würde er spüren, dass ich ihn beobachtete, schlug er plötzlich die Augen auf und sah mich unverwandt an. Er heftete seine Augen auf mich und hinderte mich so daran, wegzusehen. Ich rang nach Luft, weil mein Herz bei der Intensität seines Blickes gefährlich aus dem Takt geriet.

Dass wir beide einen Meter getrennt voneinander, nur mit spärlicher Unterwäsche bekleidet, auf Massageliegen lagen und uns von Fremden verwöhnen ließen, während unsere Augen einander das verrieten, was wir mit Worten und Gesten stets abstritten, jagte mir einen Schauer der Lust über den Rücken.

Ich wollte Grayson. Und das, obwohl ich ihn für seine hinterhältige Erpressung verabscheute. Die Feministin in mir erklärte mir lautstark den Krieg und beschimpfte mich für meine offenkundige Schwäche im Hinblick auf diesen arroganten Überflieger-CEO. Aber alles Schreien und Schimpfen half nichts. Grayson Parker entfachte eine derartige Leidenschaft in mir, dass ich mich in dem Rausch, in den er mich mit seinen Küssen versetzte, hoffnungslos verlor.

Er hatte zwar deutlich gemacht, dass wir uns voneinander fernhalten mussten, doch der dunkle Ausdruck in seinen Augen sprach eine eindeutige Sprache.

Bis zum Ende der Massage lud sich die spannungsgeladene Atmosphäre zwischen uns dermaßen auf, dass ich glaubte, die Luft knistern zu hören, als sich das Personal die Hände wusch und uns in dem Raum allein ließ, damit wir uns anziehen konnten.

Entschieden erhob ich mich von der Liege und zog den provisorischen Slip aus, den man mir für die Massage gegeben hatte. Das bereitgelegte Handtuch und den Bademantel ignorierte ich. Stattdessen ging ich um die Liege herum auf Grayson zu.

Nackt.

Grayson lag noch immer auf der Liege und verfolgte meine Bewegungen mit leicht geöffnetem Mund.

Als ich vor seinem Kopf, der sich auf Höhe meiner glattrasierten Vagina befand, zum Stehen kam, sog er scharf die Luft ein.

»Wir müssen damit aufhören, Grayson.«

»Aufhören womit?«, keuchte er heiser.

»Dagegen anzukämpfen. Lass zu, dass wir uns das Verlangen nacheinander aus dem System vögeln, während wir hier sind. So oft und so ausgiebig, dass wir bei unserer Abreise keinen Bedarf mehr danach verspüren.«

Grayson streckte seinen linken Arm nach mir aus und umfasste meinen nackten Po. Mit einem Ruck zog er mich an sich und versenkte sein Gesicht in meiner Scham.

»Hmmm«, brummte er genussvoll. »Wieso bist du so nass? Hast du dir etwa vorgestellt, *ich* würde dich massieren?«

Ich spreizte meine Beine leicht und verschluckte mich, als Grayson meine heiße Mitte entlangleckte.

»Ja. Und du?«, gestand ich atemlos und krallte meine Hände in sein Haar.

»Ich auch«, raunte er erregt und erhob sich von der Liege. Mit einem Ruck zerriss er den dünnen Slip, den man ihm für die Massage gereicht hatte und entblößte seinen steinharten Ständer, dessen Größe mich schlucken ließ. »Und genau das werde ich jetzt tun.«

Er schritt zur Tür, wobei er mir seinen nackten, knackigen Po präsentierte und stellte einen Stuhl unter die Türklinke.

Mein Puls schnellte in die Höhe, als ich verstand, was er vorhatte.

»Bitte sag mir, dass du die Pille nimmst, Dakota.« Er drehte sich zu mir um und kam entschlossenen Blickes auf mich zu.

Ich nickte und schluckte meine Nervosität herunter.

»Ich habe kein Kondom zur Hand. Aber für gewöhnlich schlafe ich nie ohne Kondom mit einer Frau. Überhaupt habe ich in letzter Zeit mit niemandem geschlafen. Vertraust du mir?«

Ich nickte erneut.

»Das letzte Mal, dass ich es ohne Kondom getan habe, liegt bereits zwei Jahre zurück. Und ... ich bin gesund«, eröffnete ich ihm.

»Okay. Ich vertraue dir. Jetzt dreh dich um und leg deinen Oberkörper auf der Massageliege ab.«

»Warum?« Meine Stimme klang unnatürlich hoch und heiser.

»Damit ich deinen Rücken massieren kann.« Ein teuflisches Lächeln, das mir verriet mit welcher Art von Massage er mich zu verwöhnen gedachte, stahl sich auf Graysons Lippen. »Uns bleibt nicht viel Zeit, Dakota«, mahnte er mich und warf einen Blick über seine Schulter hin zur Tür.

Ich drehte mich auf wackeligen Beinen zu der Massageliege um und legte meinen Oberkörper wie von Grayson verlangt darauf ab.

Durch diese Körperhaltung ragte mein nackter Po ungeschützt in die Höhe. Grayson verpasste mir einen Klaps auf meine rechte Pobacke und stöhnte gequält auf.

»Beine auseinander«, befahl er und begann mit seinen Händen federleicht meine Wirbelsäule entlang zu streichen.

»Wie fühlt sich das für dich an?«

»Gut«, hauchte ich.

»Nur gut? Na mal sehen.« Graysons aufgerichteter Penis stupste gegen meinen Po, als er nähertrat und meine Schultern knetete.

Mir entwich ein genussvoller Seufzer und ich entspannte mich unter seinen gekonnten Handgriffen.

»Besser?«, flüsterte er in mein Ohr und legte seinen Oberkörper auf meinem Rücken ab.

Anscheinend hatte die Massage seine Verspannungen gelöst. Entweder das, oder das Adrenalin, das in diesem verbotenen Augenblick durch unsere Venen rauschte, ließ ihn seine Schmerzen vergessen.

Ich antwortete ihm mit einem hilflosen Stöhnen und er lachte leise an meinem Ohr.

»Wie ist es hiermit?«, erkundigte er sich unschuldig und glitt nahezu mühelos in meine klitschnasse Vagina. »Wie fühlt sich das für dich an?«

Ich warf den Kopf in den Nacken, als mich das köstliche Gefühl, voll ausgefüllt zu sein, in Richtung Himmel katapultierte.

Grayson verharrte einen Moment in mir, weitete mich und stieß einen leisen Fluch aus.

Er richtete sich leicht auf und massierte weiter meine Schultern, während er mich mit schnellen und leichten Stößen zu vögeln begann.

Ich legte meinen schwirrenden Kopf auf der Liege ab und gab mich Graysons erotischer Massage hin.

»Ist der Druck angemessen, Mrs. Parker oder darf es etwas fester sein?«, fragte er mich mit bebender Stimme.

»Gerne etwas fester«, keuchte ich und biss in mein Handgelenk, um nicht laut aufzuschreien, als sich Grayson mir entzog und seinen Schwanz mit voller Wucht in mich hineinrammte.

»In etwa so?«

»Ja«, zischte ich atemlos. »In etwa so.«

Grayson ließ von meinen Schultern ab und umgriff meine Taille. Dann begann er, mich gnadenlos zu ficken. In Rekordgeschwindigkeit peitschte er uns in Richtung Höhepunkt. Irgendwo auf dem Weg dorthin hatten wir unseren Verstand verloren, denn in unserem Rausch kümmerte es uns nicht länger, dass man das rhythmische Klatschen unserer Haut und unsere ekstatischen Schreie wahrscheinlich im gesamten Spa-Bereich hören konnte.

Graysons animalische Laute brannten sich in mein Bewusstsein und ließen mich abheben. Ich schloss die Augen und versuchte bei Bewusstsein zu bleiben, als das Piepen in meinen Ohren immer lauter wurde und mein Herz mir beinahe aus der Brust sprang.

»Umschließ mich mit deiner engen Pussy, Baby. Ja, genau so«, krächzte Grayson und erhöhte noch einmal das Tempo.

Kurz darauf spürte ich einen heißen Strahl in mir. Graysons Hände verkrampften sich um meine Taille und er zog meinen Po fest an sich, um seinen Saft bis zum letzten Tropfen in mich zu pumpen.

Kraftlos fiel sein Oberkörper auf meinen Rücken. Er stützte sich mit beiden Händen auf der Massageliege ab und stieß weiter in mich.

Langsam. Behutsam. Träge.

So als wolle er die Verbindung unserer Körper trotz seines abklingenden Höhepunktes nicht trennen.

Ich spürte seinen Herzschlag an meiner Haut und seinen schnellen Atem in meinem Nacken. Flatternd öffneten sich meine Augenlider. Das Bild, das sich meinen Augen bot, als ich unsere ineinander verflochtenen Finger erblickte, ließ mich erneut kommen.

16

GRAYSON

Dakotas Finger umschlangen meine Hand fester, als ein zweiter Orgasmus sie überwältigte. Ihr Verlobungsring funkelte mit ihrem Ehering um die Wette. Mein maskuliner Ehering rundete das Bild des glücklich verheirateten Paares ab und das machte mich seltsamerweise extrem an.

»Hat Ihnen Ihre Massage gefallen, Mrs. Parker?«, überspielte ich meine Verwirrung und glitt vorsichtig aus Dakota heraus.

Ich trat an das Waschbecken und reichte ihr die Kosmetiktücher von der Ablage.

Dakota ergriff sie dankbar und wischte sich meinen Samen, der ihre Oberschenkel benetzte, weg.

»Wenn wir nach dieser Aktion nicht wegen unzüchtigem Verhalten in einem hiesigen Gefängnis landen, würde ich diese Art von Massage glatt wiederholen«, entgegnete sie und biss sich auf die Unterlippe.

»Zum Glück ist das hier *mein* Hotel. Da haben wir wenig zu befürchten. Hoffe ich zumindest. *Fuck.*« Ich fuhr mir durch die Haare und gab mir einen imaginären Tritt in den Hintern für diesen erneuten Kontrollverlust, auch wenn ich wusste, dass ich es jederzeit wieder tun würde. Das machte es allerdings nicht besser. Eher schlimmer.

Dakota stand unschlüssig vor der Liege und faltete die feuchten Kosmetiktücher.

»Lass uns nach oben gehen und über deinen Vorschlag reden, okay?« Ich nahm ihr die Tücher weg und entsorgte sie. »Was ist? Du wirkst überrascht?«

»Ich warte darauf, dass du wieder ausrastest und es bereust. So wie die letzten Male«, gestand sie schulterzuckend.

»Das Ausrasten hebe ich mir für später auf. Und bereuen tue ich keinen unserer Zusammenstöße, Dakota. Ich halte sie nur nicht für sonderlich schlau, weil sie unsere Geschäftsbeziehung gefährden und alles verkomplizieren.«

»Sex gefährdet unsere Geschäftsbeziehung?«

»Das, was da zwischen uns abläuft, nennst du Sex?«

»Wie denn sonst?«

»Unkontrollierbare Sehnsucht und unstillbares Verlangen zum Beispiel.«

Ihre Augen weiteten sich erstaunt. Verlegen strich sie sich die verirrten Haarsträhnen hinter die Ohren. »So empfindest du?«

»Ja, so empfinde ich, Dakota. Und ich kann nicht sagen, dass mir das gefällt. Ich behalte gern die

Kontrolle. Bei dir gestaltet sich das jedoch unmöglich. Oder wie erklärst du dir, dass ich dich soeben ohne Gummi in dem öffentlichen Spa eines Hotels in einem muslimischen, erzkonservativen Land gevögelt habe, in dem man für so ein Vergehen im Gefängnis landet?«

»Immerhin sind wir verheiratet. Da sollten wir mit Bewährung davonkommen«, scherzte sie, doch ich konnte ihr ansehen, dass sie die Situation genauso überforderte, wie mich.

»Am besten ziehst du dich an und fährst schon mal hoch. Ich kläre alles und sorge dafür, dass wir nicht ins Gefängnis müssen. Weder mit noch ohne Bewährung.«

»Okay«, stimmte sie zu und griff nach ihrem Bademantel.

Ich tat es ihr gleich und musterte sie erstaunt, als sie zunächst hysterisch zu kichern und wenig später lauthals zu lachen begann.

»Was ist denn bitte so lustig?« Kopfschüttelnd überkreuzte ich die Arme vor der Brust.

»Wir«, prustete sie. »Wir sind so dermaßen bescheuert und verrückt. Sieh uns an.«

Ich schnaubte ungläubig bei ihrem Anblick. Lachtränen rollten über ihre Wangen und sie hielt sich den Bauch vor Lachen.

»Wenn du dich nicht bald beruhigst, denken hier alle, wir seien verrückt, Dakota.«

»Na dann stecken sie uns womöglich in die Klapse, statt ins Gefängnis. Das sind doch mal Aussichten«, lachte sie und wischte sich die Tränen weg.

Meine Mundwinkel zuckten verräterisch, aber es gelang mir, ernst zu bleiben.

Dakota atmete ein paar Mal tief durch und schlüpfte in ihre Schuhe.

»Bereit?«

»Bereit. Bis gleich.« Sie warf mir einen Luftkuss zu und stellte den Stuhl zur Seite, der nach wie vor unter der Türklinke klemmte.

Erhobenen Hauptes ging sie den Gang des Spas entlang in Richtung Ausgang.

Ich rieb mir mit den Händen über das Gesicht und bemerkte, dass ich bis über beide Ohren grinste.

Na wunderbar. Jetzt fand ich die Schandtaten, die ich zusammen mit dieser Frau beging, auch noch amüsant.

Entweder hatten wir beide unseren Verstand in Amerika gelassen oder er war uns während einer unserer Tête-à-Têtes abhandengekommen.

Ich wappnete mich für ein paar äußerst peinliche Gespräche, doch überraschenderweise erfuhr ich, dass unsere kleine Pornoshow nicht die Ausnahme bildete. Anscheinend übten Paarmassagen eine stimulierende Wirkung auf ihre Empfänger aus und viele Paare schafften es danach nicht mehr bis in ihr Zimmer. Da wir uns in einem Fünf-Sterne-Hotel befanden, in dem Diskretion an oberster Stelle stand, wurde über solche Zwischenfälle großzügig hinweggesehen, vor allem, da in solchen Fällen in der Regel ein hohes Trinkgeld gezahlt wurde.

Obwohl mir das Hotel gehörte, hinterließ ich ein beachtliches Trinkgeld und hoffte, dass ich mir damit das Schweigen meiner Mitarbeiter sichern konnte.

»Na? Müssen wir ins Gefängnis?«, begrüßte mich Dakota, als ich zur Tür hineinkam.

»Dieses Mal nicht. Aber wer weiß, welche dumme Idee uns in den nächsten 48 Stunden noch einfällt«, kommentierte ich und warf mein Handtuch in die Ecke. »Lach nicht. Das ist nicht witzig, Dakota«, tadelte ich sie, konnte mir jedoch ein erneutes Grinsen nicht verkneifen.

»Was die dummen Ideen angeht: Mir fällt da so einiges ein. Zum Beispiel könntest du mit mir unter die Dusche kommen, und die Schweinerei, die du hinterlassen hast, beseitigen.«

Sie öffnete den Bademantel und deutete auf ihre Oberschenkel, an deren Innenseite mein Sperma hinabbrann.

»Es hört einfach nicht auf. Das solltest du dir unbedingt mal genauer ansehen«, lockte sie mich. »Natürlich nur, wenn dein verletzter Nacken es zulässt.«

Ich ignorierte den Neandertaler in mir, der sich bei dieser Aussage stolz auf die Brust trommeln wollte und ergriff stattdessen ihre Hand.

Wortlos führte ich sie unter die Regendusche, schaltete das Wasser ein und ließ mich von ihr ausziehen. Dakota beschenkte mich mit neckenden Küssen, die mich alles um mich herum vergessen ließen. Ihre weichen Lippen verfehlten ihre suchtartige Wirkung nicht.

Im Gegenteil.

Binnen Sekunden verfiel ich dem tödlichen Rausch ihrer Küsse und verlor den letzten Funken an Willenskraft in mir.

Ich schob den Gedanken daran, dass wir mit unserem impulsiven Handeln mehr Probleme heraufbeschworen, als wir lösten, beiseite und konzentrierte mich auf die Hochgefühle, die mir die Nähe dieser Frau verschaffte.

»Lass mich mal schauen, was sich da zwischen deinen Beinen abspielt«, wisperte ich an ihren Lippen und sank auf die Knie, sodass sich mein Kopf auf der Höhe ihrer geschwollenen Mitte befand. Ich fuhr mit meinen Händen an den Innenseiten ihrer Oberschenkel entlang und ließ träge zwei Finger in sie gleiten. Dakota bog ihren Rücken durch und gab einen erstickten Laut von sich. Als ich mein Sperma in ihr ertastete, brummte ich zufrieden und beschloss, dass sie durchaus etwas Nachschub vertragen konnte.

Kaum zu fassen, wie unersättlich ich bei dieser Frau war. Ich hatte sie vor einer halben Stunde genommen und jetzt sehnte ich mich schon wieder danach, in ihr zu sein.

Nicht mal für meine Arbeit brannte ich so sehr, wie dafür, die Lust in Dakota zu entzünden, damit sie laut und gequält meinen Namen stöhnte.

»Gefällt es dir, mein Sperma in dir zu tragen? Von mir markiert zu sein?«

»Ja«, keuchte sie heiser. »Sehr ...«

»Wenn das so ist, hast du sicher nichts dagegen, wenn ich dir noch mehr von meinem Saft schenke. So viel, dass deine kleine, enge Pussy geflutet und überlaufen wird.«

»Grayson ...« Dakotas Stimme brach vor Erregung und Anspannung und ihre schlanken, zarten Finger krallten sich erwartungsvoll in meine Kopfhaut.

»Du willst von mir geleckt werden, oder?«

Ich sah zu ihr auf und erschauderte unter ihrem vor Lust verhangenen Blick, mit dem sie mich aus halb gesenkten Lidern bedachte.

»Ja«, flüsterte sie. »Das will ich.«

Ich bedachte die sensible Stelle zwischen ihrem Bauchnabel und ihrer Spalte mit neckenden Bissen, während meine Finger mein Sperma auf Dakotas Innenschenkel verteilten.

»Und ... würdest du dich dafür auch revanchieren?«

»Wie?«, hauchte sie kaum hörbar und schnappte nach Luft, als ich mit zwei Fingern in sie eintauchte.

»Ich will deinen Mund. Ich will, dass du meinen Schwanz darin aufnimmst und ihn saugst. Ganz tief und ...« Ich stockte und stieß meine Finger kraftvoll in Dakotas Mitte. »Fest.«

»Okay«, seufzte sie, wobei ein kleines Lächeln ihre Mundwinkel umspielte.

»Okay?« Ich knurrte erregt. Das war einfach. »Es ist immer wieder eine Freude, mit ihnen zu verhandeln, Mrs. Parker.«

Mein Gesicht stahl sich zwischen ihre Beine und während ich ihre Schamlippen teilte und mit meiner Zunge zärtlich durch ihre Spalte strich, konnte ich mich selbst schmecken, was mich nur noch wilder werden ließ.

Eigentlich wollte ich Dakota quälen. Sie langsam und genüsslich zum Höhepunkt bringen. Doch der herbe Geschmack auf meiner Zunge, gepaart mit ihren hilflosen Lustschreien, brachten mein Blut zum Kochen und sorgten dafür, dass ich mich geradezu an ihrer Scham verging.

Es dauert nicht mal eine Minute, bis Dakota an meinem Mund kam und ihre Beine unter ihrem Orgasmus wegzubrechen drohten.

Das traf sich gut. Denn für das, was jetzt folgte, würde sie sowieso knien müssen.

Ich umfasste ihre Hüfte und half ihr dabei, auf den Duschboden zu gleiten.

Ihre Wangen waren gerötet. Ihre Augen glasig. Ihre Lippen leicht geöffnet.

Sie war wunderschön und die Befriedigung, die sie ausstrahlte, ließ mich schwach und zugleich geil werden.

»Jetzt bin ich dran«, flüsterte sie, als wir uns auf den Knien gegenübersaßen und das Wasser wie ein Regenschauer auf uns hinabprasselte. »Gib mir deinen Schwanz, Grayson. Ich will mich revanchieren.«

Bei ihren heiseren, fordernden Worten sog ich scharf die Luft ein. Sie verlangte nach meinem Schwanz. Wollte ihn verwöhnen. Mir zurückgeben, was ich ihr soeben geschenkt hatte.

»Wenn du zu erschöpft bist …«

»Gray …«, unterbrach sie mich und lächelte. »Ich will dir einen blasen. Jetzt.«

Mein Blick verdunkelte sich bei ihrer Wortwahl. Sanft strich ich mit meinem Zeigefinger über ihre vollen, roten Lippen und stellte mir vor, wie sie meinen Schwanz gleich umschließen und massieren würden. Allein die Vorstellung daran löste eine prickelnde Gänsehaut auf meinem Rücken aus.

Ich erhob mich und sah zu Dakota hinab, deren Gesicht sich auf Augenhöhe mit meinem Schwanz befand.

»Gefällt dir, was du siehst?«, raunte ich. »Fass ihn an, Dakota. Nimm ihn in die Hand und bereite ihn vor.«

»Ihn *vorbereiten*?« Mit einem koketten Augenaufschlag blickte Dakota demütig zu mir auf. »Das muss ich nicht. Er ist auch so schon bereit für mich.«

Fuck!

Ich suchte mit den Händen an der Duschwand Halt, als Dakota sich vorbeugte und meine Härte ohne jegliche Vorwarnung zwischen ihre Lippen in ihre feuchte, heiße Höhle gleiten ließ.

»Mhhhmmm«, stöhnte ich. »Das ist so verdammt gut.«

Wie von selbst glitt meine Hand an ihren Hinterkopf und presste ihn vorsichtig aber bestimmt zu meinem Schwanz, damit sie ihn noch tiefer in ihren Mund aufnahm.

»Schluck ihn, Baby. Nimm ihn ganz. Du kannst das. Streng dich an. Komm schon.«

Ich wusste, dass ich gierig war. Dass ich sie wie eine Hure für meine Lust benutzte. Doch ich konnte nichts dagegen tun. Dakota brachte das Beste und das Schlimmste in mir zum Vorschein.

Mit ihrem wunderschönen Anblick, ihrer sturköpfigen, zielstrebigen Art und ihrem bezaubernden, herausfordernden Wesen, machte sie mich heiß, geil und so verflucht gierig.

Sie machte mich verrückt: nach *ihr*.

Sie brachte mich um meinen beschissenen Verstand.

»Braves Mädchen. So ist es perfekt.« Meine Stimme klang entrückt und tief, weil Dakotas geschickter Mund, der meinen Schwanz unablässig saugte, meine dunkelsten Begierden weckte.

Ich wollte in ihrem Mund kommen. Wollte mich auf ihrer Zunge ergießen. Doch gleichzeitig wollte ich sie gegen die Duschwand gelehnt ficken.

Ich wollte beides, verdammt. Ich wollte ... alles.

Geduld war noch nie meine Stärke gewesen. Vor allem nicht bei dieser unberechenbaren Frau, die in diesem Moment ihre Hände auf meine nackten Pobacken legte und ihre Fingernägel darin vergrub, während sie begann, mich noch fester zu saugen.

»Gott, Dakota«, stöhnte ich ergeben. »Du saugst ihn leer, noch bevor ich überhaupt abgespritzt habe.«

Mein Kopf fiel wie von selbst in den Nacken und ich verlor mich für ein paar Herzschläge in dem Genuss, breitbeinig vor ihr zu stehen und mich von ihr befriedigen zu lassen. Mein Becken stieß rhythmisch in ihren Mund. Kam ihren Saugbewegungen entgegen und mit geschlossenen Augen wusste ich bald nicht mehr, ob ich noch länger ihren Mund oder ihre süße Pussy fickte.

Ich wusste nur, dass ich es liebte, sie zu spüren. Und dass es in Ordnung war, ihr in diesem Moment die Kontrolle über mich zu überlassen. Ein Zugeständnis, das ich sonst noch nie jemandem gemacht hatte.

Aber Dakota war eben etwas ganz Besonderes. Und wahrscheinlich sogar weit mehr als das ...

Mein Orgasmus, der einmal mehr so heftig war, dass ich darüber den Boden unter den Füßen verlor, bestätigte diese Erkenntnis wenig später auf die wohl beeindruckendste und gleichzeitig vielleicht beängstigendste Art und Weise.

17
DAKOTA

Nach einer ausgiebigen Dusche mit Grayson wickelte ich mich in ein flauschiges Handtuch und ließ mich erschöpft auf mein Bett fallen.

Mein Körper war komplett entspannt und befriedigt. Gleichzeitig fühlten sich meine Glieder schwer und müde an.

Grayson steckte den Kopf zur Tür hinein. Im Gegensatz zu mir war er vollkommen angezogen und wirkte kein bisschen erledigt. Im Gegenteil. Er sprühte förmlich vor Tatendrang und Energie.

»Ich muss los, Dakota. Sehen wir uns zum Abendessen und besprechen die letzten Details? Unsere gemeinsame Geschichte?«

»Hmm«, antwortete ich und erntete dafür ein angedeutetes Lächeln, das meine gespannten Nerven zum Flattern brachte. »Was ist?«

»Ich klopfe mir gerade innerlich auf die Schulter.«

»Wofür?«

»Dafür, dass ich meine ehelichen Pflichten offenbar zu deiner Zufriedenheit erfülle.«

Ich seufzte bei der Erinnerung daran, wie verflucht gut er seine ehelichen Pflichten erfüllte.

Grayson kam zum Bett und strich mit seinem Zeigefinger vorsichtig über meine Wange. »Wenn du weiterhin solche Laute von dir gibst, schaffe ich es nie aus dieser Suite.«

»Dann bleib doch einfach hier. Bei mir«, schlug ich vor, bevor ich es verhindern konnte.

Er entzog mir seine Hand, so als hätte er sich verbrannt und eilte zurück zur Tür, wobei er es vermied, mich anzusehen.

Hatte ich etwas falsches gesagt? Jedenfalls fühlte es sich so an, weil Grayson eine Maske aus Stein aufgesetzt hatte, die von Gleichgültigkeit und Ablehnung zeugte. Die Wärme und das Verlangen, die noch bis eben darin gelegen hatten, waren verschwunden.

Ich wollte ihn danach fragen, doch ich fand nicht die passenden Worte dafür. Und womöglich wusste ich selbst nicht so genau, worauf diese Frage abzielte und was ich mir davon erhoffte.

Grayson und ich ... wir waren Geschäftspartner. Nicht mehr und nicht weniger. Dass wir nun auch miteinander schliefen, verkomplizierte diesen Deal, auch wenn der Sex mit ihm fantastisch war und ich mich daran gewöhnen könnte.

Grayson Parker fickte genauso zielstrebig, ehrgeizig und unnachgiebig, wie er Unternehmen beanspruchte, führte und eroberte. Und das war gleichermaßen bewundernswert wie beängstigend.

Ich atmete tief durch und sah auf, wobei ich mich ebenfalls um einen gleichgültigen Gesichtsausdruck bemühte, der das Gefühlschaos in meinem Inneren vor ihm verbergen sollte.

»Abendessen um zwanzig Uhr? Bis dahin bin ich zurück. Das sollte dir genug Zeit geben, ein Kleid für morgen zu kaufen.«

»Okay«, sagte ich zu seinem Rücken und sah ihm nach, als er durch die Tür verschwand, ohne sich noch einmal umzudrehen.

Ich ließ mich zurück in die Kissen fallen und rieb mir die Augen. »Du bist sowas von geliefert, Dakota Bennet«, murmelte ich, als ich die Tür ins Schloss fallen hörte.

Grayson war fort.

Und ich musste schleunigst einen klaren Kopf bekommen.

Ich trocknete mir die Haare, zog mich an und verließ kurz darauf ebenfalls das Zimmer. Meine Oberschenkel brannten von den akrobatischen Kunststücken, die ich mit Grayson vollführt hatte und erinnerten mich mit jedem Schritt an ihn.

In einem Café in der angrenzenden Mall bestellte ich mir einen Eiskaffee und suchte mir einen Platz im Schatten, um die Ereignisse der letzten zwölf Stunden Revue passieren zu lassen.

Mitten in meinen Grübeleien erreichte mich eine Nachricht von Riley, in der sie mir Fotos aus ihrem

Urlaub mit Dante schickte und sich danach erkundigte, wie es in Dubai lief.

Kurzerhand drückte ich auf das Anrufzeichen und wartete mit angehaltenem Atem darauf, dass sie abhob.

»Hi Süße. Ist alles okay?«, meldete sie sich nach dem dritten Klingeln.

»Ich weiß es nicht«, gestand ich aufrichtig.

»Was ist los?«

»Ich will dich nicht in deinem Liebesurlaub stören.«

»Tust du nicht. Dante schläft noch. Und nun sag schon, was hat dein ungewollter Ehemann dieses Mal wieder angestellt?«

»Um ehrlich zu sein bin ich es, die etwas angestellt hat.«

»Oha. Das klingt interessant. Schieß los, worauf wartest du?«

In den nächsten Minuten erzählte ich Riley von unserem Flug nach Dubai, samt Aufnahme in den *Mile High Club*, unserer erotischen Paarmassage und der Akrobatiknummer unter der Dusche.

Meine Wangen glühten vor Erregung und Scham, als ich laut wiederholte, was ich mit Grayson in den vergangenen Stunden erlebt hatte.

»Gott, ich kann es kaum erwarten, dass Dante

endlich aufwacht und duscht. Du hast mich echt scharf gemacht, Dakota«, kicherte Riley ausgelassen.

»Riley ...« Ich verdrehte die Augen und fing beinahe an zu bereuen, sie eingeweiht zu haben.

»Ich danke dir, dass du mich angerufen und meine sexuelle Fantasie auf Hochtouren gebracht hast, Dakota. Das ist ausgesprochen solidarisch von dir. Wolltest du sonst noch was oder darf ich mich jetzt zu Dante ins Bett schleichen?«

»Du bist so doof, Riley.« Kopfschüttelnd rieb ich meinen Hals.

»Nein, du bist doof, Dakota. Du verbringst Zeit mit einem höllisch attraktiven Alphatier-CEO, der dich nicht nur körperlich, sondern auch intellektuell extrem anmacht und der dich wie ein junger Gott ausdauernd vögelt. Der Typ beeindruckt dich mit seinem Wissen, er befriedigt dich mit seinem Schwanz, er bringt dich mit seinem schrägen Humor zum Lachen und zu guter Letzt bezahlt er dich auch noch fürstlich dafür, dass du eine aufregende, geile Zeit mit ihm erlebst. Wo genau liegt nochmal dein Problem?«

Ich blickte in den Himmel und dachte über Rileys Standpauke nach.

»Süße, ihr fliegt übermorgen zurück in die USA. Zurück in die Realität. Nutze die Zeit lieber sinnvoll, statt dir den Kopf zu zerbrechen.«

»Sinnvoll?«

»Ja. Sinnvoll. Nimm dir von ihm, was du brauchst. Ob das nun hochtrabende Gespräche über Wirtschaft und Politik sind, von denen außer dir und ihm kein Mensch was versteht oder hemmungsloser, ausufernder Sex. Nimm es dir. Benutz ihn, so wie er dich benutzt. Und danach steigst du in North Carolina aus dem Flieger und überlegst dir, was du mit der Million anfangen willst, die er dir zugesichert hat.«

»Das klingt sinnvoll.«

»Sag ich doch. Jetzt trink deinen Kaffee aus und beweg deinen Hintern in die Mall. Kauf dir dein Traumkleid und alles, was dir sonst gefällt. Wenn dir irgendetwas ins Auge stechen sollte, von dem du denkst, dass es mir stehen könnte, übe dich bitte nicht in falscher Zurückhaltung. Meine Größe kennst du ja.«

»Alles klar, du verrücktes Huhn«, lachte ich und verabschiedete mich von ihr.

18

GRAYSON

»Zum Atlantis«, wies ich meinen Fahrer an, als ich auf den Rücksitz der eleganten Limousine glitt, die draußen vor dem Hotel auf mich wartete.

»Sehr wohl, Sir«, entgegnete er und startete den Motor.

Ich ließ mich in die weichen Polster des Sitzes zurücksinken und schloss für einen Moment die Augen.

Meine Muskeln schmerzten, meine Haut prickelte und mein Schwanz war bis auf den letzten Tropfen leergepumpt.

Am liebsten würde ich jetzt mit Dakota am Pool liegen, oder mir ein verdientes Schläfchen gönnen und die Entspannung, die die zahlreichen Orgasmen mir verschafft hatten, auskosten.

Doch stattdessen befand ich mich auf dem Weg zu

einem wichtigen Meeting, bei dem alle abschließenden Details zum Orient Projekt besprochen werden würden.

Dafür hätte ich mir einen klaren Kopf gewünscht, aber nach dem, was Dakota und ich in den letzten Stunden miteinander getrieben hatten, war mein Verstand noch immer völlig vernebelt und getrübt.

Was tat ich hier bloß?

Es sah mir nicht ähnlich, unvorbereitet zu einem derart wichtigen Meeting zu fahren. Normalerweise hätte ich mich ausgeruht, geduscht und mir dann noch einmal alle wichtigen Analysen und Knack-punkte des Deals angesehen. Stattdessen ließ ich mich massieren und vögelte mir die Seele aus dem Leib.

Mein Verhalten war nachlässig und doch gefiel mir mein neues *Ich*, weil es sich glücklich, befriedigt und leicht anfühlte. So, als wären mir Flügel gewachsen, die mich mühelos durch die Luft an mein Ziel trugen. So, als könne ich jedes Hindernis, das sich mir in den Weg stellte, überwinden. So, als ließe ich mich durch nichts aufhalten.

Ein kleines Lächeln huschte über mein Gesicht als ich an Dakota dachte, die so zufrieden und fertig im Bett gelegen hatte und mich bat, nicht zu gehen.

Was hatte das zu bedeuten?

Dass sie immer noch nicht genug von mir hatte und auf weiteren Sex mit mir hoffte? Oder ging es womöglich um mehr? Um ... viel mehr?

Ich hatte mich bei ihren Worten abrupt zurückge-zogen, weil sie mir gefielen, es aber nicht durften. Das zwischen uns ... es war ein simpler Deal, der bald Geschichte sein würde.

Deshalb durften wir auf der Zielgeraden keine Fehler machen. Und Gefühle zuzulassen, die uns von dem Wesentlichen ablenkten, wäre ein Fehler. Eine gefährliche Variable, die sich nicht kontrollieren und steuern ließe.

Lust? Ja.

Sex? Ja.

Leidenschaft? Ja.

Gefühle? Nein.

Ich stand unmittelbar vor dem wichtigsten Geschäftsabschluss meines Lebens und ich hatte nicht so hart und unermüdlich dafür geschuftet, um dieses Geschäft in letzter Minute noch zu gefährden.

Ich musste mich konzentrieren, verdammt.

Meine Gedanken sollten allein dem bevorstehenden Meeting gelten und nicht Dakota, die in ein Handtuch gewickelt, frisch gefickt auf dem Bett lag und darauf wartete, dass ich es ihr ein weiteres Mal besorgte.

Ich fuhr mir mit einer fahrigen Bewegung durch die Haare und seufzte.

Diese ganze, beschissene *Pretend Wedding* entwickelte sich immer mehr zum Albtraum.

Gut, dass sie schon ganz bald ein Ende finden und jeder wieder seines Weges gehen würde.

Jedenfalls redete ich mir das ein und verdrängte damit die leise, hartnäckige Stimme, die mir das Gegenteil davon zu sagen versuchte.

»Das Atlantis, Sir«, riss mich der Fahrer aus meinen Gedanken.

Erstaunt, dass wir schon an meinem Zielort hielten, blinzelte ich die unerwünschten Gedanken weg und atmete tief durch. Ich war so tief in meinen Überlegungen versunken gewesen, dass ich nichts von dem vorbeiziehenden Dubai um mich herum wahrgenommen hatte.

»Na dann wollen wir mal«, murmelte ich und stieg aus, als der Fahrer mir die Wagentür öffnete.

»Mr. Parker. Herzlich Willkommen«, begrüßte mich der zuständige Projektmanager der Auftraggeber, der offenbar in der Lobby auf mich gewartet hatte und nun nach draußen gekommen war, um mich zu dem Meeting zu begleiten.

Ich schüttelte ihm die Hand mit einem festen Händedruck und nickte ihm brüsk zu.

»Schön, Sie zu sehen. Wollen wir?«

»Natürlich. Bitte folgen Sie mir.«

Wir schritten durch die pompöse Lobby des Fünf-Sterne-Hotels und begaben uns in das *Ossiano* Unterwasserrestaurant, das ein riesiges Aquarium umschloss.

Neben mir schwamm ein Hai, der genauso zielstrebig und entschlossen wirkte, wie ich es war.

Ohne mit der Wimper zu zucken ging ich weiter, als er seine tödlichen Reißzähne entblößte und seinen Kopf in meine Richtung drehte.

Er jagte mir keine Angst ein. Im Gegenteil. Er erinnerte mich an das, was ich verkörperte und an das, was ich wollte und mir nun zu holen gedachte.

Ich straffte die Schultern und begrüßte die an dem runden Tisch am südlichen Ende des Restaurants versammelte Gruppe der Führungsetage des Orient Projektes mit einem freundschaftlichen Handschlag.

In den vergangenen Monaten hatten wir regelmäßig zusammengearbeitet, weshalb sie Vertrauen zu mir gefasst hatten, was ich als ein gutes Zeichen wertete.

Es schadete nie, die Sympathien potenzieller Klienten auf seiner Seite zu wissen.

»Hatten Sie eine angenehme Reise, Grayson?«, fragte mich einer der Prinzen.

»Danke, die hatte ich.«

»Und Ihre Frau? Dürfen wir uns darauf freuen, sie bald kennenzulernen?«

Bei der Erwähnung von Dakota erfüllte eine seltsame Wärme meinen Bauch und wie von selbst breitete sich ein zustimmendes Lächeln auf meinem Gesicht aus.

»Sie werden sie bei der Silvestergala kennenlernen. Sie freut sich schon sehr darauf«, antwortete ich und stutzte verwundert bei der Zuneigung, die dabei in meiner Stimme lag.

In den folgenden Stunden besprachen wir die noch offenen Details des Projektes und zu meiner Erleichterung schaffte ich es, mich bis auf ein paar wenige Ausnahmen auf meine Gesprächspartner und den Inhalt unserer Diskussion zu konzentrieren.

Als ich nach einem gemeinsamen Tee und etwas belanglosem, aber für die Geschäftsbeziehung wichtigen Smalltalk wieder in meinen Wagen stieg, konnte ich es kaum erwarten, zurück in mein Hotel zu kehren, was selbstverständlich nichts mit der bezaubernden, wunderschönen Frau zu tun hatte, die dort auf mich wartete.

Ich lockerte meine Krawatte und schaute aus dem Fenster, auch wenn es dort mittlerweile durch die anbrechende Dunkelheit nicht mehr viel zu sehen gab.

Das Meeting war sehr zu meiner Zufriedenheit verlaufen und ich hatte allen Grund zur Annahme, dass die Verantwortlichen mir das Projekt ganz bald offiziell zusagen würden.

Dennoch verspürte ich eine innere Rastlosigkeit, die ich nicht zuordnen konnte und die mir Sorgen bereitete.

Es lief doch alles nach Plan. Wer oder was also beschäftigte mich derart, dass ich nicht zur Ruhe kam?

Insgeheim kannte ich die Antwort darauf, doch ich weigerte mich, das anzuerkennen und auch nur eine Sekunde lang darüber nachzudenken. Denn es wäre die reinste Zeitverschwendung und würde zu nichts führen, auch wenn ich mir wünschte, dass es anders wäre.

19
DAKOTA

Nach einem dreistündigen Shoppingmarathon in der Mall, wo ich ein wunderhübsches Kleid, passende Schuhe und Accessoires, sowie coole Bikerboots für Riley erbeutete, ging ich mit ansonsten leeren Händen zurück zum Hotel. Obwohl ich mir fest vorgenommen hatte, Graysons Kreditkarte zum Glühen zu bringen, konnte ich mich letztendlich nicht dazu durchringen und kaufte damit lediglich das Nötigste für mein Silvester Outfit. Rileys Boots bezahlte ich selbst.

Im Wohnzimmer unserer Suite setzte ich mich mit meinem Laptop auf die Couch und vergrub mich in den E-Mails, die ich in der letzten Woche erhalten hatte. Wenngleich mein Urlaub erst am vierten Januar endete, mochte ich es nicht, ins Büro zurückzukehren und den gesamten ersten Tag damit zu verbringen, ungelesene E-Mails aufzuarbeiten.

Ich war so vertieft in meine Arbeit, dass ich Grayson erst bemerkte, als er seine Hände auf meine Schultern legte und sie mit sanftem Druck massierte.

»Hmmm«, schnurrte ich und legte meine linke Hand auf die seine.

Er hielt inne und als ich zu ihm aufschaute, sah ich, dass er seinen Blick auf unsere verschlungenen Hände und die Ringe, die unsere Finger zierten, geheftet hatte.

»Wie war dein Tag, Grayson?«

Es war schön, ihn wieder bei mir zu wissen. Ich hatte ihn vermisst, auch wenn ich das niemals zugeben würde. Ich wollte nicht einmal näher darüber nachdenken, was es bedeutete, dass ich ihn vermisst hatte. Denn nach dieser Reise würden sich unsere Wege unweigerlich trennen. *Wir* würden uns trennen. Da waren jegliche Gefühle für Grayson, die nicht auf Abneigung und Verachtung gründeten, unangebracht.

Er kam um die Couch herum und setzte sich neben mich.

Wieso nur fühlte sich seine Nähe so gut und vertraut an? Und warum nur verspürte ich das dringende Bedürfnis, mich an ihn zu schmiegen und mich in seine starken, muskulösen Arme zu kuscheln?

»Gut, denke ich. Und deiner?«

»Ich habe ein Kleid mit allem, was dazu gehört. Also ebenfalls gut, würde ich behaupten.«

Ich bemühte mich um einen neutralen, nichtssagenden Tonfall und verdrängte die Frage in meinem Kopf, ob Grayson das Kleid wohl auch gefallen würde. Ob *ich* ihm darin wohl auch gefallen würde.

»Du arbeitest?« Er deutete mit dem Kinn auf den Laptop auf meinen Knien.

»Jap. Ich bin gern über alles informiert.«

»Du liebst deinen Job sehr.« Es war eine Feststellung. Keine Frage.

»Er ist meine Bestimmung. So wie dein Job deine Bestimmung ist.«

Grayson nickte nachdenklich. Eigentlich dachte ich, er würde etwas auf meine Bemerkung erwidern, denn offenkundig grübelte er darüber nach. Doch er ließ das Thema zu meiner Überraschung fallen.

»Ich gehe duschen. Anschließend können wir los. Passt dir das zeitlich?«

»Ja, kein Problem.«

Ich ließ mir meine Verwunderung über den plötzlichen Themenwechsel nicht anmerken. Und auch nicht die plötzliche Kälte, die nach mir griff, als Grayson von mir wegrückte und die Distanz zwischen uns vergrößerte.

Er erhob sich und hielt auf das Badezimmer zu. Im Türrahmen blieb er regungslos stehen, so als hätte er seine Meinung plötzlich geändert. »Kommst du mit?«

Grayson stellte die Frage so leise, dass ich mir nicht sicher war, ob er überhaupt etwas gesagt hatte.

»Was meintest du?«

Er stieß sich vom Türrahmen ab und wandte sich mir zu. »Kommst du mit mir unter die Dusche?« Hoffnung und Sorge vermischten sich in seinen Augen zu einem dermaßen destruktiven Wirbelsturm, dass ich instinktiv zusammenzuckte.

Es schien so, als wollte er einerseits unbedingt,

dass ich seine Einladung annehme und als wünschte er sich andererseits, dass ich sie ablehnte.

Dieser Mann verwirrte mich. Das hier ... das alles verwirrte mich. Ich brauchte dringend ein wenig Abstand, um mich zu sammeln und wieder einen kühlen, klaren Kopf zu bekommen.

»Wenn ich das tue, schaffen wir es heute nicht mehr aus dem Zimmer«, lächelte ich entschuldigend und widmete mich meinem Laptop, um Grayson nicht zu zeigen, wie sehr die aufgewühlten Gefühle, die in seinen Augen standen, sich in den meinen auf dieselbe Art und Weise widerspiegelten.

Eine halbe Stunde später betraten wir die Terrasse eines der Restaurants, das sich in Graysons Hotel befand. Das Zentrum der Terrasse zierte ein Pool, der von einer stimmungsvollen Unterwasserbeleuchtung in Szene gesetzt wurde. Die restliche Terrasse des japanischen Restaurants glich einem Mix aus Bambuswald und Urwald. Grüne Pflanzen rankten sich um die Säulen und echte Bäume waren in den Boden eingelassen. Ein nachgebauter *Fushimi Inari-Taisha* Miniaturschrein bildete den Übergang vom Restaurantinneren auf die Terrasse, von der aus man einen spektakulären Blick auf das Meer und die umliegenden Hochhäuser genoss, die in der Dunkelheit in den verschiedensten Farben leuchteten.

Sushi gehörte neben italienischem Essen zu Graysons und meinen Lieblingsgerichten und ich freute mich, dass er dieses Restaurant für uns ausgewählt hatte.

Überhaupt freute ich mich auf einen gemeinsamen Abend mit ihm und das, obwohl ich mir permanent ins Gedächtnis rief, dass er mich zu dieser Reise zwang.

Nachdem wir unsere Bestellung aufgegeben hatten, räusperte sich Grayson. »Also dann. Wollen wir unsere Geschichte besprechen?«

»Beginnen wir damit, wie wir uns kennengelernt haben. Ich denke, da können wir nah bei der Wahrheit bleiben. Du hast einen Deal mit *Titan Racing* eingefädelt, den ich betreut habe. Dadurch standen wir in regelmäßigem Kontakt miteinander und irgendwann hat es gefunkt.«

»In Ordnung. Warum hast du dich in mich verliebt? Was findest du an mir, dass du ausgerechnet mit mir ausgehen und mich heiraten wolltest?«

»Dein messerscharfer Verstand fordert mich heraus. Er spornt mich zu Höchstleistungen an. Pusht mich aus meiner Komfortzone. Dein Wissen und dein Geschick, alles so zu drehen, wie du es willst, faszinieren und provozieren mich gleichermaßen. Ich bewundere die Liebe und die Hingabe, die du deinem Job schenkst und die Opfer, die du bereit bist, dafür zu bringen. Darüber hinaus hast du einen appetitlichen Körper und bist außerordentlich talentiert darin, mich damit zu verwöhnen.« Ich griff nach meinem Wasserglas und leerte es in einem Zug. »Wie war das? Überzeugend?«

Grayson drehte versunken an dem Stiel seines Weinglases und schwieg.

»Ich kann auch etwas anderes erzählen, falls dir das unangemessen oder unpassend erscheint«, beeilte ich mich zu sagen.

»Das ist es nicht«, seufzte Grayson und hob den Blick.

»Was dann?« Ich umfasste mein mit Eis gefülltes Wasserglas, um der Hitze, die meinen Körper fest im Griff hielt, entgegenzuwirken.

»Wenn man mir diese Frage über dich stellen würde, lautete meine Antwort darauf exakt wie deine. Wort für Wort.«

20

GRAYSON

akota und ich schauten einander stumm an.
Sekunden?
Minuten?
Stunden?
Ich wusste es nicht.

Dakota unterbrach den Augenkontakt als Erste. Sie räusperte sich und breitete die Serviette auf ihrem Schoß aus. »Ich denke, das ließe sich verkaufen. Wir könnten es so positionieren, dass wir einander verfallen sind, weil wir uns sehr ähneln. Was meint du?«

»Klingt glaubwürdig.«

»Gut.« Sie atmete hörbar aus. »Wo hast du mir den Antrag gemacht?«

»In Las Vegas. Während eines Abendessens auf dem Strip. Vor den Fontänen deines Lieblingshotels, dem *Bellagio*. Zu ‚Rondine al Nido‘, gesungen von

Luciano Pavarotti, weil er für uns beide den besten Tenor aller Zeiten verkörpert und weil es in dem Lied um die Schmerzen des Alleinseins geht. Um die Qualen unerfüllter Liebe«, schlug ich vor, ohne dass ich auch nur eine Sekunde darüber nachdenken musste. »Wie findest du das?«

Dakotas Augen röteten sich verdächtig. Eine kleine Träne rollte ihre Wange hinab.

»Alles okay?«

Sie schluckte und rieb sich die Augen. »Ja, alles okay. Mir ist bloß etwas ins Auge geflogen.«

»Findest du es *too much*?«

»Ich finde es perfekt«, wisperte sie, wobei ein erdrückender Ausdruck von Melancholie ihre Lippen umspielte, der mich direkt in mein Herz traf.

»Wo haben wir geheiratet und wann, wäre dann wahrscheinlich die letzte, offensichtliche Frage«, flüsterte sie leise.

»Noch am selben Abend, an dem ich dir den Antrag gemacht habe, weil wir keinen weiteren Tag mehr ohne einander verbringen wollten. Nur wir beide. In der Kapelle in meinem Hotel. Dort ging es am schnellsten und am einfachsten. Die Hochzeit mit unseren Freunden und Verwandten werden wir nachholen.«

»Okay«, stimmte sie zu und nickte kaum merklich.

»Fällt dir sonst noch ein Thema ein, das wir vorab besprechen sollten?« Ich leerte mein Weinglas und goss mir nach.

»Nein. Dir?«

Ich schüttelte den Kopf und legte mir ebenfalls die Serviette auf den Schoß.

Die Bedienung näherte sich unserem Tisch und reichte uns die bestellten Gerichte. Dankbar über diese Unterbrechung, erklärten wir unser Gespräch stillschweigend für beendet und machten uns über das Essen her.

Obwohl es sicherlich vorzüglich schmeckte, bekam ich davon nichts mit. Mir schwirrte der Kopf. Alles drehte sich. Ich schob es auf die Hitze und auf die anstrengenden Tage, die hinter mir lagen.

Zum Glück würde das alles sehr bald ein Ende finden. Morgen Abend mussten wir unbedingt diesen Deal an Land ziehen und übermorgen stiegen wir in den Jet zurück in die USA, wo jeder wieder seinem eigenen Leben nachging.

Doch seltsamerweise stellte sich bei diesem Wissen kein Gefühl der Erleichterung bei mir ein. Im Gegenteil. Ich fühlte mich, als lägen Tonnen von Gewicht auf meiner Brust und auf meinen Schultern, die versuchten, mich hinabzudrücken.

Aber warum bloß?

Es war doch von Anfang an klar gewesen, dass es keine Zukunft für das hier geben würde. Ich hatte keine Zeit für Sentimentalitäten. Und auch keinen Platz dafür. Mein Leben war eng getaktet und ausgebucht. Für mehr als gelegentliche Bettgeschichten fehlte mir die Zeit. Ich wusste all das. Und es war verdammt nochmal logisch. Warum also gab es da diesen Teil in mir, der das anscheinend nicht begreifen wollte?

Und seit wann hatte ich mich nicht mehr unter Kontrolle?

Seit wann ließ ich mich derart ablenken und beeinflussen?

Es verwirrte mich und das wiederum machte mich wütend.

»Machst du dir Sorgen, dass du den Zuschlag nicht erhältst?«, riss mich Dakota aus meinen Gedanken.

Ich blickte auf und sah direkt in ihre sorgenvoll zusammengekniffenen Augen. Obwohl ich sie dazu gezwungen hatte, mir zu helfen, lag ihr daran, dass mir dieser Deal zugesprochen wurde. Dabei wäre es aus ihrer Sicht doch viel wünschenswerter, dass ich es nicht tat. Dass ich dafür, dass ich sie zu etwas zwang, bestraft wurde, indem ich nicht das bekam, was ich so sehr wollte.

»Danke«, sagte ich, ohne dass ich mich bremsen konnte.

Die Sorgenfalte auf Dakotas Stirn verstärkte sich bei meiner Antwort. »Wofür?«

»Dass du möchtest, dass ich diesen Deal bekomme.«

»Das … das ist doch selbstverständlich.«

»Nein, ist es nicht«, entgegnete ich und nahm die Serviette vom Tisch, mit der ich meine Mundwinkel abtupfte, damit meine Hände Beschäftigung fanden. »Es ist nicht selbstverständlich. Das ist mir bewusst und deshalb weiß ich deine Haltung umso mehr zu schätzen.«

Dakota nickte stumm und widmete sich wieder ihrem Teller.

Ich hatte das Gefühl, dass ihr eine Antwort auf der Zunge brannte, doch was auch immer sie sagen wollte, sie tat es nicht.

Vielleicht war das auch besser so.

Ich beobachtete, wie sie konzentriert aß und widerstand dabei dem Drang, ihr mit meiner Hand über das wunderschöne Gesicht und über ihre zarte Haut zu streichen.

Stattdessen ballte ich meine Hände im Schoß zur Faust und zwang mich dazu, mich verdammt nochmal zusammenzureißen.

Nach dem Essen hielten wir uns nicht mehr lange auf der Terrasse des Restaurants auf. Keinem von uns war nach Reden zu Mute.

Irgendetwas hatte sich zwischen uns verändert.

Ich wusste nicht, was. Konnte es nicht zuordnen.

Aber es zog mich herunter. Beschäftigte mich. Machte mich geradezu fertig und hielt mich davon ab, mich auf den morgigen Geschäftsabschluss zu fokussieren, von dem alles abhing.

»Kommst du noch mit zu mir?«, fragte Dakota leise, als wir die Suite betraten.

In ihren Augen las ich Sehnsucht. Und Angst.

Angst.

Aber wovor?

Vor mir?

Unmöglich. Oder etwa doch?

»Es war ein langer Tag. Wir sind beide müde und erschöpft. Lass uns früh schlafen gehen, damit wir morgen ausgeschlafen und bereit für unseren Auftritt sind«, lehnte ich ihr Angebot ab und verstand selbst nicht, warum.

Ein Teil von mir wünschte sich, dass sie meine Antwort nicht akzeptierte. Dass sie sich die Träger ihres hübschen Kleids abstreifen und mich mit ihren weichen Lippen in ihr Schlafzimmer locken würde, wo ich mich in ihr verlieren und ergießen konnte.

Doch die Stimme der Vernunft hoffte auf das genaue Gegenteil davon. Dass sie meinen Vorschlag respektierte und sich von mir fernhielt. Dass sie sich von mir abwandte und sich auf das konzentrierte, weswegen wir hier waren: Das Orient Projekt.

Eine weitere gemeinsame Nacht würde uns den Abschied nur noch mehr erschweren. Also sollten wir lieber beginnen, uns daran zu gewöhnen, dass wir fortan getrennte Wege gehen würden und im Leben des anderen keinen Platz fanden.

»Du hast recht. Entschuldige bitte. Ich wünsche dir eine gute Nacht«, erwiderte sie tonlos und schlüpfte in ihr Zimmer.

Bevor ich ihr meinerseits eine gute Nacht wünschen konnte, landete die Tür schon im Schloss und augenblicklich fühlte ich mich noch rastloser und unglücklicher als eine Minute zuvor.

Wieso nur fühlte es sich so falsch an, das Richtige zu tun?

21

DAKOTA

Er hatte mich abblitzen lassen. Mein Angebot, die Nacht zusammen zu verbringen, ausgeschlagen.

Der Schmerz über Graysons Ablehnung saß tief. Aber die Wut darüber, dass ich mich dazu hinreißen gelassen hatte, Schwäche zu zeigen, die meine Gefühle, mein Handeln und meinen Gemütszustand beeinflussten, saß noch tiefer.

Ich wusste doch, dass ich für ihn bloß ein Geschäft war. Für Grayson Parker war alles lediglich ein Geschäft.

Hatte ich wirklich geglaubt, bei mir würde er dahingehend eine Ausnahme machen? Hatte ich allen Ernstes angenommen, ich sei die eine, die besondere Frau, die ihn ändern konnte?

Was für ein Unsinn.

Vor allem, weil ich nach dem Glaubenssatz lebte,

dass man Menschen nicht ändern konnte und es auch nicht *sollte*. Wenn dann mussten sie sich selbst ändern. Und zwar aus freien Stücken.

Warum also hatte ich insgeheim gehofft, ja vielleicht sogar unbewusst versucht, Graysons Ansichten und seine Einstellung im Hinblick auf unser Abkommen ändern zu können?

Wahrscheinlich war es besser, nicht weiter darüber nachzugehen. Denn dann kämen womöglich Antworten zu Tage, die lieber im Verborgenen geblieben wären.

Seufzend ging ich ins Bad und streifte mein Kleid ab.

Ich blickte in den Spiegel und versank in dem Sturm, der in meinen Augen tobte. Ich spürte förmlich den Wind, der drohte, mir den Boden unter den Füßen wegzureißen. Den Regen, der gegen mein Gesicht peitschte. Und die Kälte, die sich in meine Glieder fraß.

Fröstelnd rieb ich mir über die nackten Arme und stieg unter die Dusche.

Eigentlich wollte ich mir nur rasch die Zähne putzen und das Gesicht waschen, doch plötzlich war mir so kalt, dass ich mich nach schützender Wärme sehnte, die mich wie ein Kokon umhüllte.

Zweifellos hätten Graysons starke Arme das getan. Doch ironischerweise war er es gewesen, oder besser gesagt, seine Ablehnung mir gegenüber, die diese Kälte in meinem Inneren erst hervorgerufen hatte.

Ich drehte den Duschhahn auf, ließ mich mit dem Rücken an der Wand hinabgleiten und schlang meine Arme um meine Knie.

Eine Weile saß ich einfach nur da und starrte ins Leere.

Die ganze Zeit über hatte ich mir gewünscht, dass diese Scheinehe endlich ein Ende fand und jetzt, wo dieses Ende unmittelbar bevorstand, wünschte ich mir insgeheim, ich könnte es noch etwas hinauszögern.

Das war doch absurd. *Ich* war absurd.

Hatte ich wirklich gedacht, dass es für Grayson und mich eine Zukunft geben würde? Wie sollte die denn aussehen? Wir lebten in verschiedenen Welten und führten komplett gegensätzliche Leben.

Er würde seine Welt ganz bestimmt nicht aufgeben, um Teil der meinen zu werden. Und ich würde es niemals über mich bringen, meine Welt aufzugeben, um in seiner Welt zu leben.

»Was spinne ich mir hier überhaupt zusammen?«, flüsterte ich kopfschüttelnd und rieb mir das Wasser aus den Augen. »Grayson hat kein Interesse an mir. Jedenfalls keines, das über das rein Geschäftliche hinausgeht.«

Die Wimperntusche, die durch das Wasser in meine Augen gelaufen war, brannte wie Feuer und ließ mich blinzeln.

Mit zusammengekniffenen Augen stützte ich mich an der Wand ab, während ich mich erhob und tastete nach dem Duschgel, weil ich die Reinigungslotion für mein Gesicht in meinem Kosmetikbeutel vergessen hatte und nicht das halbe Bad bei dem Versuch, es zu holen, unter Wasser setzen wollte.

Ich wusch mein Gesicht, mein Haar und meinen Körper. Verweilte solange unter der Dusche, bis sich die Kälte langsam auflöste und nichts als eine stumpfe Leere in meinem Inneren übrigblieb.

Dann schaltete ich das Wasser ab, stieg aus der Dusche und nahm mir, weil ich wusste, dass ich sowieso nicht würde schlafen können, reichlich Zeit für eine ausgedehnte Körperpflege.

Als ich eine halbe Stunde später ins Bett fiel, fühlte ich mich allein und verletzlich. Angestrengt horchte ich in die Stille, weil Grayson, obwohl er gefühlsmäßig kilometerweit entfernt schien, ganz in meiner Nähe war.

Ob er noch arbeitete?

Oder schlief er längst?

Ich vernahm keinerlei Geräusch aus dem Wohnbereich. Also musste er in seinem Schlafzimmer sein.

Den Gedanken, nachzusehen, verwarf ich so schnell, wie er sich in meinen Kopf geschlichen hatte.

Ich würde mich nicht noch weiter erniedrigen. Es reichte schon, dass ich ihm angeboten hatte, die Nacht mit mir zu verbringen und er es abgelehnt hatte.

Wobei ... die Erinnerung an Graysons Angebot, vor dem Abendessen gemeinsam mit ihm zu duschen, tauchte vor meinem inneren Auge auf.

Wieso sollte er mich einladen, mit ihm zu duschen, mich dann aber abweisen, wenn ich ein paar Stunden später eine ähnliche Einladung aussprach?

Der winzige Moment der aufkeimenden Hoffnung wurde in dem Augenblick zunichte gemacht, als mir der Unterschied beider Einladungen bewusst wurde.

Mit Grayson zu duschen, wäre eine schnelle, schmutzige Nummer gewesen. Ein rascher, heißer

Fick, nach dem wir uns beide angezogen hätten und zum Essen gegangen wären.

Mit in mein Schlafzimmer zu kommen, hätte hingegen impliziert, die Nacht mit mir zu verbringen. In meinem Bett zu schlafen. Bei mir zu bleiben. Es wäre mehr als bloß Sex gewesen.

Und das, daran hatte er keinen Zweifel gelassen, wollte Grayson nicht.

Sex ja. Gefühle nein.

»Ich bin so unfassbar doof«, murmelte ich in die Dunkelheit und drehte mich auf den Rücken. »Wie verflucht tief willst du noch sinken, Dakota? Was auch immer du glaubst, in Graysons Augen gesehen zu haben ... du bildest es dir bloß ein.«

Ich atmete geräuschvoll aus und starrte an die Decke. Tränen stiegen mir in die Augen, doch bevor ich mich darin verlieren konnte, schaltete sich mein Selbsterhaltungstrieb ein und sorgte dafür, dass ich mich wieder fing.

Ich war eine unabhängige, erwachsene und zielstrebige Frau, die immer allein zurechtgekommen war. Die alles aus eigener Kraft erreicht hatte, ohne dass ein Mann ihr den Rücken gestärkt, oder irgendwelche Türen geöffnet hatte.

Warum also war ich dermaßen auf Grayson Parker fixiert?

Ich lebte ein Leben, das ich mir hart erarbeitet hatte und das ich liebte. Wieso sollte ich daran etwas ändern wollen? Das ergab keinen Sinn.

Ich sollte mich vielmehr darauf freuen, schon ganz bald endlich wieder in dieses Leben zurückkehren zu

dürfen. Darauf, diesem Lügentheater ein Ende zu
setzen. Und darauf, dass alles wieder so sein würde,
wie es vor Graysons hinterhältiger Erpressung
gewesen war.

Doch warum nur wurde ich das Gefühl nicht los,
dass es nie wieder so sein würde wie zuvor?

22

GRAYSON

Ich schlief in dieser Nacht unruhig und fand mich bereits im Morgengrauen im hoteleigenen Fitnessstudio ein, um mich auszupowern und um das nervöse Flattern in meinem Bauch endlich abzuschütteln. Wenigstens meine nervtötenden Nacken- und Schulterschmerzen waren einem leichten, unangenehmen Ziehen gewichen.

Als ich zurückkam saß Dakota auf der Couch im Wohnzimmer. Ihre Augen flogen über den Monitor ihres Laptops. Sie wirkte abgekämpft und verkrampft.

Genauso wie ich.

Sollten wir uns beim Essen etwas eingefangen haben?

Oder steckte womöglich ein ganz anderer Grund hinter unserer niederschmetternden Stimmung?

»Guten Morgen. Möchtest du im Restaurant gemeinsam frühstücken?«, begrüßte ich sie.

Sie sah von ihrem Laptop auf und schenkte mir ein angedeutetes Lächeln, das ihre Augen nicht erreichte. »Ich habe uns Frühstück auf das Zimmer bestellt. Um dreizehn Uhr muss ich los. Friseur, Nagelstudio, Kosmetikerin. Das volle Programm, damit ich dich heute Abend in einem guten Licht erscheinen lasse. Bis dahin möchte ich mir noch einmal alle Unterlagen durchlesen.«

»Okay. Dann setze ich mich zu dir und leiste dir dabei Gesellschaft.«

Wir verbrachten den Vormittag in einvernehmlichem Schweigen, wobei jeder von uns seiner Arbeit nachging und so tat, als wäre der andere nicht da, was vollkommen absurd war, uns jedoch davor bewahrte, über Themen zu sprechen, die wir nicht anschneiden sollten.

Ich beobachtete Dakota verstohlen, wie sie auf ihrer Unterlippe kaute, während ihre Finger über die Tastatur ihres Laptops flogen und sie konzentriert auf den Monitor sah.

Sie war so strebsam. So fleißig und so unglaublich zielstrebig. Das bewunderte ich an ihr und es sorgte dafür, dass ich mich umso mehr zu ihr hingezogen fühlte.

Offenbar war ich damit jedoch allein, denn Dakota beachtete mich kaum und schien komplett in ihrer eigenen Welt versunken zu sein.

Ihre Gleichgültigkeit störte mich, ja sie ärgerte mich regelrecht, obwohl es genau das war, was unsere Abmachung von ihr verlangte. So, wie sie sich gab, würde es ihr nicht schwerfallen, mir Lebwohl zu sagen und obwohl ich mich darüber freuen sollte, schmerzte es mich geradezu.

Verflucht nochmal.

Ich lehnte mich zurück und rieb mir müde durch das Gesicht, wobei es sich nicht vermeiden ließ, dass mir ein leiser Seufzer der Resignation entfuhr.

»Stimmt was nicht?«, fragte Dakota und hielt inne.

Ich hielt die Augen geschlossen und schüttelte den Kopf.

»Nein. Es ist alles gut«, sagte ich und meinte das genaue Gegenteil davon.

»Sicher?«, hakte sie nach.

Ich öffnete die Augen wieder und zog missbilligend eine Braue in die Höhe. Wieso nur war sie so verdammt scharfsinnig?

»Mach dir keine Gedanken. Soll ich uns noch etwas bestellen, oder hast du alles, was du brauchst?«, erwiderte ich, um vom Thema abzulenken.

Dakotas Blick huschte über den Tisch, der uns voneinander trennte und auf dem die Reste unseres üppigen Frühstücks standen. Dann sah sie wieder zu mir und bedachte mich mit einem Blick, der mich schlucken ließ.

Sie war hungrig. Zweifelsohne. Aber dieser Hunger ... er bezog sich nicht auf das Essen, sondern ... auf mich.

Ihre Augen verweilten auf mir und als ich gerade etwas sagen wollte, stahl sich ein wehmütiges Lächeln auf ihr Gesicht.

»Ich habe alles, was ich brauche. Aber ich denke, ich werde mich noch eine halbe Stunde hinlegen und ausruhen. Ich habe letzte Nacht nicht allzu gut geschlafen.«

Enttäuschung machte sich in mir breit, doch ich ließ es mir nicht anmerken. Ihre Entscheidung war vernünftig. *Sie* war vernünftig. Und ich für meinen Teil sollte mir ein Beispiel daran nehmen.

Dennoch konnte ich mir die Frage, die in meinen Ohren widerhallte, nicht verkneifen.

»Warum hast du nicht gut geschlafen, Dakota?«

»Ich ...«, setzte sie zu einer Antwort an, brach dann jedoch ab und erhob sich.

»Du?«, hielt ich sie auf, bevor sie den Wohnbereich verlassen konnte.

»Ich schätze, es steht viel auf dem Spiel und ... das beschäftigt mich. Bitte entschuldige mich jetzt.«

»Verstehe«, murmelte ich, obwohl ich das Gefühl hatte, gar nichts zu verstehen und sah ihr gedankenverloren hinterher, während ich den unbändigen Drang, ihr zu folgen, niederrang.

Als Dakota um die Mittagszeit die Suite verließ, zwang ich mich dazu, meine Aufmerksamkeit auf die Termine der nächsten Woche zu lenken. Die Feiertage würden heute Nacht endgültig ein Ende finden. Das neue Jahr begann schon morgen und mit ihm eine arbeitsreiche Zeit, in der ich gedachte, Berge zu versetzen, angefangen mit dem Megaprojekt, das ich unterzeichnet sehen wollte, bevor wir Dubai in Richtung der USA verließen.

Meine mangelnde Produktivität und Konzentration ließen mich nur stockend vorankommen. Angesichts des bevorstehenden Abends verzieh ich mir meine Nachlässigkeit und begab mich gegen achtzehn Uhr zum hoteleigenen Schneider, der meinen Anzug dem Anlass entsprechend ausgesucht und abgeändert hatte.

Dakotas Zimmertür stand offen, als ich zurück-kehrte. Bei ihrem atemberaubend schönen Anblick überkam mich ein Gefühl von Demut und Dankbarkeit, über das ich lieber nicht genauer nachdenken wollte.

Sie trug ein bodenlanges Kleid, dessen goldge-sprenkelte Korsage ihren zierlichen Oberkörper betonte, gleichzeitig aber ihre Schultern und den größten Teil ihres Dekolletés bedeckte. An der Taille setzte ein weiter, schwingender Rock aus dunkelgrüner Seide an, der perfekt zu ihren blonden Haaren passte, die zu einem Seitenscheitel gekämmt in sanften Wellen über ihre linke Schulter fielen. Lange Diaman-tohrringe funkelten an ihren Ohren und stellten neben ihrem Verlobungs- und Ehering das einzige Schmuck-stück dar, das sie trug.

Ihre Augenpartie wurde von einem dunkelbraunen Lidschatten und tiefschwarzer Wimpertusche betont, die im Kontrast zu dem unauffälligen, nudefarbenen Lippenstift standen, der ihre Lippen sinnlich glänzen ließ.

Sie drehte sich vor dem Spiegel und ihr Blick traf

den meinen. In ihren Augen lag eine stumme Frage, die ich mit einem Nicken beantwortete.

Ich brauchte kein Wort zu sagen. Ich wusste, dass sie mich ganz ohne Worte verstand.

Sie lächelte und blendete mich dabei regelrecht mit ihrer Aura und ihrer Schönheit.

Für einen winzigen Moment stand die Welt still und ich nutzte diesen Augenblick, um ihren wunderhübschen Anblick in mich aufzusaugen.

Für immer.

»Bist du bereit für den Deal deines Lebens, Grayson Parker?«

Jetzt, da sie hier war, hier bei mir, schon. Denn es gab keine Frau, mit der ich heute Abend lieber in den Kampf gezogen wäre als mit Dakota.

Ich ging auf sie zu und küsste sie vorsichtig auf die Wange, um ihr Make-up nicht zu ruinieren. Ich genoss die Nähe und die Wärme, die von ihr ausging. Augenblicklich fühlte ich mich ruhig und angekommen.

»Das bin ich, Dakota Parker. Das bin ich.«

23
DAKOTA

Grayson öffnete mir die Wagentür und hielt mir seine Hand hin, als ich vor dem *Burj Al Arab*, das dem Segel eines prächtigen Schiffes ähnelte, ausstieg. Ich legte meine Hand in die seine und drückte sie zuversichtlich.

Ab jetzt herrschte Showtime.

Egal, was mich beschäftigte und beunruhigte, ich musste es in den kommenden Stunden ausblenden.

Jetzt ging es um alles. Um alles oder nichts.

So sehr ich mir einredete, dass der Grund, aus dem ich mir diesen Deal unbedingt für Grayson wünschte, meine dadurch resultierende Freiheit war, musste ich mir doch eingestehen, dass der Hauptgrund vielmehr mit der Verwirklichung von Graysons Lebenstraum zusammenhing.

Das überwältigende Gefühl, wenn Träume Wirklichkeit wurden, erlebte ich jede Rennsaison von neuem, wenn ich meinen Ausweis an den Scanner der Drehtüren des *Serie del Rey* Paddocks hielt: Bei dem schönsten Klang der Welt, der mir signalisierte, dass ich durch das magische Tor ins Paradies schreiten durfte, ging mir jedes Mal das Herz auf.

Ich wusste, dass ich die Ausnahme bildete und dass ich mich glücklich schätzen konnte, zu den wenigen Menschen zu gehören, die die Sterne am Himmel tatsächlich zu fassen bekamen und nicht nur ihr ganzes Leben lang die Arme danach ausstreckten, ohne sie jemals zu erreichen. Ich verspürte eine tiefe Dankbarkeit für dieses Privileg und ich wünschte mir, dass auch Grayson seine persönlichen Sterne zu greifen bekam.

»Mr. und Mrs. Parker«, begrüßte uns der Herr am Empfang.

Ich schenkte ihm ein strahlendes Lächeln.

»Wie schön, Sie willkommen heißen zu dürfen. Adnan wird Sie zum Fahrstuhl begleiten.«

»Vielen Dank«, sagte Grayson und folgte dem Pagen zum Aufzug. Seine Hand lag nun sicher und beruhigend auf meinem unteren Rücken und er passte seine Schritte den meinen an, da mir die ungewohnt hohen High Heels keine Streckenrekorde erlaubten.

Während wir im Aufzug in die obere Etage fuhren, streichelten mich seine Finger kaum merklich. Ich rückte näher zu ihm, ließ zu, dass er mich in den Arm nahm und mit seinem Daumen über meine erhitzte Haut strich.

Als sich die Türen öffneten, legte ich meine Hand in die seine und folgte ihm zu der rauschenden Feier, die die gesamte Etage einnahm.

Wir verbrachten die folgende Stunde damit, Geschäftspartner und deren Ehefrauen zu begrüßen, Smalltalk zu halten und neugierige Fragen zu beantworten.

Westliche Geschäftsmänner aus den USA, England und Italien mischten sich mit Scheichs, CEOs und Prinzen aus den Emiraten, Katar, Malaysia, Saudi-Arabien, Bahrain und dem Oman.

Die Frauen übertrafen sich an Eleganz, Anmut und Grazie. Mit dem Schmuck, der auf dieser Etage zur Schau getragen wurde, konnte man problemlos ein kleines Land kaufen.

Arabische Musik drang aus den Lautsprechern und harmonierte mit den angeregten Gesprächen, dem heiteren Gelächter und den entzückten Ausrufen.

Nach einer gefühlten Ewigkeit wurden wir zu Tisch gebeten, wo in den folgenden zwei Stunden das Galadinner serviert wurde.

Ich bemühte mich nur zu sprechen, wenn ich direkt dazu aufgefordert wurde. Wenn ich redete, dann stets in einem bedachten, respektvollen und zustimmenden Ton. Ich lächelte, wenn es von mir erwartet wurde und nickte an den richtigen Stellen, genauso, wie wir es besprochen und vereinbart hatten.

»Mr. Parker, wieso haben Sie uns Ihre Frau so lange vorenthalten?«, fragte einer der Prinzen und alle Augen richteten sich auf Grayson.

Mein Puls begann zu rasen und ich wagte nicht zu atmen, während ich wie alle anderen auf seine Antwort wartete.

Grayson umschloss meine linke Hand, die auf dem Tisch lag und führte sie zu seinem Mund. Ich hob den Blick und schaute ihm direkt in die Augen, als er meine Fingerknöchel küsste und mir seine ungeteilte Aufmerksamkeit schenkte.

»Ich hatte Angst, dass ich mir diese wundervolle Frau bloß einbilde. Dass ich eines Tages mit gebrochenem Herzen aufwache und feststelle, dass das alles nur ein Wunschtraum gewesen ist.«

Leises Gemurmel drang in meine Ohren. Ich verstand nichts davon.

Zu sehr fesselte mich Grayson mit der aufrichtigen Zuneigung und der unsäglichen Sehnsucht, die in seinen Augen standen.

War er tatsächlich so ein begnadeter Schauspieler oder steckte in seinem Geständnis womöglich ein Funke Wahrheit?

»Mrs. Parker, würden Sie uns und Ihren Mann einen Moment entschuldigen?« Das Zurückrücken einiger Stühle riss mich aus dem Trancezustand, in den mich Grayson versetzt hatte.

Er ließ meine Hand los und ich räusperte mich verlegen. »Ungern, aber ich möchte den Herren bei Ihren wichtigen Geschäften selbstverständlich nicht im Wege stehen.« Mit einem höflichen Lächeln entließ ich die Gruppe.

Grayson erhob sich und verließ den Saal mit acht

weiteren Männern in weißen Thawbs und rot-weißer Kofia. Unsere Blicke trafen sich und wir wussten beide, dass sie ihm in den kommenden Minuten ihre Entscheidung mitteilen würden.

Die Würfel waren gefallen.

Nervös glitten meine Finger an meinem Besteck entlang. Als kurz darauf drei der todschick gekleideten Frauen zu mir an den Tisch traten und mich dazu einluden, mit ihnen zu plaudern, nahm ich die Einladung dankbar an, um auf andere Gedanken zu kommen.

Immer wieder blickte ich auf die Uhr, doch Grayson blieb verschwunden. Die Zeiger rückten unaufhaltsam auf Mitternacht zu, ohne dass er oder einer der Männer, mit denen er fortgegangen war, zu der Feier zurückkehrte.

Nachdenklich sah ich auf das Meer, das fast schwarz in der Dunkelheit lag. Lediglich die Lichter von ein paar Yachten hinterließen kleine, goldene Tupfer auf dem seichten Wasser.

Eine Minute vor Mitternacht begann ein ausgelassener Countdown, bei dem alle laut mitzählten.

Ich stellte mich dicht an die Fensterfront und umfasste den kühlen Handlauf des Geländers.

Draußen brach die Hölle los, als die ersten Raketen in den Himmel sausten und in Grün, Gold, Lila, Rot, Orange, Blau und Silber in den beeindruckendsten Formationen explodierten.

»Frohes neues Jahr, Mrs. Parker«, murmelte eine allzu bekannte Stimme an meinem Ohr.

Grayson.

Er platzierte seine Hände auf den meinen und legte sein Kinn auf meiner Schulter ab.

Schweigend beobachtete er das Spektakel, das sich über dem Meer abspielte.

Ich versuchte seine Miene zu deuten, kam jedoch zu keinem Entschluss.

Hatte er den Zuschlag erhalten?

Aber in dem Fall würde er wohl kaum so ruhig und gelassen hinter mir stehen.

»Wie ist es gelaufen?«, flüsterte ich.

Grayson vergrub sein Gesicht in meinem Haar und fuhr dann langsam mit seiner Nase an meinem Hals entlang.

Ich schloss die Augen und neigte den Kopf, um ihm besseren Zugang zu gewähren.

»Das Orient Projekt gehört mir. Ganz offiziell«, verkündete er erleichtert und biss sanft in meinen Hals, was mir ein leises Wimmern entlockte.

»Herzlichen Glückwunsch«, gratulierte ich atemlos und wand mich gierig unter Graysons diskreten Zärtlichkeiten.

»Lass uns noch eine halbe Stunde bleiben und allen Anwesenden ein frohes neues Jahr wünschen. Danach verschwinden wir von hier und feiern unseren Sieg. Allein«, raunte er vielsagend. Ich nickte zustimmend. »Ohne dich hätte ich es nicht geschafft, Dakota. Danke, dass du an meiner Seite warst.«

Warst.

Seine endgültigen Worte führten mir schmerzlich

vor Augen, dass unsere gemeinsame Zeit bald ein Ende finden würde.

Grayson hatte bekommen, was er wollte.

Ich hatte meinen Zweck erfüllt.

Das Geschäft zwischen uns war zu einem Abschluss gekommen.

24
GRAYSON

Auf der Rückfahrt zum Hotel telefonierte ich mit Maxwell und informierte ihn über unseren gigantischen Geschäftsabschluss.

»Sieht so aus, als würde das Glück der gesamten Welt allein dir gehören. Phänomenaler Deal. Phänomenale Ehefrau. Phänomenaler Bruder. Da könnte man glatt neidisch werden.«

»Vor allem auf den phänomenalen Bruder. Meinst du damit etwa dich?«

»Hast du sonst noch einen Bruder, von dem ich nichts weiß?«

»Einer reicht vollkommen.«

»Da stimme ich dir zu. Aber genug geredet. Ich lasse dich und deine Ehefrau in Ruhe euren Triumph auskosten. Ihr zwei wollt bestimmt *feiern*.« Sein Tonfall klang eindeutig zweideutig.

Ich warf einen verstohlenen Blick zu Dakota, die

angestrengt aus dem Wagenfenster der Limousine in die Nacht hinaussah.

»Bis morgen«, verabschiedete ich mich und legte auf.

Wir betraten die Hotellobby, in der sich etliche Menschen in Feierlaune tummelten. Am Empfang bestellte ich eine Flasche Champagner, die man uns in die Suite brachte.

»Also dann ...« Dakota stand unschlüssig im Wohnzimmer und nestelte an ihrem Kleid.

»Stoß mit mir an. Auf das neue Jahr. Auf den Deal. Auf uns.« Ich nahm die Flasche aus dem Kühler und goss die perlende Flüssigkeit in die dafür bereitgestellten Gläser.

»Auf uns?«

»Auf uns. Ich habe es ernst gemeint, als ich vorhin gesagt habe, dass ich den Zuschlag ohne deine Hilfe nicht erhalten hätte.«

Ich reichte ihr eines der Gläser und prostete ihr zu.

»Gern geschehen. Nicht, dass du mir eine Wahl gelassen hättest.« Dakota stürzte den Inhalt des Champagnerglases hinunter und stellte das Glas klirrend auf dem Tisch ab.

Ich presste bei ihren harten Worten bedauernd die Lippen aufeinander, weil sie mich daran erinnerten, dass unsere Beziehung nicht auf beidseitigem Einverständnis beruhte.

Dakota war bloß hier, weil ich sie unter Druck gesetzt und dazu gezwungen hatte.

»Tut mir leid, dass es so gelaufen ist.«

»Nein, tut es nicht. Du würdest es jederzeit wieder so machen, oder?«

»Ja, das würde ich wohl«, räumte ich zähneknirschend ein.

»Welchen Teil davon?«

Ich hob den Blick und trat einen Schritt auf sie zu, sodass ich unmittelbar vor ihr stand.

»Alles, Dakota.«

»Alles?«

Ich stellte mein Glas ab und hob ihr Kinn an. »Alles. Einschließlich dieser letzten gemeinsamen Nacht.«

Sie schloss die Augen und schluckte.

»Ich will mit meiner Ehefrau schlafen«, gestand ich sehnsüchtig.

Langsam beugte ich mich vor und küsste Dakotas Mundwinkel. Ihr Kinn. Ihre Augenlider. Ihre Wangenknochen. Ihre Schläfen. »Schlaf mit mir, Dakota. Nicht weil ich dich dazu zwinge, sondern weil du es willst. Aus freien Stücken.«

Sie umfasste meinen Hemdkragen und streifte mein Jackett ab. Ihre Lippen suchten die meinen und ich seufzte selig, als sie einander fanden.

Bedächtig entfernte sie meine Krawatte und öffnete die Knöpfe meines Hemdes. Ich umfasste ihre Handgelenke und hielt sie fest.

»Bevor ich dir dieses Kleid ausziehe, muss ich dich noch ein letztes Mal darin bewundern«, flüsterte ich. »Dreh dich für mich. Bitte.«

Sie stolzierte zu ihrem Schlafzimmer und drehte sich im Türrahmen um die eigene Achse. »Gefällt dir,

was du siehst, Grayson?« Provozierend strich sie sich
durch die langen Haare.

»Das tut es. Du hast ja keine Ahnung wie sehr«,
knurrte ich anerkennend.

»Dann komm her und kümmere dich um deine
Ehefrau, bevor sie es sich anders überlegt.«

Erwartungsvoll und zutiefst erregt betrat ich hinter
Dakota das Schlafzimmer und öffnete den Reißverschluss ihres Kleides. Der integrierte BH sorgte dafür,
dass sie nun lediglich mit High Heels und einem
hauchdünnen String vor mir stand.

Ich zerriss den String in einem Anflug unbändiger
Sehnsucht und öffnete mit fahrigen Handgriffen meine
Hose, die dumpf zu Boden fiel.

Dakota drehte sich zu mir und legte die Hände auf
meine Brust. In ihren Augen lag eine stumme Bitte. Ich
senkte den Kopf und legte meine Lippen auf die ihren,
um ihr zu geben, wonach sie verlangte.

Dieser verfluchte Kussmund.

Mit ihren himmlischen Lippen zwang sie mich
mühelos in die Knie. Binnen Sekunden wandelte ich
mich zu einem willenlosen Sexsklaven, mit dem sie
machen konnte, wonach ihr der Sinn stand.

Ich existierte nur aus einem Grund: Um sie zu
befriedigen. Um sie zu verwöhnen. Um ihr zu dienen.

Wir fielen nebeneinander auf das Bett und küssten
uns unablässig weiter, während wir einander beinahe
ehrfürchtig streichelten. Ich genoss die liebevollen
Berührungen ihrer Hände, die meinen Nacken, meine
Schulterblätter und meine Wirbelsäule entlang stri-

chen und revanchierte mich bei ihr mit denselben feinfühligen Liebkosungen.

Aufreizend strich ich über ihre runden Pobacken, ihr Steißbein, ihre Rippen und erbebte unter den lustvollen Lauten, mit denen sie mir zeigte, wie sehr sie mich wollte.

Minutenlang lagen wir da, küssten uns, streichelten uns, kosteten unser sinnliches Vorspiel in vollen Zügen aus.

Irgendwann legte Dakota ein Bein um meine Taille. Eine unmissverständliche Aufforderung in sie einzudringen. Ich kam ihrem Wunsch umgehend nach, glitt mit einem dankbaren Stöhnen in sie und füllte sie mit der ganzen Länge meines hungrigen Schwanzes aus.

»So feucht«, murmelte ich an ihren Lippen. »So bereit.«

Mit gemächlichen, behutsamen Stößen begann ich sie zu penetrieren. Dakota löste sich aus unserem innigen Kuss und schlang ihre Arme um meine Schultern, um mir noch näher zu sein.

Ich erwiderte ihre Umarmung und erschauderte unter den heißen Küssen, die sie auf meinem Nacken verteilte.

Ihre vollen Brüste rieben sich an meiner Haut und ihre steifen Nippel massierten mich auf eine verboten erotische Art und Weise.

Die Stellung, in der wir uns befanden, ließ keine festen und harten Stöße zu. Das musste sie auch nicht.

Wir brauchten es zärtlich. Bedächtig. Rücksichtsvoll.

Wir wollten uns den Körper des anderen einprägen. Jedes noch so kleine Detail. Ein letztes Mal. Eine letzte Nacht.

Im Zimmer war es bis auf unseren regelmäßigen Atem vollkommen still.

Kein rhythmisches Klatschen von erhitzter Haut. Keine ekstatischen Schreie der Leidenschaft. Kein enthemmter *Dirty Talk*.

Ich liebte es, wie mich ihre nasse, enge Mitte empfing. Mich umschloss. Mich auspresste. Jeder Stoß glich einer Eintrittskarte in das Paradies.

Ihre Finger wanderten in mein Haar und massierten sanft meine Kopfhaut. Belohnten mich. Liebkosten mich.

Ich umfasste Dakotas Oberschenkel, der auf meiner Hüfte lag und fixierte ihn, zog ihn mit jedem Mal, das ich mich in ihr versenkte, zu mir.

Ihr leises Wimmern verriet mir, dass sie nicht mehr lange brauchen würde.

Fast gleichzeitig erreichten wir unseren Höhepunkt und flüsterten heiser den Namen des anderen, während wir uns wie zwei Ertrinkende in der Hoffnung auf Rettung aneinander festhielten.

Eine Weile verharrten wir reglos in unserer Position und genossen die Nachbeben, die uns durchfluteten.

Ich vergrub mein Gesicht in Dakotas duftendem Haar und wünschte mir, dass mein befriedigter

Schwanz für immer in ihrer warmen, feuchten Höhle bleiben konnte. Denn offenkundig gefiel es ihm dort. Das erklärte auch, warum er statt zu erschlaffen, wieder anschwoll, als Dakota sich zu bewegen begann.

Sie löste sich von mir und trennte unsere intime Verbindung.

Ein plötzliches Gefühl der Leere überkam mich.

»Noch nicht«, bat ich und rollte mich auf sie. »Geh noch nicht.«

Sie nahm mein Gesicht in ihre Hände und musterte mich so eindringlich, als würde sie mich heute zum letzten Mal sehen.

In stiller Zustimmung spreizte sie ihre Beine und schenkte mir ein weiteres Mal Zugang zu ihrem sagenhaften Zentrum der Lust.

Meine Erektion glitt dank meines cremigen Samens, der ihre süße Mitte ausfüllte, mühelos in sie und entlockte uns beiden ein ersticktes Keuchen.

Ich schloss meine Beine und verlagerte meine Position, sodass mein Becken auf dem ihrem zum Liegen kam. Sachte kreisend stieß ich in sie, verwöhnte sie vaginal, während die Reibung unserer Becken sie klitoral stimulierte.

Vorsichtig stützte ich mich auf meinen Händen ab und studierte konzentriert jede ihrer Regungen.

Ihre Augen zeugten von unstillbarem Verlangen. Ihre Wangen waren gerötet. Ihr Mund leicht geöffnet. Unsere Verbindung war so tief und intensiv, dass ich es kaum ertragen konnte.

»Ich ...«, hauchte sie ergriffen. »Das ist so gut, Gray. So unglaublich gut.«

Die rauchige, genießerische Art, wie sie meinen Namen aussprach, ließ mich beinahe kommen.

»Gefällt es dir, Baby?«

»Oh Gott, ja«, stöhnte sie überwältigt und krallte ihre Fingernägel in meinen Rücken. »Bitte hör nicht auf.«

»Das könnte ich nicht. Selbst wenn ich wollte«, gestand ich und biss mir auf die Unterlippe, weil ihre Klitoris mit jeder Reibung unserer Becken feuchter wurde.

Ich wollte, dass dieser Augenblick nie zu Ende ging. Dass er bis in alle Ewigkeit anhielt.

Aber das würde er nicht.

Er würde enden.

Sehr bald schon.

Heute Nacht.

Vielleicht sorgte genau dieses Wissen dafür, dass ich so heftig kam, dass mir die Tränen in die Augen schossen und ich so verzweifelt Dakotas Namen rief, dass die Ohnmacht in meiner Stimme mich bis in den letzten Winkel meiner Seele erschütterte.

25
DAKOTA

Wie verflucht lange zwölf Stunden sein konnten, wurde mir erst so richtig bewusst, als ich Grayson in tausenden Metern Höhe auf engstem Raum gefangen gegenübersaß und so tat, als wäre die Welt in Ordnung.

Die ersten Stunden hatte ich damit verbracht, den Desktop meines Laptops aufzuräumen und alphabetisch zu sortieren. Ich hatte die Teameinteilung der ersten Saisonhälfte erledigt und sämtliche vertragliche Sponsorenrechte für das alljährliche Fahrer- und Managementshooting aufgelistet. Sogar die Einladungslisten für die Vorstellung des diesjährigen Autos hatte ich geprüft und ergänzt.

Wenn ich so weitermachte, würde ich in meiner ersten Arbeitswoche im neuen Jahr komplett ohne Arbeit dastehen.

Ich unterbrach meine Arbeitswut als der Lunch

serviert wurde und bemerkte, dass Grayson mich beobachtete.

»Stimmt etwas nicht?«

»Du hast in Dubai außer dem Kleid, den Schuhen und dem Schmuck nichts gekauft.«

»Ist das eine Frage? Wenn ja, verstehe ich sie nicht.«

»Das ist eine Feststellung. Die dazugehörige Frage lautet: Warum?«

»Warum was?«

»Warum hast du sonst nichts gekauft?«

»Warum sollte ich?«

»Weil du meine Kreditkarte hattest und ich dich zu diesem Ausflug gezwungen habe. Da wäre es doch nur fair, wenn du es mir heimzahlst, indem du mein Geld mit beiden Händen zum Fenster rauswirfst.«

»Du hast recht. Verdient hättest du es«, stimmte ich ihm zu und schob mir eine Gabel mit Lasagne in den Mund.

»Warum hast du es nicht getan?«

Ich zuckte die Achseln. »Weiß nicht.«

»Unsinn, Dakota. Natürlich weißt du es.«

»Habe nichts gefunden, was mir gefiel.«

»Wieso lügst du?«

»Tue ich das?«

»Ja, tust du.«

»Und woher willst du das wissen?«

Grayson beugte sich so weit zu mir vor, dass nur noch wenige Zentimeter unsere Gesichter voneinander trennten. »Weil ich so tief in dir drin war, dass ich bis auf den Grund deiner Seele blicken konnte, Dakota.«

Ich lehnte mich in meinem Sitz zurück und überkreuzte verärgert die Arme vor der Brust. »Du glaubst also, dass du mich kennst, weil du mich ein paar Mal gevögelt hast, ja?«

»Besser als du denkst.«

»Ich weiß nicht, was du von mir willst, Grayson. Freu dich doch, dass ich dein Geld nicht ausgegeben habe.«

Er kniff die Augen zusammen und musterte mich abschätzend.

»*Was*?«, fuhr ich ihn an.

»Wo wir schon beim Thema Geld sind: Ich möchte auf zehn Millionen erhöhen.«

»Was möchtest du auf zehn Millionen erhöhen?« Irritiert zog ich die Stirn kraus.

»Deine Belohnung. Der *Orient Deal* ist Milliarden wert. Ohne dich hätte ich den Zuschlag nicht erhalten. Eine Million scheint mir deshalb nicht angebracht. Hältst du zehn Millionen Dollar für angemessen?«

Mir fiel die Kinnlade hinab. Grayson nannte diesen Betrag mit einer solchen Selbstverständlichkeit, dass mir schlichtweg die Spucke wegblieb.

»Du kannst dein Geld behalten. Alles davon.«

»Wie meinst du das?«

»So wie ich es sage, Grayson. Ich habe dir anfangs geholfen, weil ich es musste. Aber letztendlich habe ich mich gut amüsiert. Ich denke nicht, dass mir dieses Geld zusteht.«

»Ich habe dich gezwungen mir zu helfen, Dakota.«

»Ja, das hast du. Doch du hättest die Fotos nie

weitergegeben. Das wusste ich damals nicht. Heute weiß ich es.«

»Woher willst du das wissen?«

»Vielleicht habe ich ja auch bis auf den Grund *deiner* Seele geblickt.«

»Unsinn.«

»Ach ja?«

Grayson schwieg. Er würde zu meiner Behauptung - welch' Überraschung - nichts weiter sagen.

»Wenn du dich erkenntlich zeigen willst, dann sorge für eine unkomplizierte und freundschaftliche Zusammenarbeit zwischen *Titan Racing* und deinem Projektteam. Und wenn dir das nicht reicht, darfst du mir gerne einen Gutschein für ein Wellnesswochenende in einem deiner Hotels schenken. Für fünf Personen.«

»Wieso für fünf?«

»Riley, Allegra, Kenzie, Skye und ich.«

Er schüttelte verständnislos den Kopf. »Überleg dir das nochmal ganz in Ruhe, Dakota. Ich kann all das ermöglichen *und* dir zehn Millionen zahlen.«

»Ich muss mir das nicht überlegen, Grayson. Du gibst mir meine Freiheit zurück und vernichtest diese dummen Fotos. Das reicht mir.«

»Was deine Freiheit betrifft ...«

»Ja?«

»Es wird auch in Zukunft Termine geben, bei denen wir als Mr. und Mrs. Parker auftreten müssen und offiziell gelten wir nach wie vor als verheiratet. Deshalb dürftest du vorerst keine Beziehung zu einem anderen Mann eingehen. Die Gefahr, dass jemand Wind davon bekommt, ist schlichtweg zu groß.«

»Dafür habe ich sowieso keine Zeit. Für einen Freund, meine ich.«

»Was ist mit den Ringen? Kannst du sie weiterhin bei Events und Rennen tragen? Ich möchte nicht, dass einer meiner Geschäftspartner dich bei einem Rennen in Bahrain, Malaysia, Katar oder in den Emiraten sieht und stutzig wird.«

»Der Verlobungsring ist kein Problem. Den Ehering werde ich am rechten Ringfinger tragen, damit im Team keiner Fragen stellt. Wenn mich einer deiner Geschäftspartner zufällig treffen und danach fragen sollte, werde ich vorgeben, vor lauter Eile die Hand nach dem Händewaschen vertauscht zu haben.«

»Okay. Das ist ein annehmbarer Kompromiss.«

»Wie lange soll das gehen, Grayson? Wann kann ich offiziell wieder Dakota Bennet sein? Wann bekomme ich mein Leben zurück? Ich bin nicht mehr die Jüngste. Irgendwann würde ich schon gerne einen allerletzten Versuch starten, den Mann fürs Leben zu finden und zu heiraten.«

Grayson rieb sich das Kinn und schaute aus dem Fenster.

»Der Bau des Orient Projektes wird sich lange hinziehen. Die Eröffnung des ersten Teils findet frühestens in fünf Jahren statt.«

»*Fünf* Jahre?« Ich verschluckte mich an meiner Pasta und spülte den Klumpen in meinem Hals eilig mit einem Glas Wasser hinunter. »Das geht nicht. Ein Jahr, okay. Aber doch nicht fünf!«

»Ich lasse mir was einfallen. Mach dir keine Gedanken. Ich erwarte nicht, dass du dich über längere Zeit an mich bindest.«

»Und was bitte willst du dir einfallen lassen?«

»Das weiß ich nicht. Noch nicht. Aber ich regele das. Du hast mein Wort.«

»Lass dir bitte nicht zu lange Zeit damit.«

»Du hast es ja ganz schön eilig«, knurrte er und streifte mich mit einem zornigen Blick.

»Du hast bekommen, was du wolltest, Grayson. Unser Deal ist erfüllt. Das Geschäft ist abgeschlossen. Also ja, ich hätte gern mein Leben zurück. So schnell wie möglich.«

»Um dir einen Typ zu suchen, der dich heiratet und dir Kinder macht?«

»Zum Beispiel, ja.«

»Ich dachte deine Arbeit wäre dein Leben.«

»Das ist sie auch. Doch Prioritäten ändern sich im Laufe eines Lebens. Wir verändern uns mit den Erfahrungen, die wir machen.«

»Mag sein. Was hast du jetzt vor?«, wechselte er nonchalant das Thema.

»Ich fliege übermorgen nach Italien zurück. Das neue Rennauto von *Titan Racing* wird im Februar vorgestellt. Davor gibt es einiges zu planen und organisieren. Wie sieht dein Plan aus?«

»Ich werde in den nächsten Monaten meine Zeit zwischen den Emiraten und den USA aufteilen, um das Orient Projekt auf den Weg zu bringen.«

»Klingt spannend.«

»Das wird es bestimmt.«

»Freust du dich darauf?«

»Das tue ich. Warum fragst du?«

»Dafür, dass dieses Projekt angeblich dein Lebenstraum ist, wirkst du ziemlich unbeteiligt. Eigentlich solltest du vor lauter Euphorie Purzelbäume schlagen und deinen Erfolg feiern.«

»Ich habe gefeiert, Dakota. Mit dir. Auf dir. Unter dir. In dir. Die ganze Nacht. Entschuldige bitte, falls ich deswegen heute etwas müde bin.«

Die Erinnerung an die letzte Nacht ließ mich verstummen.

Ich wollte nicht darüber nachdenken. Ich konnte es nicht. Und ich durfte es nicht.

Denn wenn ich das tat, müsste ich zugeben, dass ich mich ausgerechnet in den Mann verliebt hatte, für den das Wort *Liebe* und dessen Definition lediglich als Fremdwort in einem verstaubten Lexikon existierten.

26

GRAYSON

»Und du bist sicher, dass du nicht selbst zur Präsentation des neuen Autos von *Titan Racing* fliegen willst?«

Mein Bruder goss sich einen Cognac ein und kostete prüfend davon.

»Ganz sicher. Ich habe keine Zeit.«

»Du *hast* Zeit, Gray. Ich kenne deinen Terminkalender.«

»Da stehen nicht alle meine Termine drin.«

»Soll heißen?«

»Ich habe eben noch weitere Termine. *Private* Termine.«

»Zum Beispiel?« Maxwell runzelte die Stirn und kam zu mir herüber.

»*Zum Beispiel* Sport, Urlaub oder Frauen.«

»Bullshit, Gray. Erzähl mir keinen Mist. Du kannst Sport treiben, bevor du nach Italien fliegst oder nachdem du dort landest. Urlaub machst du nie und Frauen legst du in letzter Zeit auch keine flach.«

»Woher willst du das wissen?«

»Ich kenne dich, Gray. Du bist mein Bruder.«

»Auch Brüder haben Geheimnisse voreinander.«

»Dass du in Dakota Bennet verschossen bist, ist kein Geheimnis, falls du das glauben solltest.«

»Wie bitte?«

»Was genau meinst du mit: *Wie bitte?* Hast du mich akustisch nicht verstanden oder kannst du meiner Logik nicht folgen?«

»Auf welcher absurden Logik baut deine noch absurdere These?«

»Seit du aus Dubai zurück bist, meckerst du permanent an allem und jedem rum. Dabei solltest du im Hinblick auf unser Milliardengeschäft überglücklich durch die Korridore unseres bescheidenen Büros tanzen. Aber was machst du? Du arbeitest noch härter und länger als sonst. Und jetzt sag nicht, dass der *Orient Deal* schuld daran ist. Das kaufe ich dir nämlich nicht ab. Du hast die Fotos von Dakota Bennet und dir nicht weggeworfen. Im Gegenteil. Sie liegen in deinem Nachttisch ...«

»... was zur Hölle machst du an meinem Nachttisch? Du hast in meinem Schlafzimmer nichts zu suchen, du Freak.«

»Ich habe Kondome gesucht. Du hattest keine. Das bestärkt mich in meiner *Logik*. Wieso solltest du keine Kondome zur Hand haben? Weil du keinen Sex hast. Und warum hast du keinen Sex? Weil die Frau, mit der du ihn haben willst, auf einem anderen Kontinent lebt.«

»Dein Sherlock-Holmes-Gespür in allen Ehren, aber ich könnte meine Kondome auch einfach nur woanders aufbewahren.« Ich rieb mir müde durch mein Gesicht. »Können wir die hirnrissige Unterhaltung darüber, wer wo seine Kondome lagert, jetzt bitte beenden?«

»Du solltest mit ihr reden, Gray.«

»Mit wem?«

»Mit Dakota.«

»Dazu habe ich ein sehr fähiges Projektteam, Max.«

»Du weißt, dass ich mich nicht auf den geschäftlichen Teil beziehe.«

»Es gibt keinen privaten Teil.«

»Zu der Präsentation des neuen Rennwagens werden viele wichtige CEOs kommen. Denk mal an all die wertvollen Networking Möglichkeiten«, versuchte es mein Bruder auf die Business Tour.

»Das tue ich. Deshalb schicke ich *dich* dorthin. Du bist ein Networking Genie.«

»Ich bin nicht der CEO von *Parker Resorts & Spas*.«

»Dafür aber der CLO.«

»Warum meidest du sie?«

»Wen?«

»Du weißt, wen.«

»Ich meide sie nicht, Maxwell Parker. Wieso bist du so dermaßen auf Dakota fixiert? Du verrennst dich in einer fixen Idee ohne Hand und Fuß.«

»*Du* verrennst dich. Nicht ich. Ich habe keine

Ahnung, was dein Problem ist, Grayson. Eine traumatische Vergangenheit kannst du jedenfalls nicht als Entschuldigung dafür vorbringen, dass du dich deinen Gefühlen so vehement verschließt.«

»Welchen Gefühlen denn?«

»Den Gefühlen für deine Ehefrau.«

»Sie ist nicht meine Ehefrau.«

»Wieso trägst du dann jeden Tag diesen Ring?« Maxwell deutete auf meinen Ehering, den ich aus mir unerfindlichen Gründen seit meiner Rückkehr aus Dubai vor über einem Monat nicht abgelegt hatte.

»Ich erkläre das Thema hiermit offiziell für beendet. Schluss, Aus, Ende. Lass uns Feierabend machen und unten im Restaurant was essen. Oder ich lasse uns das Essen bringen.«

»Lass uns was bringen. Und während wir auf das Essen warten, erzählst du mir, warum du nicht schon längst im Flieger nach Italien sitzt und mit Dakota über deine offensichtliche Schwäche für sie redest.«

Ich rief den Concierge an und bestellte unser Abendessen. Danach setzte ich mich zurück an den Schreibtisch und ignorierte Maxwell, der abwartend mit den Fingern auf den Tisch trommelte.

Als er auch noch zu pfeifen begann, verlor ich die Nerven.

Ich sprang auf, was dafür sorgte, dass mein Stuhl polternd zu Boden fiel.

»*Was, Max?* Was willst du hören? Ich habe Dakota hintergangen, benutzt und erpresst. Auf welcher kranken Basis sollte unsere Beziehung denn bitte aufbauen?«

»Seit wann bist du so dramatisch und emotional? Eure Beziehung hatte vielleicht einen krassen, unfreiwilligen Start, doch seitdem ist viel passiert.«

»Ach ja? Was denn? Ich habe unsere Chance auf eine Beziehung ruiniert, indem ich sie dazu genötigt habe, meine Ehefrau zu spielen. Daran gibt es wohl kaum etwas zu rütteln.«

»Hat *sie* das gesagt?«

»Das muss sie nicht. Das versteht sich von selbst. Außerdem lebt sie in Italien und reist in einem Jahr an mehr Orte, als die meisten Menschen in ihrem gesamten Leben. Wir würden uns nie sehen.«

»Es gibt immer einen Weg. Man muss es nur wollen.«

»Hast du das aus einem Glückskeks?«

Maxwell verzog das Gesicht zu einem Grinsen. »Das hat Bill Gates gesagt.«

»Hat er nicht.«

»Aber er *könnte* es gesagt haben.«

»Hör zu, Max. Ich verstehe, dass du es bloß gut meinst. Und ich gebe zu, dass du lange vor mir erkannt hast, dass die kleine *Miss Perfect* in der Tat verdammt perfekt ist. So perfekt, dass es weh tut. Doch was auch immer zwischen uns ist: Es hat keine Zukunft. Die Beziehung wäre von Anfang an zum Scheitern verurteilt. Ich würde die meiste Zeit damit verbringen, sie zu vermissen und zu überlegen, wann wir uns wiedersehen, statt mich auf meine Arbeit zu konzentrieren. Und du weißt, dass meine Arbeit mein Leben ist.«

»Du hast Angst.«

»So ein Unsinn.«

»Du hast Angst, weil du dich im Hinblick auf Dakota nicht kontrollieren kannst. Weil du nicht aufhören kannst an sie zu denken. Weil du sie so sehr vermisst, dass es dich in den Wahnsinn treibt. Und das macht dir Angst. Die Angst wiederum schürt die Wut und den Zorn, mit denen du seit Wochen dein Umfeld tyrannisierst.«

»Ich habe keine Angst.«

»Doch. Hast du. Du brauchst die Sicherheit. Die Kontrolle. Aber die Liebe ist wie ein Roulette-Spiel. Sie kann dir alles geben. Und sie kann dir genauso gut alles nehmen. Du solltest ein Spiel wagen und sehen, was dabei herauskommt.«

»Du weißt, dass ich nie spiele. Genau aus diesem Grund: Ich kann das Resultat weder beeinflussen, noch kontrollieren.«

»Das kannst du nicht, nein. Der feine Unterschied zwischen dem Glücksspiel und der Liebe besteht jedoch darin, dass in der Liebe alle Beteiligten gewinnen können.«

Das Klopfen an der Tür unterbrach unsere Unterhaltung. Maxwell nahm unser Essen entgegen und stellte es auf dem Konferenztisch ab.

»Genug philosophiert für einen Abend. Lass uns essen.«

27
DAKOTA

Steht alles für morgen?«

»Byron, unser Teammanager, gesellte sich zu uns. Er strich Allegra über den Rücken und stahl sich einen Kuss von ihr.

»Etwas mehr Professionalität bitte, Boss«, mahnte sie ihn und schob Byron lächelnd von sich.

»Alles ist vorbereitet, ja«, beantwortete ich Byrons Frage und erntete dafür ein zufriedenes Kopfnicken.

»Wird Grayson Parker anwesend sein?« Ich biss mir auf die Zunge, als ich begriff, dass ich meine Gedanken soeben laut ausgesprochen hatte.

Riley, Allegra und Kenzie tauschten vielsagende Blicke, sagten jedoch nichts.

»Nein, er kommt nicht. Sein Marketingchef wird ihn vertreten.« Byron runzelte die Stirn und fuhr Allegra geistesabwesend durch das Haar. »Findest du es seltsam, dass er sich nie blicken lässt? Weder bei der

Präsentation des neuen Rennwagens noch bei dem ersten Event von *Parker Resorts & Spas* als Sponsor von *Titan Racing*. Meinst du, er ist unzufrieden mit dem Sponsorship Deal?«

»Wie könnte er? Der Deal läuft gerade einmal sechs Wochen. Das erste Event findet morgen statt. Es ist also viel zu früh, um über den Deal zu urteilen und Schlüsse zu ziehen.«

»Hmm, womöglich hast du recht. Aber man sollte meinen, dass er mit eigenen Augen sehen will, wie sein sechzig Millionen Dollar Investment zum Leben erwacht und Früchte trägt.«

»Dazu ist der Mann viel zu beschäftigt.«

»Vielleicht kommt er ja zum Saisonauftakt nach Melbourne. Schließlich steigt das Team in Australien in einem seiner Hotels ab *und* wir veranstalten dort unser alljährliches CEO-Event«, warf Allegra ein.

»Möglich. Falls nicht, was hältst du von einem Trip nach Vegas, Dakota? Wenn er nicht zu uns kommt, kommen wir eben zu ihm. Ich will mich versichern, dass er mit der Zusammenarbeit zufrieden ist.«

»Ich schaffe es momentan wirklich nicht nach Vegas«, redete ich mich raus. »Warum nimmst du nicht Allegra mit? Sie kennt das Programm von *Parker Resorts & Spas* so gut wie ich und ihr könntet euch dort eine schöne Zeit machen.«

Byrons Augenbrauen schnellten in die Höhe. »Der Plan gefällt mir. Was hältst du von einer Spontanhochzeit in Vegas, Baby?«

Allegra verschluckte sich an ihrem Kaffee und begann zu husten. »Lieber nicht«, röchelte sie. »Ich habe diesbezüglich keine guten Erfahrungen gemacht.«

»Wie bitte? Hast du etwa schon mal in Las Vegas geheiratet?«

»Ich nicht, aber ...«

»Aber?«

»Jemand, den wir kennen«, rettete sie Riley. »Viel Alkohol, fatale Leidenschaft und eine große Portion Dummheit.«

»Autsch«, kicherte Kenzie.

Ich wurde knallrot und wandte mich ab, um meine glühenden Wangen zu kühlen.

»Alles okay, Dakota?«

»Ja, ja, alles super. Ist nur sehr warm hier drin.« Ich fächerte mir Luft zu und streckte die Zunge raus.

»Tatsächlich?« Byron sah sich ungläubig in unserem Motorhome um, in dem alle dicke Jacken trugen.

»Dakota spricht mir aus der Seele. Mir ist auch total heiß. Das erinnert mich daran, dass wir unseren Tribünenrundgang machen sollten. Jetzt gleich. Der wird uns abkühlen. Wir sehen uns später, Schatz.« Allegra zog mich am Ärmel hinter sich aus dem Motorhome. Die anderen Mädels folgten uns mit angehaltenem Atem.

Vor der Tür prusteten alle los.

Alle, außer mir.

Ich stemmte empört die Hände in die Hüften und funkelte meine Freundinnen strafend an. »Hallo? Seid ihr noch zu retten?«

»Entschuldige, Süße. Das ist leicht aus dem Ruder gelaufen«, lachte Allegra und prustete erneut los.

Ich machte eine wegwerfende Handbewegung und marschierte los in Richtung der G-Tribüne.

Hinter mir vernahm ich schnelle Schritte und ein Blick über die Schulter verriet mir, dass Allegra und Kenzie mir folgten.

»Jetzt sei nicht beleidigt und warte auf uns«, riefen sie und schlossen zu mir auf.

Wir stiegen die Treppen zu der weitläufigen Tribüne hinauf und kletterten bis zu der letzten Reihe, die eine ungehinderte Aussicht auf eine schnelle Kurvenkombination auf dem *Circuit de Catalunya* bot.

Kenzie ließ sich auf einen der Schalensitze plumpsen. Allegra und ich folgten ihrem Beispiel.

Schweigend schauten wir auf die Rennstrecke, auf der bereits morgen zwanzig 1000 PS starke Boliden zum ersten Mal in dieser Saison das Licht der Welt erblicken würden.

Ich freute mich auf den Motorenlärm. Auf den Trubel. Auf die Auflösung des Rätsels, wer das beste, das schnellste und das zuverlässigste Auto für diese Saison entwickelt hatte.

Die Sonne stand tief am Himmel und warf lange Schatten auf den Asphalt.

Ein wahrhaft idyllisches Bild.

Eigentlich.

Nur leider stand mir nicht der Sinn danach.

»Glaubst du er meidet dich?«, zerstörte Allegra die wunderbare Stille.

»Wer?«

»Der Heilige Geist. Mann, Dakota, dein Ehemann natürlich«, stöhnte Kenzie.

»Nein. Für so wichtig halte ich mich nicht.«

»Wie meinst du das?«

»So wie ich es sage. Der Mann ist dermaßen erfolgreich und beschäftigt, dass ich mir nicht einbilde, in seinem Leben eine Rolle zu spielen. Wenn er mich meiden würde, hieße das, dass er an mich denkt. Dass er Gefühle, welcher Art auch immer, für mich hegt. Und eben das glaube ich nicht. Ich bin ihm egal. Ich war ein Geschäft für ihn. Er hat mich benutzt, um etwas zu bekommen, was ihm ungeheuer wichtig war: Den *Orient Deal*. Dieser Deal bedeutet ihm alles. Und ganz sicher nicht ich.«

»Nehmen wir mal an, er meidet dich nicht, weil du ihm egal bist. Dann würde das im Umkehrschluss bedeuten, dass *du* sehr wohl Gefühle für ihn hegst.«

»Und woraus schließt du das, Kenz?«, fragte ich, irritiert von ihrer bizarren Schlussfolgerung.

»Na weil *du* ihn offensichtlich *meidest*. Als Byron angeboten hat, nach Las Vegas zu fliegen, hast du dich rausgeredet. Warum?«

»Weil ich viel zu tun habe und mir, im Gegensatz zu Byron, keine Sorgen um die Geschäftsbeziehung zwischen *Titan Racing* und Grayson Parker mache. Das hat nichts mit Grayson zu tun. Ein Kurztrip nach Vegas wäre einfach keine effiziente Nutzung meiner sowieso schon extrem limitierten Zeit.«

»Klar«, spotteten Kenzie und Allegra unisono.

»Können wir jetzt bitte dieses Thema fallen lassen und den Sonnenuntergang anschauen? Ab morgen wird es hier rappelvoll und laut. Genießen wir also die Ruhe vor dem Sturm.«

Am nächsten Morgen begrüßte ich die dreißigköpfige Gästegruppe von *Parker Resorts & Spas*, die in dieser Woche den ersten der drei Testtage in Barcelona mit uns verbringen würde.

Wir begannen den Tag mit einem ausgiebigen Frühstück in unserem weitläufigen Motorhome, in dem man mittlerweile die Heizung eingeschaltet hatte.

Der Marketingchef, der in Graysons Auftrag das Event betreute, wirkte angetan und machte sich fleißig Notizen, die er in seinen Bericht einfließen lassen konnte.

Nach dem Frühstück brachten Allegra, ich und ein paar der Account- und Hospitality-Manager, die für uns arbeiteten, die Gäste auf die weitläufige Dachterrasse. Diese erstreckte sich über die gesamte Boxengasse und bot eine erstklassige Sicht auf die aus der Garage fahrenden Autos, auf die Start- und Zielgerade und auf die erste und letzte Kurve.

Die Gäste lauschten dem Röhren der Motoren und versuchten immer wieder rechtzeitig den Auslöser ihrer Kamera zu drücken, wenn die Boliden mit über dreihundert Stundenkilometern die Gerade hinunterdonnerten.

Ich erfreute mich an der Euphorie und Begeisterung der Gäste. Für mich war es jedes Jahr von neuem ein Fest zu sehen, dass dieser Sport die Menschen genauso faszinierte und in seinen Bann zog, wie er es bei mir seit Jahren schaffte.

Ich lehnte mich an die Brüstung und beobachtete, wie Dante in diesem Augenblick seinen Rennwagen aus der Box in die Pitlane steuerte. Das Branding, also die Logos von *Parker Resorts & Spas*, die auf der Nase und auf den Sidepods des *Serie del Rey* Wagens prangten, stachen mir ins Auge. Unwillkürlich fragte ich mich, wie es Grayson wohl ging.

Seit unserer Rückkehr aus Dubai herrschte zwischen uns absolute Funkstille.

Jegliche Kommunikation lief über sein Projektteam.

Während der Präsentation des diesjährigen *Titan* Boliden vor einer Woche ließ er sich von seinem Bruder vertreten, der sich mir gegenüber zwar auffallend höflich verhalten hatte, Grayson jedoch mit keinem Wort erwähnte.

Ich meinerseits hakte nicht nach.

Es stand mir nicht zu.

Außerdem fühlte es sich falsch an.

Was interessierte mich der Mann, der mich so eiskalt benutzt und erpresst hatte? Ich sollte froh sein, dass ich ihn nicht sah. Dass ich nichts von ihm hörte.

Jeder Tag ohne Grayson war ein guter Tag.

Ich drehte an meinem Verlobungsring und erschauderte bei der Erinnerung an unseren Abschiedssex. Bei dem Gefühl, wie tief er in mich eingedrungen, wie intim er mich genommen, mich verwöhnt hatte. Und bei dem Gedanken an seine durchdringenden, leuchtenden Augen, die mich mit ihrer unglaublichen Intensität fesselten. Die über mich wachten bis zu meinem Orgasmus, der gleichzeitig der schönste und der schlimmste Orgasmus meines Lebens sein sollte.

Der Schönste, weil ich noch nie zuvor solch einen unbeschreiblichen Genuss verspürt hatte.

Der Schlimmste, weil ich wusste, dass ich nie wieder in diesen Genuss kommen würde.

28

GRAYSON

»Nein, Grayson. Definitiv nein.«
Ich umklammerte das Handy an meinem Ohr fester. »Ich habe keine Zeit dafür, Max. Du schon.«

»Gray, lass den Scheiß. Du bist in Sydney, quasi direkt um die Ecke von Melbourne. Ich bin über achttausend Meilen entfernt. Du kannst nicht von mir verlangen, dass ich um die halbe Welt fliege, um dich bei einem Event zu vertreten, von dem dich weniger als zwei Stunden Flugzeit trennen.«

»Ich muss zurück nach Doha«, protestierte ich.

»Dann fliegst du eben am Sonntagabend statt heute Abend nach Doha. Welchen Unterschied macht das schon? Lass Elias deine Termine umlegen. Dafür bezahlst du ihn schließlich.«

»Ich halte das für keine gute Idee.«

»Weil Dakota in Melbourne ist?«

»Das hat nichts mit Dakota zu tun.«

»In dem Fall kannst du ja problemlos hinfliegen. Oder warum genau ist es keine gute Idee, dass du dich nach über drei Monaten als zweitgrößter Sponsor von *Titan Racing* endlich mal bei einer Veranstaltung des Teams blicken lässt?«

Ich seufzte resigniert.

Mein Bruder hatte recht.

Ich verhielt mich unmöglich.

Ich hielt mich von *Titan Racing* und allem, was damit zu tun hatte, fern, weil ich fürchtete, bei dem Anblick von Dakota wieder die Kontrolle über mich zu verlieren.

Eigentlich hatte ich geglaubt, dass es mit der Zeit abebben würde.

Die Sehnsucht.

Das Verlangen.

Die Gedankenendlosschleife in meinem Kopf.

Doch das Gegenteil war der Fall.

Mit jeder Woche, die verging, ohne dass ich Dakota sah oder mit ihr sprach, wurde es schlimmer.

Je schlimmer es wurde, desto verbissener versuchte ich, sie zu vergessen.

Je hartnäckiger ich versuchte sie zu vergessen, desto zorniger machte es mich, dass es mir nicht gelang.

»Also gut. Ich erledige es selbst. Aber ich fliege erst am Samstag. Bis dahin bleibe ich in Sydney.«

»Halleluja. Es geschehen noch Zeichen und Wunder. Ich sage Elias sofort, dass er den Jet startklar macht. Nicht, dass du es dir in letzter Sekunde anders überlegst.«

»Werde ich nicht«, brummte ich. »Ich stehe zu meinem Wort.«

»Das mag sein. Ich kümmere mich trotzdem darum. Ein kleiner Dienst unter Brüdern. Du kannst dich bei mir revanchieren, indem du Dakota am Samstag von mir grüßt.«

»Max ...«

»Ja?«

»Ich werde es ihr ausrichten«, gab ich mich geschlagen.

»Genau das wollte ich hören, Bruderherz. Dann lass ich dich mal weiterarbeiten.«

»Mr. Parker, wie schön Sie bei uns willkommen zu heißen. Es ist mir eine Freude, Sie persönlich kennenzulernen«, überschlug sich der Mann an der Rezeption förmlich, als ich mich am Samstagmorgen zum Check-In an ihn wandte.

»Danke ...«, ich schielte auf sein Namensschild, »Garreth.«

»Wir haben selbstverständlich schon alles für Sie vorbereitet. Sie können also direkt Ihre Suite beziehen.«

Garreth reichte mir einen Umschlag mit Informationen und einer Schlüsselkarte.

»Bitte sagen Sie uns, wie wir Ihren Aufenthalt bei uns angenehmer gestalten können. Wir werden keine Mühen scheuen.«

»Danke, das weiß ich zu schätzen.«

Ich verabschiedete mich von Garreth und ging zu den Aufzügen.

Links von mir öffnete sich eine der Fahrstuhltüren und zwei Frauen traten aus dem Aufzug.

Ich nickte ihnen zu und registrierte am Rande, dass sie mich mit weit aufgerissenen Augen musterten.

»Wartet auf mich«, hörte ich eine mir allzu bekannte Stimme.

Zwei Sekunden später trat eine dritte Person aus dem Aufzug.

Dakota.

Wie angewurzelt blieb sie zwischen den Aufzug-türen stehen und starrte mich entgeistert an.

Es entstand eine peinliche Stille, in der niemand so recht wusste, was er sagen sollte.

»Mr. Parker. Wir hatten mit Ihrem Bruder gerech-net. Was für eine Überraschung«, fing sich eine der beiden Frauen, die vor Dakota aus dem Auszug gestiegen war.

»Eine unverhoffte Überraschung«, pflichtete ihr die andere Frau bei.

»Überraschungen sind immer unverhofft, Allegra. Das ist quasi Teil der Definition«, zischte ihre Kollegin, die sich mir als Riley vorstellte.

»Ähm, ja, klar. Natürlich. Du hast vollkommen recht. In dem Fall ist es eben eine ...« Sie sah zu Dakota,

die nach wie vor vollkommen regungslos in der Aufzu-
gtür stand. »... schöne Überraschung?«

Mittlerweile hatte der Aufzug wild zu piepen
begonnen, weil sich die Türen nicht schließen konnten.

»Dakota? Ist es nicht eine *schöne* Überraschung,
dass Grayson Parker hier ist?«, erkundigte sich Riley
mit eindringlicher Stimme und zog sie aus dem
Fahrstuhl.

Dakota schluckte und strich sich die langen Haare
hinter die Ohren. »Hi.« Ihre Stimme kam einem atem-
losen Flüstern gleich.

»Hi. Wie geht es dir?«, presste ich hervor und ballte
die Hände zu Fäusten, um sie nicht nach Dakota
auszustrecken, deren wunderschöner Anblick meine
Sehnsucht von neuem entfachte.

»G ... gut. Mir geht es gut. Und dir?«

»Mir auch.«

»Was tust du hier? Wir haben deinen Bruder
erwartet.«

»Ich war in der Gegend. Deshalb haben wir
entschieden, dass es mehr Sinn macht, wenn ich nach
Melbourne reise.«

»Tja ... also dann«, rang Dakota nach Worten.

»Wir lassen Ihnen alle Informationen zu dem CEO-
Event heute Abend zukommen, Mr. Parker. Und die
Pässe für den Paddock und die Hospitality Lounge
kann Dakota Ihnen bei der Gelegenheit ebenfalls über-
reichen«, rettete sie die Frau, die Riley eben mit Allegra
angeredet hatte. »Sie kommen doch zu dem Rennen
morgen, oder?«

»Das hatte ich zumindest vor.«

»Wie steht es mit heute? Wollen Sie sich den dritten Trainingslauf und die Qualifikation ansehen? Wir könnten Ihnen einen Transfer zur Rennstrecke organisieren«, bot Riley an.

»Das ist nett, aber ich habe einige Telefonate und Videokonferenzen zu führen, die mich bis zum Nachmittag beschäftigen werden.«

»Haben die nicht bis Montag Zeit? Gönnen Sie sich ein Wochenende Pause und ein wenig *Spaß*«, flötete Riley betont unschuldig.

Zu unschuldig.

Sie wusste es.

Sie wusste, dass zwischen mir und Dakota etwas gelaufen war.

»Okay. Ich denke Mr. Parker hat uns zu verstehen gegeben, dass er heute keine Zeit hat. Wir übrigens auch nicht. Schaut mal auf die Uhr. Wir sind spät dran.« Dakota war aus ihrer Schockstarre erwacht und tippte demonstrativ auf ihre Armbanduhr.

Riley zuckte bedauernd mit den Schultern. »Schade. Da kann man nichts machen. Bis später also.«

»Ja, bis später«, verabschiedete sich Allegra und zog Dakota mit sich.

»*Mr. Parker*? Nennst du ihn beim Sex auch Mr. Parker?«, hörte ich Riley zischen, als sich die drei entfernten.

Die Erinnerung an Dakotas lustvolles und überwältigtes Stöhnen, als ich mich in Dubai tief in ihrer heißen, engen Mitte versenkte, ließ mich die Augen schließen.

Gray.

Ihr heiseres Keuchen flutete meine Sinne und der Gedanke daran, wie sie während ihres Orgasmus meinen Namen gehaucht hatte, ließ mich auf der Stelle steinhart werden.

29
DAKOTA

»E rde an Dakota. Jemand zu Hause?« Kenzie schnippte mit den Fingern vor meinem Gesicht.

»Entschuldige. Hast du was gesagt?«

»Geht's dir nicht gut?«

»Grayson Parker ist hier«, klärte sie Skye auf und reichte mir meinen Cappuccino.

»*Grayson Parker ist hier?*«, rief Kenzie entrüstet. »Und das sagt ihr mir erst jetzt?«

»Du bist ja nie da«, entgegnete Skye leichthin. »Du scheinst heimlich die Teams gewechselt zu haben und arbeitest seit neuestem für die Konkurrenz, so oft wie du bei *Racing Rosso* zu Gast bist.«

»Blödsinn«, wehrte sich Kenzie. »Ich bin die Assistentin des Teamchefs, falls du es vergessen haben solltest. Es ist Teil meiner Jobbeschreibung, mich mit den anderen Teams auszutauschen und ihnen Tonis Nachrichten zu überbringen.«

»Vor allem mit *Racing Rosso*«, zwinkerte Skye und erntete dafür einen bösen Blick von Kenzie.

»Lenk nicht vom Thema ab, Skye. Lass Dakota lieber erzählen, was Grayson Parker nach Melbourne bringt. Sollte nicht sein Bruder zum Saisonauftakt kommen?«

Ich zuckte die Achseln. »Er sagt, er war in der Nähe. Also Grayson.«

»Er war in der Nähe?«

»Ja. Mehr weiß ich auch nicht.«

»Nimmt er an dem CEO-Event heute Abend teil?«

»Jap.«

»Und ist er jetzt hier?« Kenzie sah sich suchend im Teamhaus um.

»Nein. Wir haben ihn vorhin kurz im Hotel getroffen. Er kommt morgen zum Rennen an die Strecke.«

»Gut. Ich muss Toni und Byron Bescheid geben. Die wollen sich bestimmt mit ihm treffen.«

»Tu das, Kenz«, antwortete ich und stellte meine Tasse ab. »Ich muss so langsam die ersten Gäste für die Qualifikation in die Garage bringen. Sonst verpassen wir die Boxenausfahrt von Dante und Tom.«

Skye schürzte nachdenklich die Lippen. »Unsere beiden Fahrer sind hochmotiviert. Jeder von ihnen will die Weltmeisterschaft gewinnen. Ich bin mal gespannt, ob Dante es in diesem Jahr schafft.«

»Ich glaube Riley treibt ihn zu Höchstleistungen an«, lächelte ich und beneidete Riley und Dante für die grenzenlose Liebe und Leidenschaft, die sie verband und mit der sie sich gegenseitig Flügel verliehen. Und Feuer entfachten. Ziemlich heftige, ausartende, unberechenbare Feuer.

»Wie fühlst du dich damit, dass Grayson Parker in Melbourne ist?«

»Mir geht es gut.«

»Glaube ich dir nicht.« Kenzie überkreuzte demonstrativ die Arme vor der Brust.

Ich schnaubte gefrustet. »Okay. Es hat mich kalt erwischt. Ich bin verwirrt, um nicht zu sagen komplett durch den Wind. Zufrieden?«

»Nun kommen wir der Wahrheit langsam näher. Warum bist du so durch den Wind?«

»Weil ...« Ich stockte.

»Ja? Ich höre.«

»Weil ich keine Ahnung hatte, wie sehr man sich nach einem Menschen verzehren kann, bis er heute vor mir stand.«

»Du verzehrst dich also nach ihm?«

»Ja«, gestand ich zähneknirschend.

»Du hast stolze drei Monate gebraucht, um das zuzugeben, Dakota. Ich bin froh, dass es jetzt endlich raus ist.«

»Wieso? Was bringt uns das?«

»Jetzt, meine Liebe, können wir uns mit der Lösung des Problems beschäftigen. Du musst mit Grayson reden und ihm sagen, dass du ihn magst.«

»Bist du verrückt? Was, wenn er meine Gefühle nicht erwidert? Dann mache ich mich zum Affen und gefährde die Geschäftsbeziehung zwischen ihm und *Titan Racing*.«

»Wieso glaubst du, dass er deine Gefühle nicht erwidert?«

»Wieso glaubst du, *dass* er es tut? Er hat sich drei Monate lang nicht bei mir gemeldet. Das ist wohl mehr als eindeutig.«

»Ist es das? Du hast dich genauso lange nicht bei ihm gemeldet und bist total in ihn verschossen. Deine Logik weist also gravierende Fehler auf.«

»Ich ...«

»*Du* musst mit ihm reden. Heute Abend. Schieb es nicht länger auf. Dazu ist das Leben zu kurz. Und bei dieser Weisheit, für die du mir später danken kannst, sollten wir es für den Moment belassen. Deine lieben Sponsorengäste scharren nämlich schon ungeduldig mit den Hufen und schielen andauernd zur Garage hinüber.«

Ein Blick auf die Uhr verriet mir, dass es höchste Eisenbahn war, die Gäste in den eigens dafür vorgesehenen Bereich in der Garage zu bringen, aus dem sie mit Kopfhörern und Tablets die Rennaction auf der Strecke live verfolgen konnten, während die Rennwagen von *Titan Racing* keine drei Meter von ihnen entfernt die Garage verließen oder zum Reifenwechsel dorthin zurückkehrten.

Die erste Qualifikation der Saison stand unmittelbar bevor. Trotz des Wirbelsturms, den die Begegnung mit Grayson in mir ausgelöst hatte, spürte ich beim Betreten der Garage das altbekannte, vorfreudige Prickeln in mir aufsteigen, das mich vor jeder Qualifikation und vor jedem Rennen befiel.

Der Sponsoren Deal mit *Parker Resorts & Spas* besagte unter anderem, dass wir während der Saison in Graysons Hotels rund um den Globus absteigen würden. Nicht in jedem Land, in dem die *Serie del Rey* ein Rennen austrug, besaß Grayson Hotels, doch in Melbourne wurde uns dieses Privileg zu teil.

Ich kontrollierte zusammen mit Allegra, dass sich für das CEO-Event, welches auf der Dachterrasse des Hotels stattfinden würde, alles an Ort und Stelle befand.

Das *Parker* in Melbourne gehörte zu dem Boutique-Hotel-Portfolio der Parker Gruppe und reichte dementsprechend nicht bis in den Himmel.

Im Gegenteil. Die umliegenden Hotels überragten das *Parker* um einige Stockwerke, was dafür sorgte, dass die Dachterrasse eingebettet in einem bunt leuchtenden Hochhäusermeer lag.

Schwere Blumenkübel mit knorrigen Bäumen reihten sich auf der Terrasse aneinander und sonnten sich in dem goldenen Licht, mit dem die in die Kübel eingelassenen Strahler sie versahen. Sitzgelegenheiten aus braunem Holz luden zu gemütlichen Gesprächen ein. Flackernde Kerzen dienten zusätzlich zu den gedimmten Bodenleuchten als warme Lichtquelle.

»Wie ein Sommerabend in der Toskana«, sprach Allegra das aus, was ich dachte. »Siehst du etwas, was wir noch abändern müssen?«

Ich schüttelte den Kopf. »Es passt alles.«

»Super. Da kommen nämlich schon die ersten Gäste«, raunte sie und läutete den arbeitsreichen Teil des Abends für uns ein.

Nahezu alle CEOs und Chairmen unserer Sponsoren beehrten uns mit ihrer Präsenz. Gut gelaunt und in Plauderstimmung mischten sie sich unter das Volk, knüpften Kontakte, fragten Toni und Byron nach den Autos, den Fahrern und der Strategie für das morgige Rennen.

Ich sorgte dafür, dass sich jeder wohl fühlte und es niemandem an etwas fehlte.

Das gehörte zu meinem Job und es hielt mich davon ab, andauernd in der Hoffnung, dass Grayson sich zu uns gesellte, zum Aufzug zu schielen.

Bisher war er noch nicht aufgetaucht.

Vielleicht hatte er es sich anders überlegt und würde nicht kommen.

»Dakota« Toni hielt mich am Arm fest und zog mich in eine ruhige Ecke. »Kenzie sagte mir, dass Grayson Parker heute angereist ist?«

»Das ist korrekt, ja.«

Toni ließ seinen Blick über die Terrasse schweifen. »Ich sehe ihn nirgendwo.«

»Er kommt sicher noch«, versuchte ich ihn zu beschwichtigen.

»Wir beginnen gleich mit der offiziellen Ansprache. Es wäre mir wichtig, dass er die nicht verpasst, weil ich ihn bei der Gelegenheit gerne allen vorstellen möchte. Die anderen CEOs brennen darauf, ihn kennenzulernen.«

»Möchtest du, dass ich ihn anrufe und frage, wann er vorhat zu kommen?«

Toni sah auf seine Uhr und nickte zustimmend. »Tu das. Tu was immer nötig ist, damit er in fünfzehn Minuten auf dieser Dachterrasse steht.«

»Okay Boss.«

Ich zog mein Handy aus der Clutch, die unter meinem Arm klemmte und wählte mit zittrigen Fingern Graysons Nummer.

Das hier war rein geschäftlich.

Toni hatte mir einen Auftrag erteilt und ich führte ihn in seinem Namen aus.

Ein gleichmäßiges Tuten am anderen Ende der Leitung verriet mir, dass Grayson bereits telefonierte.

Mist.

Ich wartete zwei Minuten und versuchte es dann ein weiteres Mal.

Immer noch besetzt.

Toni schaute zu mir herüber und wies auf die teure *Chasseur & Cie* Uhr, die er trug.

Ich gab mir einen Ruck und rannte in Richtung Aufzug.

Kurz überlegte ich in die Lobby zu fahren und nach Graysons Zimmernummer zu fragen, aber ein Blick auf das Bedienfeld des Fahrstuhls genügte, um zu wissen, dass Grayson in der *Presidential Suite* abgestiegen sein musste.

Ich betätigte den Knopf für die Etage, auf der sich neben dieser Suite auch die *King Suites* befanden, in denen Toni und Byron wohnten und betete inständig, dass man für den Zugang zu diesem Stockwerk keinen speziellen Code benötigte.

Mein Gebet wurde ausnahmsweise erhört.

Der Fahrstuhl setzte sich in Bewegung und ich stieß einen stillen Jubelschrei aus, als die Türen aufschwangen und ich in den feudalen Korridor trat, auf dem sich die teuersten Zimmer des Hotels befanden.

Das goldene Messingschild am Ende des Gangs verriet mir, dass ich hier richtig war.

Ich holte tief Luft und klopfte an die Tür, bevor ich auf dem Absatz kehrt machen und davonrennen konnte.

Auf der anderen Seite der Tür vernahm ich näherkommende Schritte. Keine zehn Sekunden später wurde die Tür geöffnet.

»Dakota!« Grayson musterte mich überrascht mit dem Telefon am Ohr.

Er trug einen eleganten, grauen Dreiteiler mit einem weißen, gestärkten Hemd und sah darin zum Anbeißen aus.

Sexy. Gebieterisch. Selbstbewusst.

Lediglich seine verrutschte Krawatte passte nicht zu der Perfektion, die der Anblick dieses Mannes bot.

»Ich muss Schluss machen. Wir haben soweit alles besprochen, wenn ich mich nicht irre? In Ordnung. Bye«, verabschiedete er sich von der Person am Telefon und legte auf.

»Hi.« Er widmete mir wieder seine volle Aufmerksamkeit und es brauchte bloß dieses eine Wort, um mich in Verlegenheit zu bringen.

»Hi.« Ich zwang mich zu einem unverbindlichen Lächeln und schob die Erinnerung an unseren letzten gemeinsamen Hotelaufenthalt von mir. »Entschuldige bitte die Störung. Toni schickt mich. Er hält gleich die Saisonansprache und würde dich bei dieser Gelegenheit gerne allen vorstellen.«

»Du musst dich nicht entschuldigen. Mir tut es leid, dass ich spät dran bin. Wir können direkt los.«

Grayson steckte sich das Handy in die Jackentasche und wollte die Tür hinter sich schließen.

Ich bedeutete ihm innezuhalten. »Deine Krawatte. Du solltest sie richten.«

Er umfasste den Knoten und versuchte ihn zurechtzurücken, machte es dadurch aber nur noch schlimmer.

»Warte, ich helfe dir.«

Er ließ seine Hände langsam sinken und trat zögerlich einen Schritt auf mich zu.

Ich öffnete den Knoten seiner Krawatte und band ihn mit zittrigen Fingern neu. Zumindest versuchte ich es. Doch das Zittern meiner Hände ließ mich dreimal von vorn beginnen, bloß um dreimal kläglich zu scheitern.

Verdammter Mist.

Am liebsten wäre ich vor lauter Scham auf der Stelle im Erdboden versunken.

Mit zunehmender Frustration mühte ich mich weiter an seiner Krawatte ab und vermied es, Grayson dabei anzusehen. Mein Herz schlug mit jeder Sekunde lauter. Das Blut in meinen Ohren rauschte.

Plötzlich hob Grayson seine Hände und umfasste meine Handgelenke.

Ich hielt inne und biss mir fest auf die Unterlippe, um unter dem Stromstoß, den seine Berührung durch meinen Körper sandte, nicht ohnmächtig zu werden.

Instinktiv wollte ich mich losreißen, mich retten. Doch Grayson machte keine Anstalten, mich aus seinem Griff zu entlassen. Er hielt meine Handgelenke fest umklammert und strich sanft mit den Daumen über meine Pulsadern.

Ich schloss die Augen und ließ es zu.

»Sieh' mich an, Dakota«, forderte er heiser.

Mein Atem ging flach und schnell. Mir wurde gleichzeitig eiskalt und unerträglich heiß. Mein Hals fühlte sich an wie Schmirgelpapier.

Ich schaffte es nicht, meine Augen zu öffnen. Mir fehlte schlichtweg der Mut dazu. Ich hielt die Augen fest geschlossen und kämpfte gegen den aufkommenden Sturm an Emotionen in meinem Inneren an.

»Ah!« Ich schrie erstickt auf als Graysons hungriger Mund auf meinen nackten Hals traf und sich daran festsaugte.

Grayson ließ meine Handgelenke los und umfasste meine Taille. Er biss in meinen Hals und stöhnte erregt. Dann biss er wieder zu. Und wieder.

Mir entfuhr ein zutiefst befriedigter Seufzer.

Mehr brauchte es nicht. Nicht bei Grayson. Ich stand in Flammen. Lichterloh.

In stiller Kapitulation neigte ich meinen Kopf, um ihm den Zugang zu meinem Hals zu erleichtern.

»Spreiz die Beine, Baby«, flüsterte er und vergrub seine Nase in meinem Ausschnitt.

Er hob mich hoch, presste mich gegen den Türrahmen und drängte sich zwischen meine Oberschenkel. Besessen von Lust begann er mit seiner harten Erektion gegen meine Mitte zu stoßen.

Ich umfasste sein Kinn und zog es zu mir. Gierig legte ich meine Lippen auf die seinen und spürte, wie er unter meinem Kuss erschauderte.

Meine Zunge glitt in seinen Mund und umkreiste die seine hungrig.

Mit jedem Kuss steigerte sich das Verlangen. Die Sehnsucht.

Grayson fixierte mich mit seinem Becken am Türrahmen und ich begann, mich aufreizend an ihm zu reiben. Ich überkreuzte meine Fußknöchel und schlang meine Schenkel noch fester um seine Hüften.

»Du machst mich so scharf«, murmelte er an meinem Mund und ließ seine Zunge über meine Lippen schnellen. »Ich will dich, Dakota. Ich will dich vögeln. Dich ficken. Dich lieben.«

»Ja«, keuchte ich atemlos. »Ich auch.«

Ein lautes Räuspern ließ uns abrupt auseinanderfahren. Hastig brachten wir Abstand zwischen uns.

Grayson stieß einen Fluch aus und schlug mit der Faust gegen die halb offene Tür, die daraufhin lautstark gegen die Zimmerwand krachte.

»Entschuldige, Dakota. Ich wollte nicht stören«, piepste Kenzie mit geröteten Wangen. »Toni ist auf dem Weg hierher, weil er Wein über sein Hemd geschüttet hat und da er mir gesagt hat, dass du Mr.

Parker suchst, aber nicht zurückgekommen bist, dachte ich, ich schaue mal nach dir ...«

... und warne dich, bevor Toni euch beim Sex auf dem Gang erwischt, beendete ich Kenzies Satz in meinen Gedanken.

»Danke, Kenz. Ich schulde dir was«, flüsterte ich und riskierte einen vorsichtigen Blick in die weitläufige Suite, in der Grayson verschwunden war.

Ich traute mich nicht, ihm nachzugehen. Vielmehr nutzte ich seine Abwesenheit dazu, mein wild pochendes Herz zu beruhigen und tief durchzuatmen.

Keine Minute später öffneten sich die Türen des Fahrstuhls und Toni trat heraus.

»Ah, Dakota. Da bist du ja. Hast du Grayson Parker gefunden?«

»Das hat sie«, ertönte Graysons Stimme hinter mir.

Ich drehte mich um und sah Grayson zielstrebig auf uns zukommen. Kühl und gefasst. Nichts deutete mehr darauf hin, dass wir noch wenige Minuten zuvor hemmungslos miteinander geknutscht hatten.

Achtlos warf er die Krawatte zur Seite und streckte die Hand aus. »Schön Sie wiederzusehen, Toni. Entschuldigen Sie meine Verspätung.«

Toni schüttelte Graysons ausgestreckte Hand und deutete auf sein Hemd. »Das macht nichts. Wenn Sie mir eine Minute geben, wechsele ich rasch das Hemd und wir gehen gemeinsam zurück auf die Terrasse. Dakota, Kenzie, geht ruhig vor und gebt Allegra Bescheid, dass sie beginnt, die Gäste für die Ansprache zusammenzutrommeln.«

30
GRAYSON

Als ich am späten Sonntagmorgen an der Rennstrecke eintraf, konnte ich schon von weitem das laute Röhren der Motoren hören, die den *Albert Park* in Melbourne zum Vibrieren brachten. Vor dem ausverkauften *Serie del Rey* Rennen am Nachmittag wurden am Vormittag die Rennen der darunterliegenden Klassen ausgetragen.

Ich hatte meine Ankunft absichtlich hinausgezögert, weil ich mir in Dakotas Gegenwart einfach nicht über den Weg traute. Der wiederholte totale Kontrollverlust am gestrigen Abend war der beste Beweis dafür.

Kaum verrauchte Wut keimte bei dem Gedanken an die prekäre Lage, in die ich uns beide gebracht hatte, in mir auf. Ohne das Eingreifen von Tonis Assistentin wäre das lustvolle Intermezzo von Dakota und mir wahrscheinlich vollkommen ausgeartet.

Hätte ich nicht heute Morgen einen Anruf bekommen, der mich dazu zwang, mit Dakota zu sprechen, würde ich mich von ihr fernhalten, um uns weitere Zwischenfälle dieser Art zu ersparen. So aber blieb mir nichts anderes übrig, als in den sauren Apfel zu beißen und sie aufzusuchen.

An den Drehtüren des Fahrerlagers, des sogenannten Paddocks, empfing mich jedoch nicht Dakota, sondern eine engagierte Frau Mitte zwanzig, die sich als ihre Mitarbeiterin vorstellte und einen operativen Teil des *Parker Resorts & Spas* Deals betreute.

Sie führte mich durch das geschäftige Fahrerlager, während sie munter plapperte und auf die verschiedenen Teamhäuser, die den Teams *Übersee* als provisorische Motorhomes dienten, wies. Ich hörte ihr nur mit halbem Ohr zu, weil mich die Frage, ob Dakota mir womöglich mit Absicht aus dem Weg ging, beschäftigte.

Als wir vor dem Teamhaus von *Titan Racing*, das sich am anderen Ende des Paddocks befand, zum Stehen kamen, entdeckte ich Dakota, die in ihrer Teamuniform aus der Garage trat. Das Logo von *Parker Resorts & Spas* machte sich ausgesprochen gut auf ihrer taillierten Bluse. Sie unterhielt sich angeregt mit einem attraktiven Mann Anfang bis Mitte dreißig, den ich als Dante Di Santo, einen der beiden Stammfahrer von *Titan Racing*, identifizierte.

Dante lachte ausgelassen über etwas, das ihm Dakota erzählte und legte lässig den Arm um ihre Schulter.

Unwillkürlich verspannte ich mich bei dem harmonischen, vertrauten Bild, das die beiden abgaben.

Als sie näherkamen, bemerkte mich Dakota und ihr fröhliches Lächeln schwand. Dante entging ihr plötzlicher Stimmungsumschwung nicht. Stirnrunzelnd folgte er Dakotas Blick und heftete seine Augen interessiert auf mich.

»Dante, darf ich dir Grayson Parker vorstellen? Er ist der CEO von *Parker Resorts & Spas*, unserem offiziellen Hotelpartner«, stellte mich Dakota vor, als sie vor mir zum Stehen kamen.

»*Das* ist also Grayson Parker.« Ein schelmisches Grinsen breitete sich auf Dantes Gesicht aus.

»Dante ...«, zischte Dakota warnend und stieß ihm den Ellenbogen in die Rippen. »Sei nett.«

»Ich bin immer nett, Miss America. Hat Riley etwa jemals das Gegenteil behauptet?«, gluckste er und wuschelte Dakota durch die Haare.

Miss America? Was zur Hölle?

»Dante Di Santo. Freut mich Sie kennenzulernen, Grayson. Ich habe schon viel über Sie gehört.«

Ich sah überrascht zu Dakota, die sich nervös auf die Unterlippe biss.

»Dante muss jetzt los. Begleitest du ihn zu dem *Meet and Greet* mit den Gästen, Ella? Anschließend übergib ihn bitte an Riley für das Strategiebriefing.« Sie schob Dante eilig in Richtung der Frau, die mich am Eingang des Paddocks abgeholt hatte.

Dantes Mundwinkel zuckten belustigt. Lässig hob er die Hand zum Gruß.

»Tut mir leid. Er ist bisweilen unmöglich«, sagte sie entschuldigend und strich sich die Haare glatt.

»Habt ihr was miteinander?« Die Frage kam mir über die Lippen, bevor ich mich eines Besseren besinnen konnte.

»*Ihr?*«

»Dante und du.«

»Dante und ich? Um Gottes willen, nein.«

»Ihr saht ziemlich vertraut aus.«

»Weil wir uns gut verstehen.«

»Soll heißen?«

»Das soll heißen, dass Dante ein cooler Typ ist.«

»Also interessierst du dich für ihn?«

»Ob ich mich für ihn *interessiere*? Du weißt schon, dass Dante Rileys Freund ist, oder?«

»Woher sollte ich das wissen?«

»Jeder hier weiß das. Liest du denn keine Zeitung?«

»Offenbar nicht die richtige Zeitung«, seufzte ich und schalt mich für mein eifersüchtiges Gehabe, das mir nicht zustand.

Zwischen uns entstand eine peinliche Stille. Mal wieder.

Nach dem gestrigen Zwischenfall hatten Dakota und ich den restlichen Abend in größtmöglicher Distanz voneinander verbracht. Da Toni und Byron mich die meiste Zeit in Beschlag nahmen und mich die CEOs der anderen Sponsoren in Gespräche verwickelten, die meine Konzentration und Aufmerksamkeit erforderten, kam ich glücklicherweise nicht dazu, mich nach Dakota umzusehen, geschweige denn nach ihr zu suchen, obwohl ich mir ihrer Anwesenheit mehr als bewusst war.

Doch nun standen wir hier voreinander und konnten entweder so tun, als sei zwischen uns nichts vorgefallen oder wir rauften uns zusammen und bekannten Farbe.

»Grayson, wie schön, dass Sie es einrichten konnten.« Toni trat aus dem Teamhaus und schüttelte ein paar Reporter ab, die ihn zu einem Interview verschwatzen wollten. »Ich bin auf dem Weg zu dem letzten Strategiebriefing vor dem Rennen. Wenn Sie wollen, begleiten Sie mich doch dorthin.«

Dakota nickte angetan von dieser Idee. »Diese Briefings sind super interessant. Dort wird unter anderem die Reifenwahl und die Anzahl der Pitstops im Hinblick auf die möglichen Rennszenarien festgelegt: Unfälle, Wetterumschwung, Reifenabnutzung, Safety Car und so weiter. Ein Angebot, das ich nicht ausschlagen würde.«

Ihr Strahlen und das Glänzen in ihren Augen verrieten mir, wie viel ihr all das hier bedeutete. Wie sehr sie die *Serie del Rey* liebte. Und ihren Job bei *Titan Racing*.

Diese Erkenntnis stimmte mich glücklich.

Und sie machte mich unglücklich.

Das war doch verrückt.

Konnte ein Mensch im gleichen Atemzug Glück und Trauer empfinden?

Unmöglich.

Aber nur so ließ sich der Zwiespalt in meinem

Inneren beschreiben, der mein Herz gleichzeitig höherschlagen und es schmerzen ließ.

Dakota ging ihrer Bestimmung nach. Sie tat das, was sie erfüllte. Sie lebte ihren Traum.

Es wäre nicht fair von ihr zu verlangen, dass sie all das aufgab, um mit mir zusammen zu sein.

Nicht, dass ich ernsthaft eine Beziehung mit ihr in Erwägung zog. Oder etwa doch?

Es ließ sich nicht leugnen, dass *Miss Perfect* mir den Kopf verdreht hatte. Und der gestrige Zwischenfall bewies, dass auch sie die Anziehung zwischen uns noch immer spürte. Dass sie mich noch immer wollte.

Aber wie sollte eine Beziehung zwischen uns funktionieren?

Ich lebte in Las Vegas und reiste von dort zu Projekten auf dem ganzen Globus. Und Dakota? Sie lebte in Italien, wenn sie nicht gerade mit *Titan Racing* zu einem der über zwanzig Rennen flog oder ein Event am anderen Ende der Welt betreute.

Wie sollte man eine Beziehung aufbauen und sie am Leben erhalten, wenn man sich nie sah? Einander nie berührte? Es nie schaffte nebeneinander einzuschlafen?

Eine solche Beziehung war zum Scheitern verurteilt. Von Anfang an.

Es machte keinen Sinn es zu versuchen und die ohnehin schon schmerzvolle Sehnsucht, das unbändige Verlangen nacheinander, weiter anzufachen.

Das würde nur dazu führen, dass es am Ende noch mehr weh tat. Mehr, als man ertragen konnte.

»Grayson?« Toni drückte einen Anruf weg und verstaute sein Handy in der Hosentasche.

»Ich komme gern mit.«

»Das freut mich. Sagen Sie, Grayson, was ich Sie gestern bereits fragen wollte: Ist das ein Ehering an Ihrem Finger? Haben Sie geheiratet, seit wir uns das letzte Mal gesehen haben?«

Dakota zuckte entsetzt zusammen und wurde rot wie eine Tomate.

»Lange Geschichte. Das würde jetzt den Rahmen sprengen.«

Glücklicherweise ließ Toni das Thema fallen und verwickelte mich in ein Gespräch über das bevorstehende Rennen, während wir uns zu dem Strategiebriefing begaben.

31

DAKOTA

Etwa eine halbe Stunde vor dem Rennstart verließen die Rennwagen die Box und fuhren durch die Pitlane auf die Strecke hinaus in die Startaufstellung.

Sobald die Regelhüter uns über Funk das Zeichen gaben, brachten Allegra und ich die VIP-Gäste zur Startaufstellung, den sogenannten *Grid*, auf dem sich TV-Crews und Reporter aus aller Welt, Ingenieure, Mechaniker, Teamchefs sowie Stars und Sternchen in einem dichten Gewusel um die zwanzig Autos tummelten.

Ich entdeckte Kenzie, die sich während einer Unterhaltung zwischen Toni und dem neuen Teamchef von *Racing Rosso* dezent im Hintergrund hielt und dabei sichtlich angespannt wirkte.

Riley stand dicht neben Dante und reichte ihm seine Trinkflasche. Als seine Pressesprecherin, Pressechefin von *Titan Racing* und gleichzeitig seine Freundin, musste sie drei Jobs auf einmal meistern, die allesamt die Grenzen zwischen Privat- und Berufsleben verwischten. Ich bewunderte sie für die Bravour, mit der ihr dies gelang und beneidete sie dafür, dass sie sowohl ihren Traumjob, als auch ihren Traummann gefunden hatte.

Zwar liebte ich meinen Job abgöttisch, aber seit ein paar Monaten fragte ich mich, ob er mir alles gab, was man zu einem gänzlich erfüllten Leben benötigte.

Dass diese hartnäckigen Zweifel ausgerechnet eine Woche nach meiner Rückkehr aus Dubai in meinem Kopf auftauchten und seitdem nicht mehr verschwanden, ließ mich stark vermuten, dass meine Zeit mit Grayson zu ihrem plötzlichen Erscheinen beigetragen hatte.

Grayson.

Ich erschauderte, als er sich zu mir beugte, um den Lärm, der in der Startaufstellung herrschte, zu übertönen und sich dicht an meinem Ohr nach meiner Einschätzung für das bevorstehende Rennen erkundigte.

Durch die Scharen an wichtigen Menschen und die, die sich dafür hielten, standen wir in der zweiten Startreihe so dicht beieinander, dass ich mit jeder Faser meines Körpers die Hitze spüren konnte, die von Grayson ausging.

Ausnahmsweise trug er heute keinen seiner maßgeschneiderten Dreiteiler, sondern Jeans und T-Shirt. Sein ungewohnter Anblick lenkte mich ab. Und zwar mehr, als er sollte. Vor allem die wohldefinierten

Muskeln, die sich unter dem T-Shirt abzeichneten und von denen ich wusste, wie fantastisch sie sich auf meiner Haut anfühlten.

Nach dem gestrigen Fiasko war ich meinem erstbesten Instinkt gefolgt und hatte die Flucht ergriffen. Ich hatte die Gedanken an den Beinahe-Sex mit Grayson verdrängt und meinen Moment der Schwäche auf den Stress geschoben, dem ich in diesen Tagen ausgesetzt war.

Doch nachdem ich die halbe Nacht wachgelegen und vergeblich versucht hatte einzuschlafen, gestand ich mir widerwillig ein, dass ich noch immer in Grayson Parker verliebt war.

Ich sehnte mich nach seiner Nähe. Nach seiner Aufmerksamkeit. Seiner Zuwendung. Seelisch wie körperlich.

Aber was brachte mir dieses Wissen?

Nichts.

Überhaupt nichts.

Ich konnte mir nicht vorstellen, dass Grayson meine Gefühle erwiderte.

Okay, offenkundig fand er mich attraktiv und sexuell anziehend.

Ideale Voraussetzungen für eine leidenschaftliche Affäre.

Ungünstigerweise überstieg meine Sehnsucht nach diesem Mann das rein körperliche Verlangen bei Weitem.

So wie die Dinge standen, konnte ich entweder versuchen mich bei den wenigen Gelegenheiten, bei denen sich unsere Wege kreuzten, von ihm fernzuhalten oder ich sprach die sexuelle Anziehungskraft zwischen uns an und wartete ab, was Grayson dazu zu sagen hatte.

Eine Affäre würde mir nicht Graysons Liebe sichern. Aber für ein paar wertvolle Stunden zumindest seine Zuwendung und seine Aufmerksamkeit. Ich würde ihn spüren können. Auf mir. Unter mir. Tief in mir.

Wenn das alles war, was ich bekommen konnte, dann musste ich mir überlegen, ob ich mich damit zufriedengab. Ob mir das ausreichte.

Auf keinen Fall würde ich Grayson meine Gefühle gestehen und riskieren, mich vor ihm lächerlich zu machen. Und schlimmer noch, womöglich durch meine mangelnde Professionalität die Geschäftsbeziehung zu *Titan Racing* zu beschädigen.

Das Zeichen, dass es für alle, außer den zwanzig Fahrern, an der Zeit war, den *Grid* zu verlassen und zurück in die Boxengasse zu kehren, riss mich aus meinen Überlegungen und ließ mich meine Gäste einsammeln.

In der Garage verteilten Allegra und ich die Kopfhörer an die VIPs und führten sie zu der eigens für Gäste vorgesehenen, komfortablen Sitzgelegenheit samt integrierten Tablets, über die sie das Geschehen auf der Strecke live mitverfolgen konnten.

Während Allegra sich zu Riley gesellte, die bei den Mechanikern in der Garage stand und über ihre Kopfhörer auf einem speziellen Kanal konzentriert dem Funkverkehr zwischen Fahrern und Ingenieuren lauschte, blieb ich bei der Gästegruppe und sorgte dafür, dass sich jeder gut amüsierte.

Alle Augen waren auf die Tablets gerichtet, als die Fahrer in ihrer Einführungsrunde, in der sie die Reifen der Rennwagen auf Temperatur brachten, um die letzte Kurve bogen und sich ein zweites Mal in ihren Startpositionen einreihten.

Mein Puls beschleunigte sich mit jedem Auto, das auf seine Startposition fuhr. Dante und Tom, die sich in der gestrigen Qualifikation einen Startplatz innerhalb der ersten beiden Startreihen geschnappt hatten, mussten eine gefühlte Ewigkeit warten, bis auch die Fahrer der hinteren Ränge auf ihren Plätzen zum Stehen kamen. Diese Warterei führte dazu, dass sich die Reifen abkühlten und beim Start ein schnelles und sicheres Wegfahren gefährdeten.

Endlich kam der letzte Bolide zum Stehen und die fünf Ampeln begannen kurz nacheinander rot aufzuleuchten.

Eins.

Zwei.

Drei.

Vier.

Fünf.

Die Ampeln erloschen und augenblicklich erfüllte der ohrenbetäubende Lärm von zwanzig 1000 PS starken Rennwagen, die in dem Kampf um den Sieg losdonnerten, den bis eben idyllischen *Albert Park*.

Mit angehaltenem Atem verfolgten wir den dichten Pulk, als er die Gerade hinunter in Richtung der ersten Kurve jagte. Dante und Tom schafften es unversehrt durch das dichte Gedränge, während es im Mittelfeld krachte und drei der Autos mit Reifen- und Flügelschäden an die Box ihrer jeweiligen Teams kommen mussten.

Nach etwa zwanzig gefahrenen Minuten erhob sich Grayson aus seinem Sitz und kam zu mir.

»Können wir reden, Dakota?«

Ich sah zu Allegra hinüber und gab ihr das Zeichen, mich abzulösen. Dann führte ich Grayson aus der Garage in das Fahrerlager, das während des Rennens nahezu leergefegt wirkte, da sämtliche Gäste, Journalisten und Schaulustige auf den Tribünen, in den Hospitality-Suites oder in den Teamhäusern das Renngeschehen verfolgten.

»Willst du etwas trinken? Am besten setzen wir uns ins Teamhaus. Dort haben wir große Flatscreens, auf denen du dir das Rennen anschauen kannst.«

»Lass uns lieber hier sprechen, wo uns keiner hört«, bat Grayson. Sein vielsagender Blick verriet mir, dass wir uns sogleich auf ziemlich privates Terrain begeben würden.

Unbehaglich räusperte ich mich. »Okay. Worüber möchtest du mit mir reden?«

»In ein paar Wochen findet der Grand Prix von Los Angeles statt.«

»Erinnere mich bloß nicht daran«, stöhnte ich und rieb mir das Gesicht.

Die neuen Besitzer der *Serie del Rey* waren der Auffassung, dass man das Image der höchsten Klasse des Motorsports aufpolieren und die Fanbase erweitern könne, indem man Rennen in hippen, angesagten

Städten rund um die Welt austrug. Während für die nächste Saison mit Miami und Kapstadt verhandelt wurde, würde Los Angeles bereits in dieser Saison zum ersten Mal ein *Serie del Rey* Rennen austragen. Allerdings nicht auf einer traditionellen Rennstrecke, sondern wie Baku und Singapur, mitten in der Stadt. Genauer gesagt unweit des *LAX*, des Los Angeles International Airport, in Santa Monica.

Ein Rennen direkt am sonnigen Strand von Kalifornien hatte bei den Sponsoren für reges Interesse gesorgt. Sie rissen sich förmlich um den Grand Prix, sodass wir mit der Planung dieses Megaevents kaum hinterherkamen.

»Du weißt, dass *Parker Resorts & Spas* zu diesem Grand Prix viele Gäste eingeladen hat.«

»Natürlich weiß ich das. Und auch, dass ihr ein exklusives Abendessen in deinem Hotel in Beverly Hills ausrichten werdet, für das ihr die Fahrer angefragt habt, damit sie den Gästen die Hände schütteln und Fotos mit ihnen machen.«

»Richtig. Aber darüber hinaus brauche ich dich noch für ein weiteres Event.«

»Davon hat mir dein Projektteam gar nichts gesagt?«, wunderte ich mich.

»Weil sie nichts davon wissen. Es hat nichts mit dem Sponsoren Deal zu tun, sondern ...«

»... mit dem Orient Projekt.«

»Genau«, seufzte Grayson.

»Ein Empfang in Malibu, zu dem auch ein paar der Geschäftsleute kommen werden, die du in Dubai kennengelernt hast. Da du und ich an diesem

Wochenende beide in Los Angeles sind, wäre es merkwürdig, wenn wir nicht gemeinsam dort auftreten würden.«

»Bist du deswegen nach Melbourne gekommen? Wegen diesem Empfang? Hattest du Angst, dass ich nein sagen würde, wenn du mich nicht persönlich an unsere Vereinbarung erinnerst?«

»Vergiss die Vereinbarung. Ich werde dich nicht zwingen mir zu helfen, Dakota. Ich bitte dich lediglich darum. Und nein, ich bin nicht deswegen nach Melbourne gekommen. Ich habe den Anruf erst heute Morgen erhalten.«

»Wann soll dieser Empfang stattfinden?«

»Am Samstagabend. Nach dem Dinner in Beverly Hills.«

»Gut. Ich komme mit.«

»So einfach?«

»So einfach.«

»Warum?«

»Du hast mich um Hilfe gebeten und ich helfe dir. Machen wir das Leben nicht komplizierter, als es sowieso schon ist.«

»Danke. Ich weiß es wirklich zu schätzen, Dakota.«

»Schon gut. Gibt es sonst noch etwas, worüber du mit mir sprechen möchtest?«

Grayson schob die Hände in die Jeanstaschen und ließ den Blick nachdenklich durch den leeren Paddock schweifen.

»Das Geld. Willst du es nach wie vor nicht?«

Ich schnaubte verbittert. »*Darüber* willst du also mit mir reden? Über *Geld*?«

»Über deine Bezahlung. Die Bezahlung für deine Mühe und deine Hilfe.«

»Außer über meine Bezahlung, die ich nach wie vor ablehne, gibt es sonst noch ein Thema, über das du dich mit mir unterhalten möchtest?«

Grayson sah mich schweigend an.

Ich überkreuzte abwartend die Arme vor der Brust, um meine Nervosität vor ihm zu verbergen.

»Nein, Dakota. Ich denke, dass es nichts weiter zu sagen gibt.«

32

GRAYSON

Das Telefon am Ohr trat ich am Samstagnachmittag auf dem *LAX* aus meinem Jet und ging die Treppen hinunter zu dem schwarzen SUV, der auf mich wartete.

Der Flug von Las Vegas nach Los Angeles dauerte gerade mal eine Stunde. Dennoch hatte es Maxwell in dieser Stunde geschafft, mir dermaßen auf die Nerven zu gehen, dass ich lieber mit unseren Steuerexperten telefonierte, als mich weiterhin von ihm zutexten zu lassen.

Als ich auflegte, nahm mir mein Bruder das Handy aus der Hand und steckte es sich in die Brusttasche seines Jacketts.

»*Hallo*? Was soll denn das?«, fuhr ich ihn an.

»Wir sind in unserer Diskussion noch zu keiner Übereinkunft gelangt. Deshalb werden wir jetzt weiter diskutieren. Denn viel Zeit bleibt uns dazu nicht mehr.«

»Lass den Quatsch, Max.« Leise fluchend ließ ich mich in meinen Sitz sinken.

»Nein. Ich lasse es nicht. Seit du von deiner Überseereise aus Australien zurück bist, schuftest du nahezu vierundzwanzig Stunden am Tag und vergräbst dich in Arbeit. Und ich glaube, dass eine gewisse Amerikanerin aus North Carolina dafür verantwortlich ist.«

»Mach dich nicht lächerlich.«

»*Ich* mache mich lächerlich? *Ich?*« Mein Bruder schüttelte missbilligend den Kopf und schaute aus dem Fenster. »Warum bist du nur so stur?«

»Ich bin nicht stur. Ich bin vernünftig. Eine Beziehung zwischen mir und Dakota kann nicht funktionieren. Also setze ich alles daran, sie mir aus dem Kopf zu schlagen.«

Maxwell gab ein sarkastisches Lachen von sich. »Ja, genau. Seit fast fünf Monaten. Ohne jeglichen Erfolg.«

»Woher willst du das wissen?«

»Weil es förmlich auf deiner Stirn geschrieben steht, Grayson Parker.«

»Und du meinst, dass *Reden* das Ganze besser macht?«, fauchte ich verärgert.

»Ja, das glaube ich. Wenn ihr beide es mal mit Reden versucht, statt wie wilde Tiere bei der erstbesten Gelegenheit übereinander herzufallen und danach so zu tun, als sei nichts passiert, würden vielleicht mal die Karten offengelegt.«

»Ich sollte dir echt nichts mehr erzählen. Aber mal ehrlich - was soll das bringen, Max? Auch offene Karten ändern nichts an der Situation, in der wir uns befinden.«

»Aber sie verändern möglicherweise die Perspektive, aus der ihr eure Situation betrachtet. Und aus einem Perspektivenwechsel ergeben sich bisweilen neue Möglichkeiten und Chancen.«

»Du Poet«, kommentierte ich ironisch.

»Tu es doch einfach, Grayson«, murrte Maxwell und lehnte seine Stirn gegen die Fensterscheibe. »Ich kann verstehen, dass du Angst hast. Aber wer nicht wagt, der nicht gewinnt.«

»Ich *habe keine* Angst.«

»Ach nein? Wenn du keine Angst davor hast, dass sie dich zurückweist, sobald du ihr sagst, wie viel sie dir bedeutet, kannst du ja getrost mit ihr reden, oder etwa nicht?«

»Ich überlege es mir.«

»Also hast du doch Angst.«

»Nein«, knurrte ich. »Nein, habe ich nicht.«

»Dann beweis mir, dass ich falsch liege und rede mit ihr.«

Ich stieß einen tiefen Seufzer aus und schloss die Augen. »Schön. Ich rede mit ihr. Heute Abend. Nach dem Empfang. Aber nicht, weil ich dir irgendetwas beweisen muss, sondern weil ich will, dass du endlich Ruhe gibst.«

Die geladenen Gäste von *Parker Resorts & Spas* standen mit neumodischen Cocktails im mit Lichterketten und Bodenstrahlern beleuchteten Garten des *Parker* in Beverly Hills und lauschten interessiert dem Moderator, der soeben Tom Clark über das Mikrofon ankündigte und ihn zu sich auf die kleine Bühne einlud, die eigens für das Event am heutigen Abend errichtet worden war. Vor dem Hotelbanner mit dem Firmenlogo standen zwei moderne Barhocker, auf denen der Moderator und der Stammfahrer von *Titan Racing* jetzt Platz nahmen und zu plaudern begannen.

Ich lehnte abseits des Geschehens an der Terrassenmauer, die den Garten mit dem Hotel verband und verfolgte in Gedanken versunken die exklusive Fragestunde mit dem ersten der beiden *Titan Racing* Rennfahrer.

»Auch eine?«

Jemand hielt mir auffordernd eine geöffnete Zigarettenschachtel hin.

Ich sah auf und bemerkte Dante Di Santo, der direkt neben mir stand. Er schaute sich verstohlen nach allen Seiten um, steckte sich dann eine Zigarette in den Mund und zündete sie an.

»Sie rauchen?«

»Menthol Zigaretten. Zum Entspannen oder zum Wachbleiben. Je nachdem.« Er deutete mit der Zigarette in der Hand auf die Bühne. »Bei solchen Veranstaltungen laufe ich ständig Gefahr, einzuschlafen.«

»Sie wissen schon, dass das *meine* Veranstaltung ist?«

»Klar. Ich habe mir die Überschrift des Briefing-Dokuments durchgelesen, das Dakota mir in die Hand gedrückt hat.«

»Sie haben *die Überschrift* gelesen?« Ich konnte mir ein sarkastisches Schnauben nicht verkneifen.

Der Kerl machte mir echt Spaß.

»Mehr muss ich nicht wissen. Die Fragen sind sowieso immer dieselben. Schätze nach so vielen Jahren im Motorsport wurde mir jede nur erdenkliche Frage bereits gestellt.«

»Na dann.«

»Sie schlafen mit Dakota.«

»Ist das eine Frage?«

»Eine Feststellung. Mögen Sie sie oder ist es bloß Sex?«

Ich wandte mich Dante zu, der unschuldig an seiner Zigarette zog und auf meine Antwort wartete.

»Fürs Protokoll: Ich schlafe nicht mit Dakota. Wir hatten Sex, ja. Aber das ist Monate her. Zwischen uns läuft nichts. Jedenfalls nicht mehr. Warum interessiert Sie das überhaupt? Ich dachte Sie hätten eine Freundin. Reicht die Ihnen nicht? Versuchen Sie jetzt ihr Glück bei Dakota?«

Dante gluckste amüsiert. »Sie hat es voll erwischt, Kumpel. Das freut mich.«

»Wovon reden Sie?«, brummte ich ungehalten.

»Davon, dass Sie in Dakota verschossen sind. Und

Dakota ist in Sie verschossen. Sie ist dermaßen aufge-
regt wegen dieses Empfangs, den sie später mit Ihnen
besuchen muss, dass sie noch nicht mal gemeckert hat,
als ich zehn Minuten zu spät hier aufgetaucht bin.«

»Dakota? Verschossen? In mich?«

»Ist es so abwegig, dass eine Frau in ihren
Ehemann verliebt ist?«, wunderte sich Dante und
zwinkerte mir zu.

»Was zum Teufel? Woher wissen Sie davon?«

»Von Riley. Meine Freundin versorgt mich mit allen
News.«

»Na wunderbar.«

»Nehmen Sie es ihr nicht übel. Die Mädels sind wie
Pech und Schwefel. Die haben keine Geheimnisse
voreinander. Ich bin fest davon überzeugt, dass jede
von ihnen weiß, wie groß mein Schwanz ist und
welche Sexstellung Riley und ich zuletzt im Bett
ausprobiert haben.«

»Sehr beruhigend«, spottete ich.

»Ich finde es motivierend. Schließlich will ich bei
den Mädels gut dastehen«, schmunzelte Dante. »Was
Dakota betrifft: Sie besitzt zwar eine harte Schale.
Doch dafür einen umso weicheren Kern. Wenn Sie
mich fragen, es lohnt sich, ihre Schale zu knacken.«

»Da sind Sie so sicher, weil ...?«

»Da bin ich mir bombensicher, weil ich mit Riley
meine ganz eigene Dakota geknackt habe. Meinen
ganz persönlichen Jackpot. Besser als jeder Lotteriege-
winn dieser Welt zusammen.«

»Wieso sagen Sie mir das alles?«

»Weil mein Mädchen Dakota wegen Ihnen regelmäßig trösten muss, statt mit mir zu vögeln. Das muss aufhören. Ich brauche meinen Sex.«

Meine Mundwinkel zuckten belustigt. Der Typ besaß echt einen schrägen Sinn für Humor.

Dante grinste dreckig und drückte seine Zigarette in einem der Aschenbecher auf den Tischen hinter uns aus. »Mal im Ernst: Dakota ist eine feine Lady. Die meisten Männer haben eine Heidenangst vor ihr, weil sie ihnen zu intelligent ist. Zu taff. Zu zielstrebig. Aber Sie scheinen mir der Typ Mann zu sein, der so eine Lady zu schätzen weiß. Euer Sex ist ebenfalls hammermäßig, wenn das, was ich gehört habe, stimmt. Beste Voraussetzungen also. Warum versucht ihr beiden es nicht mal miteinander?«

»Es ist kompliziert.«

»Es ist so kompliziert, wie man es macht«, gab Dante achselzuckend zurück. »Das Leben ist zu kurz, um nicht auf volles Risiko zu setzen. Glauben Sie mir, ich weiß, wovon ich rede.«

Er klopfte mir aufmunternd auf die Schulter und ging in Richtung Bühne davon, wo er in diesem Moment unter tosendem Applaus von den Gästen empfangen wurde.

33
DAKOTA

Ich saß schweigend neben Grayson im Fond der eleganten Limousine, die uns von Beverly Hills nach Malibu brachte und versuchte das Knistern zwischen uns zu ignorieren.

»Können wir nach dem Empfang reden, Dakota?«, beendete Grayson die Stille zwischen uns und sah zu mir herüber.

Sein Gesicht wirkte ernst und für einen Moment glaubte ich, so etwas wie Angst in seinen Augen aufflackern zu sehen. Aber das war unmöglich. Wovor sollte sich Grayson Parker schon fürchten? Der Mann, der alles und jeden im Griff hatte. Der Mann, der Probleme im Keim erstickte, bevor sie sich überhaupt zum Problem entwickelten. Der Mann, der mehr Geld besaß, als er jemals würde ausgeben können.

»Klar«, antwortete ich leichthin und versuchte mir

nicht anmerken zu lassen, dass mich seine ernste Miene verunsicherte.

Vor einer schicken, weißen Strandvilla in Malibu hielt der Wagen. Grayson öffnete mir die Tür und legte mir besitzergreifend seine Hand auf den Rücken, als wir den mit Fackeln gesäumten Weg zum Haus entlangschritten.

Ich gab mir alle Mühe, die Hitze seiner Hand, die von meinem unteren Rücken in Richtung Süden schoss, zu ignorieren und richtete meine Aufmerksamkeit gezielt auf die entspannte Lounge Musik, die aus dem Inneren der Villa drang.

»Grayson, Dakota, wie schön, dass ihr es einrichten konntet«, begrüßte uns der Gastgeber, einer der amerikanischen Geschäftsmänner, den ich bereits aus Dubai kannte.

Die nächste Stunde verbrachten wir mit dem üblichen Smalltalk und ich bemühte mich nach Kräften, nicht zu gähnen oder mich an Grayson abzustützen.

Seit ich vor fünf Tagen in Los Angeles eingetroffen war, arbeitete ich nahezu zwanzig Stunden am Tag ununterbrochen, um die Sponsorenevents, die am Mittwoch, Donnerstag, Freitag und am heutigen Samstag stattgefunden hatten, zu der vollen Zufriedenheit aller Beteiligten durchzuführen. Darüber hinaus betreuten wir an der Rennstrecke seit Freitag über dreihundert Gäste pro Tag. Ein Rekord, hinter dem selbst die beliebtesten Rennen der Saison, Singapur und Abu Dhabi, zurückblieben.

Kurzum: Ich konnte kaum die Augen offenhalten.

Statt nach der Abendveranstaltung im *Parker* in

Beverly Hills in unser Teamhotel, das *Parker* in Venice Beach, zurückzufahren und mich vor dem morgigen Renntag, dem absoluten Super Gau, auszuruhen, war ich mit Grayson zu dieser Veranstaltung gekommen.

Warum?

Weil ich diesem Mann nichts abschlagen konnte. Und ja, ich hasste mich dafür.

Ich hasste mich dafür, dass ich mich nach ihm sehnte und dass ich mich gleichermaßen danach verzehrte und davor fürchtete, Zeit mit ihm zu verbringen.

»Du siehst blass aus. Lass uns frische Luft schnappen«, schlug Grayson vor, als wir unser Gespräch mit einigen seiner Geschäftspartner beendeten.

Er griff nach meiner Hand. Warm und fest umschlossen mich seine starken Finger und auf einmal fühlte sich die Welt nicht mehr so düster und unbarmherzig an, wie noch einen Moment zuvor.

»Geht es dir nicht gut, Dakota?«, fragte Grayson besorgt, als wir auf die weitläufige Terrasse traten und uns einen Platz abseits der anderen Gäste suchten.

Ich stützte meine Ellenbogen auf der Terrassenbrüstung ab und sah auf das dunkle Meer hinaus, das ruhig und still im Mondschein lag.

»Es geht mir gut. Ich bin bloß müde. Die letzten Tage waren anstrengend. Ich bin froh, wenn wir morgen Abend im Flieger zurück nach Italien sitzen.«

»Hast du Lust auf einen Spaziergang am Strand?«

»Jetzt?« Überrascht drehte ich mich zu Grayson. »Sollten wir nicht lieber wieder reingehen und uns weiter langweilen?«

Grayson lachte leise. »Ich denke wir haben unsere Pflicht für heute Abend erfüllt. Wenn du willst, bringe ich dich zu deinem Hotel zurück?«

»Nein, nein. Schon gut«, beeilte ich mich zu sagen. »Ein Spaziergang am Strand hört sich nach dem perfekten Ausklang eines anstrengenden Tages an.«

Ich legte meine Finger in Graysons ausgestreckte Hand und schlüpfte aus meinen Stilettos, mit denen ich im Sand gnadenlos versinken würde.

Gemeinsam stiegen wir die Treppen hinab zum Strand, wobei das leise Rauschen des Meeres mit jeder Stufe lauter wurde.

Ich wackelte mit den Zehen und erfreute mich an dem körnigen Sand, der unter meinen Füßen knirschte.

Grayson stieg ebenfalls aus seinen Schuhen und führte mich hinunter zum Wasser. Dabei machte er keine Anstalten, meine Hand loszulassen.

»Danke, dass du mich heute Abend begleitet hast, Dakota. Das bedeutet mir viel«, offenbarte er, nachdem wir eine Weile am Strand entlangspaziert waren.

»Gern geschehen«, erwiderte ich wahrheitsgemäß.

»Ich würde mich gern bei dir revanchieren.«

»Das Thema hatten wir doch schon, Grayson. Ich möchte dein Geld nicht.«

»Gibt es sonst etwas, das ich dir geben kann, über das du dich freuen würdest?«

Grayson setzte sich neben einem der Felsen, die unweit des Wassers aus dem Boden ragten, in den Sand und sah mich abwartend an.

»Es muss doch etwas geben, das du gerne hättest.

Oder willst du mir erzählen, dass du wunschlos glücklich bist?«

»Ich ...« Ich brach ab und biss mir ertappt auf die Unterlippe.

Nein, Dakota, schalt ich mich. Nein, nein und nochmals nein.

»Du?«

»Ach nichts. Vergiss es«, wiegelte ich ab und ging weiter.

»Bleibst du bitte stehen und sagst es mir, Dakota?«, rief mir Grayson hinterher.

Ich hielt inne und wandte mich dem Meer zu. Fröstelnd rieb ich mir über die Arme.

»Dich. Ich will dich«, gestand ich tonlos und zuckte erschrocken zusammen, als mir Grayson sein Jackett über die Schultern legte.

Verdammt. Wieso stand er auf einmal direkt hinter mir?

Er strich mir zärtlich meine Haare über die Schultern. »Mich?«, flüsterte er sanft. »Du willst mich?«

Ich nickte und schloss die Augen, als Graysons Lippen über meine Ohrmuschel strichen und sein heißer Atem meine Haut sehnsüchtig liebkoste.

»Was genau willst du von mir, Dakota?«

»Ich ... ich will dich spüren.«

»Wie?«, raunte er.

»In mir«, offenbarte ich sehnsuchtsvoll. »Ich will dich in mir. Es ist so lange her.«

»Du willst also Sex von mir? Du willst, dass ich mich mit meinem Schwanz bei dir revanchiere?«

»Ja«, keuchte ich. »Das will ich.«

»Sonst nichts?« Er glitt mit seinen Lippen über meinen Hals, was mir einen genussvollen Seufzer entlockte.

»Sonst nichts, nein.«

Grayson führte mich zurück zu dem Felsen und ließ sich mit mir im Sand nieder. Er zog mich auf seinen Schoß und hob mein Kinn an.

»Wenn es wirklich das ist, was du willst, werde ich es dir geben, Dakota.«

Ich legte meine Lippen auf die seinen und er knurrte erregt, als ich begann, ihn zu küssen.

»So perfekt«, murmelte er an meinem Mund und umfasste mein Gesicht mit beiden Händen.

Meine Finger wanderten in Graysons Haar und hielten ihn fest. Hielten ihn davon ab, aufzuhören.

Ich spürte, wie er unter unseren Küssen hart wurde und sein Schwanz sich durch die geschlossene Hose gegen meine Mitte drängte. Ungeduldig hob ich mein Becken an und versuchte, den Knopf seiner Hose zu öffnen.

»Dakota ... das ist ein öffentlicher Strand. Jeden Moment kann jemand vorbeispazieren«, mahnte er halbherzig. »Lass uns zu mir ins Hotel fahren.«

»Das dauert zu lange«, widersprach ich und schaffte es, endlich den Knopf seiner Hose zu öffnen. Energisch zog ich an seinem Reißverschluss und schob den Bund seiner Boxershorts hinab.

»Baby, nein«, krächzte er gequält, als ich seinen harten, bereiten Schwanz durch meine Hand gleiten ließ.

»Doch«, widersprach ich und strich mit der

anderen Hand das Höschen unter meinem Kleid beiseite.

Bevor Grayson mich davon abhalten konnte, hatte ich seinen Schwanz schon an meiner Pforte platziert. Langsam und genussvoll ließ ich mich darauf nieder.

Wir stöhnten beide auf und Graysons verhaltene Einwände erstarben.

Bei dem Gefühl von Graysons göttlicher Härte, die mich vollkommen ausfüllte, mich weitete, mich stimulierte, wurde mir schwindelig vor Glück.

Ich schaute an uns herab und erschauderte bei dem verwegenen Anblick, der sich mir bot. Mein Kleid verdeckte unsere intime Verbindung und täuschte jeden vorbeigehenden Spaziergänger in dem, was wir hier in Wirklichkeit taten. Die Dunkelheit der Nacht tat ihr Übriges, um unser verbotenes Lustspiel zu vertuschen.

Grayson umfasste meine Brüste und ich spürte, wie sich meine Knospen unter dem kühlen Seidenstoff aufrichteten.

»Benutz mich, Dakota«, verlangte er mit belegter Stimme und nahm meine aufgerichteten Knospen zwischen Mittel- und Zeigefinger.

Ich begann, ihn gemächlich zu reiten und keuchte die Ekstase, die ich dabei empfand, in seinen geöffneten Mund.

Graysons Finger rieben immer wieder neckisch über meine harten Knospen und ließen meine Brüste schwer werden.

»Ich bin nahezu unanständig reich, aber dich interessiert nur mein Schwanz.« Grayson biss neckend in meine Unterlippe. »Das macht mich so verflucht an.«

Ich ließ mein Becken kreisen und schlang meine Arme um seinen Hals, presste ihn enger an mich.

»Brauchst du es tiefer, Baby? Willst du es härter?«

»Ja«, hauchte ich und ließ zu, dass Grayson sich mit mir drehte, sodass ich auf dem Rücken zum Liegen kam.

Er beugte sich über mich, verschränkte unsere Finger miteinander und begann, hart in mich zu stoßen.

»Was, wenn uns jemand sieht?«, fragte ich erstickt.

»Dann wird dieser jemand ziemlich eifersüchtig sein, dass ich deine enge Pussy ficken darf und er nicht.«

Grayson trieb seinen Schwanz unerbittlich in mich. Nichts und niemand würde ihn jetzt mehr aufhalten können.

Ich schlang meine Beine um seine Hüften und kam seinen Stößen mit meinem Becken entgegen, nahm ihn bis zum Anschlag in mich auf.

»Ist das hart genug für dich?«

Graysons Atem ging schnell und unregelmäßig.

»Ja«, wimmerte ich. »Ich komme gleich. Bitte hör nicht auf.«

»Du weißt doch, selbst wenn du mich darum bitten würdest, könnte ich nicht damit aufhören. Es ist einfach zu gut. Zu verdammt geil«, fluchte er, während er mich weiterhin unermüdlich vögelte.

Ich kam mit einem spitzen Aufschrei und Grayson presste seine Lippen auf meinen Mund, um meine ekstatischen Schreie damit zu ersticken. Ich spürte, wie er sich auf mir verkrampfte und sich in einem heißen Schwall von Leidenschaft in mir ergoss. Er biss mir in die Schulter, um sein Stöhnen zu unterdrücken. Dieser bittersüße Schmerz, kombiniert mit seinen geschickten Fingern, die meine geschwollene Perle rieben und seinem dicken Schwanz, der seinen Samen in mich pumpte, ließen mich ein weiteres Mal erzittern und nach den Sternen greifen.

34
GRAYSON

Es verwunderte mich nicht, dass ich in Dakotas Gegenwart mal wieder die Kontrolle verloren hatte.

Und ehrlich gesagt, störte es mich nicht einmal sonderlich.

Ich hatte mich damit abgefunden, dass sie mich dazu brachte, meinen Verstand über Bord zu werfen. Dass ich mich mit ihr so wohl und angekommen fühlte, dass ich einfach los- und mich treiben ließ. Dass ich mit ihr Gipfel erklomm und explodierte, wie ein unberechenbarer Vulkan.

Ich genoss es. Herrgott, ich liebte es. Ich brauchte es.

Ich brauchte *sie*.

Hand in Hand gingen wir zur Villa zurück. Bevor wir die Treppen hinaufstiegen, vergewisserten wir uns, dass nichts auf unser nächtliches Intermezzo hindeutete.

»Ich kann deinen Saft in mir spüren. Keine Ahnung, ob mein Höschen alles auffängt«, flüsterte sie provokativ in mein Ohr.

Ich sog scharf die Luft ein und drängte sie gegen eine der zahlreichen Palmen, die den Strand säumten. »In dem Fall sollten wir uns wohl besser mit der Verabschiedung beeilen.«

»Ja, das sollten wir wohl«, wisperte sie und küsste mich hungrig.

Als wir zehn Minuten später die Villa verließen und in die Limousine stiegen, lehnte ich mich lächelnd im Sitz zurück.

Ich fühlte mich so gut und ausgeglichen, wie schon seit Monaten nicht mehr. Diese Erkenntnis bestärkte mich in meinem Entschluss, mit Dakota zu reden.

Angetrieben von diesem Wunsch betätigte ich den Schalter, der die Trennwand zu dem vorderen Teil des Wagens hochfahren ließ, sodass Dakota und ich den hinteren Teil der Limousine für uns allein hatten.

»Du erinnerst dich vielleicht noch daran, dass ich mit dir sprechen wollte«, setzte ich an, doch Dakota legte mir ihren Zeigefinger auf die Lippen und brachte mich zum Schweigen.

»So gern ich mir auch die Nacht mit dir um die Ohren schlagen will, ich kann nicht. Vor mir liegt einer der anstrengendsten, wenn nicht *der* anstrengendste Tag des Jahres. Ich muss heute Nacht unbedingt ein paar Stunden Schlaf bekommen und mit dir im Bett wird mir das nicht gelingen.« In ihrer Stimme schwangen Bedauern und Enttäuschung.

»Das ist schade«, murmelte ich und küsste ihre Fingerknöchel. »Aber eventuell habe ich eine Lösung für dieses Problem parat ...«, wagte ich einen zweiten Versuch, Dakota meine Gefühle zu gestehen.

»Die habe ich auch«, unterbrach sie mich und kletterte auf meinen Schoß. »Du lässt mich dich benutzen, bis wir im Hotel ankommen. Noch ein, zwei Orgasmen und ich werde schlafen wie ein Stein.«

Sie knöpfte mein Hemd auf und ließ ihre Finger an meiner Brust entlanggleiten. Dann öffnete sie den Reißverschluss ihres Kleides und schob sich die Ärmel zusammen mit den Trägern ihres BHs von den Schultern. Sie griff nach meinen Händen und platzierte sie auf ihren prallen Brüsten.

»Verwöhn sie«, befahl sie mir und wölbte sich mir einladend entgegen.

Ich schloss die Augen und rang um ein letztes bisschen Fassung. Um einen winzigen Funken Willenskraft.

»Wir ... sollten wirklich dringend reden, Dakota«, raunte ich heiser vor entflammtem Verlangen.

»Reden können wir morgen immer noch. Jetzt will ich dich einfach nur vögeln, Gray.«

Sie öffnete den Reißverschluss meiner Hose und nahm sich ohne jegliche Scham, was sie brauchte.

Als ich in sie eindrang und meinen Samen, der mir den Einlass in ihre gierige Pussy erleichterte, an meinem Schwanz spürte, fand auch ich, dass wir das Reden auf morgen vertagen konnten.

»Hast du eigentlich eine Ahnung davon, wie verrückt du mich machst?«, flüsterte ich an ihren Lippen und stöhnte gequält auf, als sie begann, mich zu reiten. »Küss mich, verflucht. Gib mir deine sündigen Lippen und küss mich.«

Meine Stimme klang abgehackt und atemlos, weil diese Frau und das Gefühl, bis zum Anschlag in ihr zu stecken, mir den Atem raubten.

Ich war süchtig nach ihr.

Meine Zunge stahl sich in ihren Mund und statt sie zu küssen, verschlang ich sie regelrecht. Während sie mich wild und hemmungslos ritt und ich dabei den Verstand zu verlieren drohte, verging ich mich an ihrem Mund, als würde er mir gehören.

Es war der wohl schmutzigste und zügelloseste Kuss, den ich je mit einer Frau geteilt hatte. Aber er passte perfekt zu der Gier, mit der mich Dakota laut stöhnend fickte.

»Du fühlst dich so unglaublich an«, wisperte sie, richtete sich auf und legte ihre Hände auf meinen Schultern ab.

Ihre Brüste wippten vor meinen Augen und ich konnte nicht anders, als sie mit meinen Händen zu umfangen und sie lustvoll zu kneten.

Trotz der Trennwand musste mein Fahrer hören, was wir hier hinten trieben. Dessen war ich mir sicher. Doch es störte mich nicht, weil mich der Anblick dieser von Lust getriebenen und sexuell ausgehungerten Frau auf mir viel zu sehr faszinierte und antörnte, als dass ich mir über die Außenwirkung unseres Rückbanksexes Gedanken oder gar Sorgen machen konnte.

Dakota intensivierte ihren Ritt und bog ihren Rücken durch, wobei sich ihre Finger in meine Schultern krallten und einen bittersüßen Schmerz verursachten.

»Ich gebe dir genau zwanzig Sekunden, um zu Kommen. Wenn du es bis dahin nicht geschafft hast, willst du diesen Orgasmus nicht genug, als dass du ihn verdient hättest«, provozierte ich sie drohend und erntete dafür ein erregtes Keuchen. »Dann wirst du brav vor mir auf die Knie gehen und mir einen blasen. Und falls du dabei einen guten Job machst, erlaube ich dir vielleicht – aber nur vielleicht – dich selbst zu berühren. Also überleg es dir, Dakota und streng dich an.«

»Grayson ...« Sie schnappte verzweifelt nach Luft und sah mich mit einem flehenden, ja fast schon verzweifelten Blick an.

Ich wusste genau was in ihr vorging. Denn ich spürte es auch. Diese Verbundenheit. Diese Sehnsucht. Dieses ... Verlangen.

Mit einem grimmigen Knurren griff ich in ihr Haar und zog daran, sodass ihr keine Wahl blieb, als mir erneut ihren Körper entgegenzurecken. Ich vergrub mein Gesicht an ihren Brüsten, biss hinein, sog an ihren Knospen und stieß mein Becken gegen ihre Mitte.

»Ich komme gleich«, warnte ich sie. »Wenn du dich nicht beeilst, gehst du leer aus.«

»Nein«, widersprach sie heiser. »Bitte nicht.«

»Hör auf zu reden und fang an zu ficken, Baby.«

Bei meinen Worten lief ein Schauer über Dakotas

halbentblößten Körper. Ihre Pussy krampfte sich um meinen Schwanz zusammen und ich wusste, dass sie kam, noch bevor die ersten Wellen des Höhepunktes sie überrollten und uns beide mit sich rissen.

»Grayson ...«

»Ich bin hier. Lass los. Lass einfach los und genieß es«, raunte ich, packte ihren Nacken und drehte ihr Gesicht so, dass ich jede Woge ihres Orgasmus, den ihr mein Schwanz schenkte, in mich aufsaugen konnte.

Doch mir blieb kaum Zeit, die eindrucksvolle Show zu genießen, bis auch ich erschauderte und so heftig kam, dass meine Augen ihren Fokus verloren.

Als ich am nächsten Tag mit Maxwell in der Hospitality Suite am *Santa Monica Peer* eintraf und die zahlreichen VIP-Gäste von *Parker Resorts & Spas* begrüßte, entdeckte ich Dakota zwei Stockwerke unter mir im Paddock.

Sie hielt das Telefon ans Ohr geklemmt und wirkte gestresst.

Offenkundig war sie ziemlich beschäftigt, was ich bei über dreihundert Gästen mit Fragen, Anliegen und Bitten sehr gut nachvollziehen konnte.

Ich beschloss, dass ich später, sobald das Rennen begann, mit meinem speziellen Pass in den Paddock hinunter gehen und mit ihr reden würde.

Bis dahin musste ich mich zurückhalten und sie ihre Arbeit machen lassen.

Es reichte schon, dass ich sie gestern auf den Empfang geschleppt und sie dadurch um ein paar wertvolle Stunden Schlaf gebracht hatte.

Ich nutze die Zeit, um mich mit unseren Kunden zu unterhalten, die dieses Spektakel sichtlich genossen und sorgte dafür, dass sich Maxwell keine Möglichkeit bot, mich über den gestrigen Abend auszufragen.

Fünf Runden nach Rennstart machte ich mich auf den Weg in den Paddock und fand Dakota vor dem hinteren Eingang der Teamgarage. Sie tippte konzentriert auf ihrem Handy und sprach mit jemandem durch das kleine Mikrofon, das an ihrer Bluse befestigt war.

Als sie mich bemerkte, entfernte sie den Knopf aus ihrem Ohr und schenkte mir ein Lächeln, das die Sonne über Santa Monica mühelos in den Schatten stellte.

»Hi, hast du kurz Zeit?«

»Natürlich. Was kann ich für dich tun?«, entgegnete sie und ignorierte das Telefon, das in ihrer Hand zu klingeln begann.

»Wegen gestern Abend«, begann ich, musste jedoch abbrechen, weil eine von Dakotas Mitarbeiterinnen sich uns entschuldigend näherte.

»Tut mir leid. Heute ist der Teufel los«, verkündete Dakota zähneknirschend, als ihre Mitarbeiterin fünf Minuten später verschwand. »Worüber wolltest du mit mir sprechen?«

»Über uns. Und über gestern Abend.«

Dakotas Lächeln schwand und sie rieb sich nervös über den Hals. »Was ist damit?«

»Warum wolltest du mit mir schlafen?«

»Ist das wichtig?« Sie presste ihre weichen Lippen aufeinander und strich sich eine verirrte Haarsträhne hinter das Ohr.

»Ja, das ist es.«

»Bereust du es?«

»Nein. Bereust du es?«

»Nein.«

»Gut.« Ich seufzte erleichtert.

»Ich habe dich vermisst«, flüsterte Dakota. »Ich musste dich unbedingt spüren. Deswegen wollte ich es.«

Ihr Geständnis beruhigte mich, wenngleich es eine fundamentale Frage offenließ.

»Und jetzt, nachdem du mich gespürt hast, vermisst du mich nicht mehr?«

Dakota schüttelte den Kopf und meine Erleichterung brach mit einem Mal in sich zusammen.

»Jetzt vermisse ich dich bloß noch mehr, Grayson. Viel mehr.«

Dakotas Handy begann erneut zu klingeln. Sie ignorierte es.

»Wann fliegst du zurück nach Italien?«

»Heute Abend«, antwortete sie bedauernd.

»Kannst du bleiben? Mit mir nach Las Vegas kommen?«

»Warum?« Ihre Augen weiteten sich überrascht. Kleine, rote Flecken bildeten sich auf ihrem zierlichen Hals, nach dem ich so verrückt war.

»Weil ich dich ebenfalls vermisse.«

So. Nun war es raus. Endlich.

Ich atmete tief durch und konnte förmlich spüren, wie eine tonnenschwere Last von meinen Schultern fiel.

»Komm mit mir nach Las Vegas und lass uns reden. Über uns. Ganz in Ruhe«, bat ich.

Sie starrte mich an, als hätte sie noch nie zuvor einen Menschen gesehen.

»Ich ... es tut mir leid, aber ich kann nicht. In den nächsten Tagen und Wochen ist so viel los, dass ich mir das nicht erlauben kann. Vor allem nicht so spontan.«

Ihre klare Absage kam einem Faustschlag ins Gesicht gleich.

»Das zwischen uns ist dir also nicht wichtig genug«, schlussfolgerte ich. »Gelegenheitssex ja, aber für mehr reicht das Interesse nicht. Verstehe ich das richtig?«

»Unsinn! Du hast ja keine Ahnung, wovon du redest, Grayson.«

»Ach nein?«, schnaubte ich wütend.

»Nein«, schoss Dakota zurück. »Wieso kommst *du* nicht nach Italien und wir reden in Mailand? Oder in Berlin? Dort bin ich in drei Tagen für ein Event mit den Fahrern.«

»Das geht nicht. Ich kann die nächste Woche nicht aus Las Vegas weg. Und die Woche darauf bin ich in Dubai.«

Dakota zog sarkastisch die Augenbrauen in die Höhe. »Also könnte ich das Gleiche über dich sagen:

Gelegenheitssex ja, aber für mehr reicht das Interesse nicht.«

»Das ist ja wohl nicht dasselbe. Ich habe eine Firma zu leiten, Dakota. Ich kann nicht einfach mal so sämtliche Termine canceln und zum Spaß nach Europa fliegen.«

»Zum Spaß? Ich bin also ein *Spaß*?«

»Nein, natürlich nicht. Aber das ist nicht der springende Punkt.«

»Der springende Punkt ist, dass du deinen Job über meinen stellst. Du leitest eine Firma. Du bist der reiche, erfolgreiche CEO, dem die ganze Welt zu Füßen liegt. Ich hingegen bin in deinen Augen eine kleine, nichtssagende Marketingmanagerin, die ohne weiteres sämtliche Termine canceln kann, um zu springen, wie es dir gerade in den Kram passt.«

»Das ist nicht wahr«, stritt ich ihre Unterstellung energisch ab.

»Und ob es das ist. Du respektierst mich nicht, Grayson. Du hast von Anfang an die Dinge so gedreht, wie sie dir in den Kram passen. Mich verarscht. Mich erpresst. Mich benutzt. Und sobald du bekommen hast was du wolltest, hast du mich weggeworfen und hast einfach so weitergemacht, als hätte ich nie existiert.«

»Wie kannst du das sagen!«

»Wo warst du denn die letzten Monate? Nicht ein Anruf. Nicht eine Nachricht. Nichts. Nichts als Schweigen. Monatelang. Dann tauchst du hier auf, sagst mir, dass du mich vermisst und erwartest, dass ich alles stehen und liegen lasse und mit dir mitkomme? Ernsthaft? Und was dann, Grayson? Wie lautet dein Plan?

Soll ich meinen Job aufgeben und brav zuhause auf dich warten, während du die Welt eroberst? Soll ich mit gespreizten Beinen daliegen und geduldig darauf warten, dass du fünf Minuten deiner wertvollen Zeit opferst, um dich um mich zu kümmern?«

»Das ist verdammt ungerecht. Du hast dich auch nicht bei mir gemeldet, Dakota. Schon vergessen?«

»Aus gutem Grund«, sagte sie unterkühlt und funkelte mich verbittert an. »Es ist ja wohl offensichtlich, wohin das geführt hätte: Nirgendwohin.«

»Okay«, stieß ich zornig hervor. »Das war deutlich.«

Dakotas Telefon klingelte ein drittes Mal, doch dieses Mal ignorierte sie den Anruf nicht. Sie nahm das Gespräch an und ließ mich, ohne noch einmal zurückzublicken, stehen.

35
DAKOTA

Ich ließ meinen Blick durch die Business Lounge des Flughafens Los Angeles schweifen und schüttelte innerlich den Kopf über mich selbst.

Was tat ich hier?

Glaubte ich ernsthaft, Grayson Parker würde wie ein Prinz auf seinem weißen Ross im Abflugbereich auftauchen und mich daran hindern, zurück nach Europa zu fliegen?

Dass er vor mir auf die Knie fiel, mir seine Liebe gestand und mich anflehte, bei ihm zu bleiben?

So ein Schwachsinn.

Wenn überhaupt, dann passierte so etwas nur in kitschigen Liebesfilmen und die basierten nun mal nicht auf der Realität.

Grayson und ich hatten uns gestritten. Aber so richtig. Für mich hatte unsere hitzige Diskussion nach einem endgültigen Schlussstrich geklungen und ich glaubte nicht, dass wir je wieder ein Wort miteinander wechseln würden.

Er war furchtbar wütend gewesen. So wütend, dass er noch nicht mal das Ende des Rennens abgewartet hatte, sondern schon vorher verschwunden war. Das wusste ich von Allegra, die mir von Graysons verfrühtem Aufbruch erzählt hatte, weil sie sich sorgte, dass das Ambiente und die Gästebetreuung nicht seinen Anforderungen entsprochen haben könnten.

Um ihr diese Sorge zu nehmen, musste ich ihr gezwungenermaßen die Wahrheit sagen. Oder zumindest einen klitzekleinen Teil davon. Nämlich, dass Grayson und ich gestritten hatten.

Seitdem drängten mich die Mädels dazu, mit ihnen über die Details zu reden, doch mir war nicht nach Reden zumute. Ich wollte einfach nur noch nach Hause, wo ich mich einigeln und weinen konnte, ohne dass es jemand sah.

Dieses Wochenende ... es war eine Achterbahn der Gefühle gewesen. Unglaubliche Hochs gefolgt von furchtbaren Tiefs, gepaart mit jeder Menge Stress und Druck. Das hielt niemand auf Dauer aus, ohne sich von den Loopings an Emotionen übergeben zu müssen.

Ich nippte an meinem Glas Rotwein, das mir gleich im Flugzeug dabei helfen sollte, zu schlafen, schaffte es jedoch kaum, das Glas zu leeren.

Ich verspürte weder Appetit noch Durst.

Das kannte ich schon.

In den vergangenen Monaten hatte ich aufgrund der Gedanken an Grayson, die mir den Schlaf und den Appetit raubten, einige Pfunde verloren.

Der Schmerz darüber, dass er sich seit unserer Rückkehr aus Dubai kein einziges Mal bei mir gemeldet hatte, saß tief. Dabei hatte ich gewusst, dass es nach Abschluss des Deals keinen Grund mehr für ihn geben würde, mich zu kontaktieren. Aber ich hatte gehofft, dass er es trotzdem tat. So, wie ich jetzt hoffte, dass er am Flughafen auftauchte, um mich aufzuhalten.

Doch das waren bloß romantische Fantasien, die jeglicher Vernunft und Grundlage entbehrten. Mein Verstand wusste das, aber mein Herz weigerte sich, das zu akzeptieren. Mein Verstand hatte sich längst damit abgefunden, dass ich für ihn bloß ein Geschäft gewesen war. Mein Herz jedoch wollte unbedingt mehr.

Und als er mir heute Mittag im Paddock eröffnet hatte, dass auch er mich vermisste, hatte mein Herz neue Hoffnung und Kraft geschöpft.

Zumindest für einen winzigen Augenblick, bis mir klar wurde, dass Grayson nichts in seinem Leben für mich ändern würde. Er wollte, dass *ich* mich änderte. Dass ich mich ihm unterwarf und mich seinem Willen beugte. Dass ich *mein* Leben hintenanstellte, um Teil des seinen zu werden.

Nur so würde das mit uns funktionieren.

Aber darauf konnte und wollte ich mich nicht einlassen.

Eine Frau sollte niemals ihr Leben aufgeben, um einem Mann zu folgen. Was, wenn er sie eines Tages leid wurde und sie verließ? Dann stünde man ohne alles da.

Ich hatte zu viele Beispiele dieser Art gelesen, gehört und im Bekanntenkreis miterlebt, als dass ich mich auf so etwas einlassen würde.

Wenn ich Grayson Parker nicht wichtig genug war, dass er für mich Kompromisse einging, dann hatten wir keine Zukunft.

Und dass ihm sein Geschäft wichtiger war als ich, hatte er überdeutlich klar gemacht, indem er sich weigerte, nach Europa zu kommen, um dort mit mir über das zu reden, was er so dringend in Las Vegas besprechen wollte.

Ein Mann in seiner Position konnte jedes Meeting dieser Welt verschieben. Und er besaß eine verdammte Flotte von Privatjets, die ihn zu jeder Tages- und Nachtzeit dorthin brachten, wo er verlangte. Er war im Gegensatz zu mir nicht auf Linienflüge angewiesen. Er hätte also problemlos zu mir nach Europa kommen und von dort aus weiter nach Dubai fliegen können.

Wenn das, was er mit mir hatte besprechen wollen, tatsächlich so wichtig war, wie er behauptete, hätte er einen Weg gefunden, mich zu treffen.

Doch das wollte er nicht.

Und damit war alles gesagt, was es zu sagen gab.

Ich leerte mein Weinglas in einem Zug, wischte mir mit dem Handrücken wenig damenhaft über die Lippen und schnappte mir meinen Trolley. Die Business Class hatte zu boarden begonnen und die ersten Teammitglieder waren bereits eingestiegen.

Ich bemühte mich um ein neutrales Lächeln als ich mich in die Schlange einreihte, die Boardkarte und meinen Ausweis vorzeigte und die Schleuse betrat, die die Passagiere zum Flugzeug führte.

»Guten Abend, Miss«, begrüßte mich die Flugbegleiterin als ich einstieg und ihr meine Boardkarte reichte. »Gleich hier vorn links«, sagte sie und deutete auf meinen Sitzplatz.

Ich nickte, nahm meine Boardkarte wieder an mich und verstaute meinen Trolley im Gepäckfach.

Dann ließ ich mich in meinen Sitz fallen, setzte meine Kopfhörer auf und schloss die Augen, um jegliches Gespräch mit der Crew und mit meinen Kollegen zu vermeiden.

Meine Freundinnen hatten mir angeboten, mich nach dem Start mit ihnen im hinteren Teil der Maschine zu treffen, wo sich auf dem Deck der Business Class eine kleine Bar mit Sitzmöglichkeiten befand.

Doch ich hatte abgelehnt, weil sie mich zweifelsohne nach Grayson fragen würden und ich noch nicht bereit war, über ihn zu reden. Keine Ahnung, ob ich es jemals sein würde. Doch spätestens nach dem heutigen Aufeinandertreffen musste ich ihn mir aus dem Kopf schlagen.

Weiterhin darauf zu hoffen, dass ich in seinem Leben eine tragende Rolle spielte, wäre nicht nur absurd, sondern auch naiv.

Unsere gemeinsame Zeit hatte ihm etwas bedeutet, ja. Aber eben nicht genug, um daraus eine gemeinsame Zukunft entstehen zu lassen.

Damit würde ich leben müssen und ich konnte nur

hoffen, dass diese bittere Erkenntnis mit den Tagen, die verstrichen, weniger wehtun würde.

Morgen, wenn ich in Italien landete, markierte *Tag eins nach Grayson*.

Ich presste die Lippen fest aufeinander und unterdrückte ein Schluchzen, während ich mich fragte, wie viele *Tage nach Grayson* es wohl brauchen würde, bis ich mich wieder wie ich selbst fühlte. Denn gerade fühlte ich mich innerlich tot und verloren. Und das jagte mir eine Heidenangst ein.

Denn was, wenn das für immer so bleiben würde?

Was, wenn dieser Schmerz niemals vorbeiging?

Was, wenn mein gebrochenes Herz niemals heilen würde?

36
DAKOTA

»Ich habe uns für Freitagabend einen Tisch im *La Stella* reserviert«, informierte uns Kenzie und klatschte gut gelaunt mit Allegra ab.

»Tradition muss gewahrt werden, oder, Dakota?«

»Hmm«, murmelte ich zustimmend.

»Wirst du denn kommen?«, fragte mich Allegra hoffnungsvoll.

»Klar.«

»Bringst du auch dein Lachen mit oder hast du das nicht eingepackt?«, neckte mich Kenzie und verpasste mir einen Klaps auf den Arm.

»Ihr Lachen hat sie doch verloren. Schon vergessen?«, kicherte Allegra.

»Stimmt. Irgendwo zwischen Santa Monica und dem *LAX* ist es aus dem Auto gefallen und ins Meer gepurzelt. Schade drum.«

»Haha. Sehr witzig«, kommentierte ich.

»Hast du ihn angerufen?«, erkundigte sich Kenzie.

»Nein.«

»Ihm geschrieben?«, wollte Allegra wissen.

»Nein.«

»Du bist so ein Sturkopf«, klagten die beiden und untermalten ihre Zurechtweisung mit einem theatralischen Seufzen.

Wir befanden uns auf dem Weg zu dem Grand Prix von Monaco, der an diesem Wochenende im prunkvollen Fürstentum an der französischen Riviera ausgetragen wurde.

Weil die Distanz zwischen dem Firmensitz von *Titan Racing* und dem Fürstentum Monaco gerade einmal vierhundert Kilometer betrug, fuhren wir diese Strecke jedes Jahr mit dem Auto.

Riley war bereits am vergangenen Wochenende nach Monaco gereist, da Dante dort ein schickes Apartment am Hafen bewohnte. Sie und Dante wollten ein ausgedehntes Liebeswochenende miteinander verbringen, bevor uns allen einer der schwierigsten Grands Prix des Jahres bevorstand. Dante graute es vor Monaco, weil es zu den erbarmungslosesten und härtesten Rennstrecken der Welt zählte und uns graute es, weil die Gästelogistik und der Gästeansturm dort jedes Jahr von neuem einem absoluten Albtraum glichen.

Skye, die fünfte im Bunde, musste mit der Catering Crew bereits am Montag vor Ort sein, was bedeutete, dass Kenzie, Allegra und ich uns am heutigen Dienstag zu dritt auf den Weg machten.

Ich hatte gehofft, dass die beiden mich mit dem

leidigen *Grayson-Thema* in Ruhe lassen würden, aber nein, sie bohrten unermüdlich weiter in der Wunde.

Natürlich war ihnen nicht entgangen, dass sich meine Laune nach der Rückkehr aus Los Angeles nicht besserte, sondern zusehends verschlechterte. Sie löcherten mich tagein, tagaus nach dem Grund für meine miese Laune und so war ich irgendwann eingeknickt und hatte ihnen alle Details von dem Streit mit Grayson erzählt.

Ein fataler Fehler.

Denn meine Freundinnen schlugen sich allesamt auf Graysons Seite.

Sie behaupteten, ich hätte überreagiert und aus verletztem Stolz und gestautem Frust einen Streit vom Zaun gebrochen, der keinen Gewinner, sondern nur Verlierer bereithielt.

Tja, möglicherweise hatten sie damit recht.

Ich war müde, gestresst und überarbeitet gewesen. Dazu kam der enorme Druck, unter dem ich permanent stand.

Verständlicherweise hatte es deswegen kaum mehr als Graysons schnippische Unterstellung gebraucht, um das Fass zum Überlaufen zu bringen und all die gestaute Wut zum Vorschein zu bringen, die seit Monaten dicht unter der Oberfläche brodelte.

Der Herr pfiff und das Hündchen sprang.

Genauso hatte ich es in dem Moment, in dem er mich bat mit ihm nach Las Vegas zu fliegen, empfunden.

Nun, mit ein paar Wochen Abstand, sah ich das Ganze aus einer anderen Perspektive. Es musste

Grayson einiges an Mut und Überwindung gekostet haben, mir seine Gefühle zu gestehen. Wobei das nicht vollkommen der Wahrheit entsprach. Im Grunde genommen hatte er mir bloß gesagt, dass er mich vermisste und mich gebeten bei ihm zu bleiben und mit ihm zu kommen, um in Ruhe alles weitere zu besprechen.

Dank meines Wutanfalls würde ich wohl nie erfahren, was Grayson mir gesagt hätte, wenn ich mit ihm gegangen wäre.

Ob ich mir das jemals verzeihen konnte?

Ich wusste es nicht.

Meine Freundinnen drängten mich dazu, Grayson anzurufen oder ihm zu schreiben. Doch dazu fehlte mir schlichtweg der Mut. Ich schämte mich zu sehr. Und gleichzeitig bewies unser Streit, wie schwierig so etwas wie eine Beziehung zwischen uns sein würde.

Grayson und ich liebten unsere Jobs. Sie dominierten einen fundamentalen Teil unseres Lebens. Sie schenkten uns Erfüllung. Freude. Glück. Aber sie verlangten auch, dass wir Opfer brachten. Dass uns wenig Freizeit blieb. Dass wir unsere Liebsten kaum sahen. Dass wir uns mehr Tage im Jahr in Hotels, statt in unserem Zuhause aufhielten.

Keiner von uns beiden schien gewillt, seinen Job, seinen Lebenstraum, aufzugeben.

Wie also sollte das, was über Gelegenheitssex hinausging, zwischen uns funktionieren?

Womöglich hatte uns dieser Streit vor einer großen Dummheit bewahrt. Vor gebrochenen Herzen. Verlorenen Seelen. Vor Wunden, die niemals heilten.

Riley, Allegra, Kenzie und Skye bezeichneten mich als Pessimistin. Als Schwarzmalerin.

Doch was das anging, musste ich ihnen widersprechen.

Riley datete einen Rennfahrer, den sie jede Woche sah. Mit dem sie um die Welt reiste. Mit dem sie so gut wie immer in einem Bett schlief. Sie wusste nicht, wie schlimm es sich anfühlte, jemanden zu vermissen, den man alle paar Wochen oder gar Monate für ein paar Stunden zu Gesicht bekam.

Bei Allegra verhielt es sich nicht anders. Sie und Byron wohnten zusammen in New York, wenn sie nicht mit *Titan Racing* um die Welt gondelten. Und wenn Allegra von Italien aus arbeitete und dort ihre Familie besuchte, begleitete er sie oftmals.

Obwohl Kenzie und Skye stets betonten, sie seien glückliche Singles, glaubte ich, dass beide innerhalb der *Serie del Rey* etwas am Laufen hatten. Skye verbrachte auffallend viel Zeit mit dem langjährigen Manager von Dante. Und Kenzies reges Interesse für die Kollegen von *Racing Rosso* sprach ebenfalls Bände.

Meine engsten Freundinnen wussten also wie es sich anfühlte bis über beide Ohren verliebt zu sein. Aber sie konnten nicht nachvollziehen, wie es sich anfühlte in jemanden verliebt zu sein, der sich die meiste Zeit auf einem anderen Kontinent und in einer völlig anderen Zeitzone als man selbst befand.

Ich konnte mir nicht vorstellen, Grayson nur ein oder zwei Mal im Monat für ein Wochenende zu sehen. Und selbst diese Rechnung erschien mir optimistisch. Denn für gewöhnlich verbrachte ich zwei bis drei

Wochenenden pro Monat bei einem *Serie del Rey* Rennen rund um den Globus.

Also nein. Ich war ganz sicher keine Pessimistin. Realistin traf es wohl eher.

Eine Realistin mit Hang zur Romantik und Tragik, wie es schien.

Ich hatte meine fehlende Hälfte gefunden. Den Mann, der mich komplettierte. Den Mann, der alles verkörperte, was ich mir von meinem Partner erhoffte. Den Mann, in dessen Gegenwart ich das Glück förmlich in den Händen hielt.

Aber ich konnte lediglich mit ihm zusammen sein, wenn ich einen wichtigen Teil von mir aufgab. Einen Teil, der mich erfüllte. Einen Teil, der mich definierte, mich auszeichnete.

Egal wie ich es drehte und wendete, ich kam auf keinen grünen Zweig.

Für Grayson und mich schien das Leben kein Happy End vorgesehen zu haben.

Doch vielleicht war es genau das, was das Leben mir damit sagen wollte: Dass das Leben nicht für alle ein Happy End bereithielt.

37
GRAYSON

»D u verreist? Davon stand gar nichts im Kalender?« Maxwell schaute sich stirnrunzelnd in meinem Wohnzimmer um. »Sind das etwa *Badeshorts*? Mir war nicht bewusst, dass du Freizeitkleidung dieser Art kennst, geschweige denn besitzt.«

Ich ignorierte ihn und warf die letzten Kleidungsstücke in meine Reisetasche.

»Zu welchem Businessmeeting ziehst du denn kurze Hosen und Flip-Flops an?« Maxwells' Augen weiteten sich zusehends.

»Ich fahre in Urlaub«, informierte ich ihn knapp.

»In Urlaub? *Du*?«

»Ja, ich. Hast du was dagegen?«

Max steckte die Hände in die Hosentaschen und ließ sich auf die Couch plumpsen. »Nö. Aber ich frage mich, ob du unheilbar krank bist und noch einmal das

Meer sehen willst, bevor du das Zeitliche segnest. Ein anderer Grund, aus dem du freiwillig Urlaub machst, fällt mir nämlich nicht ein.«

»Du übertreibst mal wieder maßlos.«

»Ich und übertreiben? Wann hast du das letzte Mal freiwillig Urlaub genommen?«

»Weihnachten.«

»Freiwillig, Gray. Und nicht, weil dich unsere Eltern mit ihrer *Vielleicht-ist-es-das-letzte-Weihnachts-fest-zusammen-wir-sind-ja-auch-nicht-mehr-die-Jüngsten*-Leier unter Druck gesetzt haben.«

»Weiß nicht. Hatte viel zu tun.«

»Und jetzt hast du nicht viel zu tun? Jetzt, da das Orient Projekt an Fahrt aufnimmt?«

»Ich habe alles organisiert, keine Sorge. Das Projekt wird wie gewohnt weiterlaufen, während ich weg bin.«

»Das klingt erschreckend dramatisch. Wie lange hast du vor, wegzubleiben?«

»Eine Woche. Vielleicht länger. Das hängt nicht allein von mir ab.«

»Von wem denn noch?«

Ich warf ihm einen genervten Blick zu. Er kannte die Antwort und brauchte trotzdem die Genugtuung, es aus meinem Mund zu hören.

»Dakota.«

»*Dakota.* Du meinst doch nicht zufällig die Dakota, die dich in Los Angeles zusammengefaltet und in die Schranken gewiesen hat?«

»Kennst du noch eine andere?«

»Keine, die mir so im Gedächtnis geblieben ist wie die kleine *Miss Perfect*, nein.«

»In wichtigen Fällen erreichst du mich auf dem Handy. Betonung auf *wichtig*, Max.«

»Ich werde dich ganz sicher nicht bei der Rückeroberung deiner Ehefrau stören und ich werde alle anderen anweisen, es ebenfalls nicht zu tun. Du kannst dich auf mich verlassen.«

»Danke, Max.«

»Dank mir erst, wenn du und das *Carolina Girl* euch zusammengerauft habt.«

Ich klopfte meinem Bruder auf die Schulter und zog den Reißverschluss meiner Reisetasche zu.

»Grayson?«

»Hm?«

Ich warf mir die Reisetasche über die Schulter und setzte meine schwarze Basecap auf.

»Viel Erfolg. Du tust das Richtige. Geh und hol sie dir.«

Ich betrat das vornehme Hotel im Stadtteil *Larvotto*, in dem das Team während des Grand Prix von Monaco wohnte und hielt nach Dakota Ausschau.

Der *Serie del Rey* Grand Prix von Monaco besaß die Besonderheit, dass die ersten beiden Trainingsrunden nicht wie bei allen anderen Rennen im Kalender an einem Freitag, sondern schon am Donnerstag stattfanden.

Am Freitag herrschte aus diesem Grund keine Action auf der Rennstrecke. Erst am morgigen Samstag würde es mit dem dritten Trainingslauf und der Qualifikation weitergehen.

Aus diesem Grund hatte ich gehofft, Dakota heute am frühen Abend in ihrem Hotel anzutreffen.

Doch ich fand sie weder in der Lobby noch an der Bar und auch nicht im Fitnessstudio oder dem Restaurant des Hotels.

Ich vermied es, sie auf ihrem Zimmer anrufen zu lassen, weil ich befürchtete, sie würde mich wegschicken, ohne mich anzuhören.

Also setzte ich mich in einen der futuristischen Ohrensessel und drehte ihn so, dass ich den Eingang des Hotels und die Aufzüge im Blick behielt.

Nach einer Weile war es nicht Dakota, die durch die Drehtüren das Hotel betrat, sondern Allegra und Byron.

»Grayson«, begrüßte mich Byron überrascht, als er mich entdeckte und kam mit Allegra im Schlepptau auf mich zu.

Den verschwitzten Sportsachen und den erhitzten Gesichtern nach zu urteilen, waren die beiden soeben von einer Joggingrunde durch Monaco zurückgekehrt.

»Ich wusste nicht, dass Sie nach Monaco kommen.«

Er wandte sich fragend an Allegra, die irritiert den Kopf schüttelte. »Ich auch nicht.«

»Es war eine spontane Idee. Ich brauchte ein paar

Tage Abstand und habe mich für einen Urlaub an der Riviera entschieden. Bei der Gelegenheit wollte ich mir das weltberühmte Rennen von Monaco ansehen.«

»Klingt nach einem perfekten Plan. Steht Ihnen der Sinn nach einem Dinner? Allegra lässt mich heute Abend nämlich im Stich. Mädelsabend. Wenn Sie also nichts dagegen haben, meine zweite Wahl zu sein, lade ich Sie gern zu dem besten Italiener in Monaco ein.«

»Mädelsabend?«, erkundigte ich mich gespielt beiläufig.

»Mit Dakota, Riley, Kenzie und Skye«, sagte Allegra und zwinkerte mir zu. »Im *La Stella*. Am Strand, nicht weit vom Hotel. Wir treffen uns um acht Uhr, aber Dakota habe ich eben schon dort sitzen sehen, als Byron und ich an der Promenade entlanggejoggt sind.«

»Dann wünsche ich euch einen schönen Mädelsabend. Und danke für das Angebot, Byron. Den besten Italiener von Monaco würde ich mir nur ungern entgehen lassen.«

»Das freut mich. Wo steigen Sie ab?«

»Ich habe eine Yacht gechartert. Sie liegt im Hafen. Aber ich treffe Sie hier, da ich noch einen Termin in der Gegend habe. Selber Ort, acht Uhr?«

»Deal«, nickte Byron. »Bis später.«

Ich sah den beiden gedankenverloren hinterher, wie sie, den Arm um die Taille des anderen geschlungen, auf den Fahrstuhl zu schlenderten und dabei so vertraut und verliebt wirkten, dass ich es keine Sekunde länger in diesem Hotel aushielt.

Ich musste zu Dakota.

Und jetzt, da ich wusste, wo ich sie finden konnte, hatte ich keine Zeit mehr zu verlieren.

»So eine schöne Frau wie Sie sollte den Abend nicht allein verbringen. Darf ich mich zu Ihnen setzen und Sie zu einem Cocktail einladen?«

Ich ballte die Hände zu Fäusten, als ich die Anmache des Typs hörte, der soeben an Dakotas Tisch herangetreten war.

Dakota saß unter einem breiten, weißen Leinensonnenschirm an einem der aus Treibholz konstruierten Holztische und blickte gedankenverloren auf das Meer hinaus, das zwanzig Meter entfernt von ihr in kleinen Wellen an den Strand rollte.

»Sie verbringt den Abend nicht allein. Aber danke für Ihre Fürsorge«, knurrte ich und trat neben den Typen mit den affigen Bootsschuhen und der goldenen Rolex.

»Und Sie sind?«, raunzte mich das Papasöhnchen an.

»Ihr *Ehemann*.« Ich hielt dem Kerl die Faust mit meinem Ehering unter die Nase.

»Oh, wenn das so ist ...«

»... würde ich Sie jetzt bitten, den Abflug zu machen und meine Frau nicht länger zu belästigen.«

Der Typ zog mit eingezogenem Schwanz von

dannen und ich widmete mich Dakota, die mich mit offenem Mund anstarrte.

»Hi.« Ich ließ mich ungefragt auf den Stuhl ihr gegenüber gleiten.

»Was machst du hier?«, flüsterte sie verblüfft.

»Dir sagen, dass du mich so einfach nicht loswirst. Ich liebe dich, Dakota. Du musst schon schwerere Geschütze auffahren, wenn du mich vergraulen willst.«

Bei meinen Worten füllten sich ihre Augen mit Tränen. Sie wandte eilig den Blick ab und blinzelte sie weg.

»Du liebst mich?« Ihre Stimme zitterte verdächtig.

»Ich liebe dich und du liebst mich. Die perfekte Voraussetzung für eine Beziehung. Und da du nicht nach Las Vegas kommen wolltest, um die Details unserer Beziehung mit mir zu besprechen, komme ich eben nach Europa zu dir. Das hattest du selbst vorge-schlagen, wenn ich mich nicht irre?«

»Unsere Beziehung?«

»Ja, unsere Beziehung. Denn das ist es doch, was wir beide wollen. Ich habe keine Kraft mehr, meine Gefühle für dich zu leugnen und mich ihnen zu verschließen, weil es kompliziert ist. Ich will nicht mehr weglaufen. Und auf Gelegenheitssex mit dir habe ich keine Lust, wenn ich nicht auch deine Liebe bekommen kann. Ich hätte dir das bereits viel früher sagen müssen. Dann wären all die Frustration und Schmerzen, die in Los Angeles ans Tageslicht gekommen sind, gar nicht erst entstanden. Aber jetzt bin ich hier, Dakota. Und ich will alles. Alles oder nichts. Entweder wir gehen beide *All In* oder wir lassen es ein für alle Mal.«

»Wie soll das funktionieren, Grayson? Wie können wir unsere Jobs und eine Beziehung unter einen Hut bekommen?«

»Es wird nicht einfach, so viel ist klar. Und wir müssten beide Kompromisse eingehen. Ich würde meine Termine so legen, dass ich dich während der Rennen in Kanada, den USA und dem Orient begleiten kann. Im Gegenzug würdest du an den rennfreien Wochenenden so oft wie möglich zu mir nach Las Vegas kommen und mit Byron, deinem Chef, verhandeln, dass du während der rennfreien Wochen ab und an von Las Vegas aus arbeiten darfst.«

Ich beobachtete aufmerksam Dakotas Reaktion auf meine Worte.

»Weiter«, drängte sie und gab mir das Zeichen, auf das ich gehofft hatte.

»Byron und Allegra leben in New York. Das hat er mir selbst erzählt. Er erlaubt ihr, von den USA aus zu arbeiten, damit sie auch außerhalb der Rennwochenenden zusammen sein können, weil Byron aufgrund seiner Firma an New York gebunden ist. Es gibt keinen Grund, einer seiner Mitarbeiterinnen dieses Recht zu gewähren, es einer anderen aber zu verwehren. Natürlich würde das bedeuten, dass du nicht mehr alle Events selbst betreuen kannst. Du müsstest delegieren. Und ich ebenfalls. Ich würde nicht mehr so viel reisen und sicherstellen, dass wir beide zum gleichen Zeitpunkt in Las Vegas sind. Vielleicht könntest du dir auch vorstellen, nicht mehr bei allen Rennen vor Ort zu sein, sondern lediglich bei den Rennen, die dir am Herzen liegen und bei denen du wichtige Events und Gäste zu managen hast.«

Dakota schwieg. Ich konnte ihre Miene nicht deuten, was mich verunsicherte. Aber ich hatte damit angefangen und nun würde ich es bis zum Ende durchziehen.

»Mein Jet steht dir zur Verfügung. Somit bist du nicht auf die Flugzeiten und Verbindungen der Airlines angewiesen. Du hast Anspruch auf dreißig Tage Urlaub im Jahr. Lass sie uns gemeinsam verbringen. Wenn du deine Familie in North Carolina besuchen willst und ich dich begleiten darf, arbeite ich während dieser Zeit von dort aus.«

Dakota schwieg noch immer. Sie rieb sich müde die Augen. Insgesamt machte sie einen erschöpften und niedergeschlagenen Eindruck auf mich.

Das kam mir nur allzu bekannt vor. Denn mir war es seit unserem Streit in *L.A.* vor ein paar Wochen nicht anders ergangen.

»Machen wir uns nichts vor: Wir werden uns nicht so oft sehen, wie normale Paare. Aber ich schätze, dass wir es auf ein bis zwei Wochen im Monat bringen können. Ich werde dich während der Wochen, in denen wir uns nicht sehen, zwar jede Minute vermissen, doch ich bin bereit es auszuhalten, weil wenig Zeit mit dir immer noch besser ist, als keine Zeit mit dir. Das ist mir in den vergangenen Monaten klar geworden. Ich will dich in meinem Leben, Dakota. Du bist so perfekt für mich, dass ich es lange Zeit nicht glauben und akzeptieren konnte. Aber jetzt sitze ich hier vor dir und bitte dich, mir eine Chance zu geben. Uns eine Chance zu geben. Mich zu lieben. Noch einmal ganz von vorn anzufangen.«

»Bist du sicher, dass du das tun willst?« Dakota wischte sich die hartnäckigen Tränen aus den Augenwinkeln.

»Ich war mir einer Sache noch nie so sicher im Leben. Die Frage ist: Willst du es? Bist du bereit, mir entgegenzukommen? Mich in der Mitte zu treffen? Du musst dich nicht sofort entscheiden. Ich habe eine Yacht samt Crew gechartert. Sie liegt im Hafen von *La Condamine,* hier in Monaco. Die *Blue Falcon.* Am Sonntagabend um zehn Uhr lege ich ab. Ich fahre ein paar Tage die Küste Liguriens entlang und gehe in Portofino von Bord. Wenn du mitkommen willst, würde ich mich sehr freuen. Wenn du nicht kommst, werde ich dich in Ruhe lassen und dieses Thema nie wieder anschneiden. Ich werde mir eine plausible Geschichte für meine Geschäftspartner ausdenken, ihnen erzählen, dass wir nicht länger zusammen sind, selbst wenn das bedeutet, dass ich die Prinzen damit verärgere oder womöglich vergraule.«

»Warum ich, Grayson? Warum würdest du all diese Einschnitte in dein Leben ausgerechnet für mich machen?«

»Weil ich dich liebe, Dakota.«

»Aber warum? Was siehst du in mir?«

»Dasselbe, das du in mir siehst. Erinnerst du dich noch an unser gemeinsames Abendessen in Dubai einen Tag vor Silvester? Als wir unsere angebliche Liebesgeschichte besprochen haben? Ich habe dich gefragt, was du an mir findest und warum du dich ausgerechnet in mich verliebt hast. Und du hast geantwortet ...«

»... Dein messerscharfer Verstand fordert mich heraus. Er spornt mich zu Höchstleistungen an. Pusht mich aus meiner Komfortzone. Dein Wissen und dein Geschick, alles so zu drehen, wie du es willst, faszinieren und provozieren mich gleichermaßen. Ich bewundere die Liebe und die Hingabe, die du deinem Job entgegenbringst und die Opfer, die du bereit bist, dafür zu bringen. Darüber hinaus hast du einen appetitlichen Körper und bist außerordentlich talentiert darin, mich damit zu verwöhnen«, beendete sie die Ausführung für mich. »Ich erinnere mich noch an jedes Wort.«

»Genauso wie ich. Ich habe nichts vergessen, Dakota. Nichts von dem, was zwischen uns war. Und vor allem habe ich *dich* nie vergessen. Keine Sekunde. Bloß weil ich mich nicht bei dir gemeldet habe, bedeutet das nicht, dass ich nicht an dich gedacht habe. Und zwar weit mehr, als gut für mich war.«

Ich erhob mich und nickte den Freundinnen von Dakota zu, die soeben breit grinsend über den maritimen Holzsteg die Terrasse des Restaurants betraten.

»Sonntagabend. Zehn Uhr. *Blue Falcon*. Ich hoffe du wirst da sein.«

38
DAKOTA

»Ist das romantisch«, schwärmte Skye mit verzücktem Gesicht, als ich meine Erzählung über Graysons überraschtes Auftauchen und sein unverhofftes Liebesgeständnis beendete.

Die Mädels hatten mich so lange beschwatzt, bis ich es nicht mehr länger aushielt und ihnen von meiner Begegnung mit Grayson berichtete.

Die Inquisition der vier Nervensägen ließ meinen Kopf qualmen und mein Herz rasen.

»Was hast du jetzt vor, Dakota?«, fragte Allegra und nippte nachdenklich an ihrem Wein.

»Ich ... weiß es ehrlich gesagt nicht. Das kam alles so plötzlich. So unerwartet. Ich muss es erst mal sacken lassen und mich davon überzeugen, dass ich nicht träume.«

»Für mich liegt die Antwort auf der Hand: Geh zu ihm. Fahr mit ihm. Der Mann ist um die halbe Welt geflogen, um dir persönlich zu sagen, was er für dich empfindet. Und das, *nachdem* du ihn in Los Angeles hast im Regen stehen lassen«, drängte Riley.

Kenzie nickte stoisch und bekräftigte Rileys Aussage. »Wieso glaubst du, hat er eine Yacht gechartert, um die italienische Küste entlang zu schippern? *Wegen dir.* Damit ihr beide mal ungestört Zeit miteinander verbringen könnt. Nur du und er. Du weißt selbst am besten, wie schwer es ist, sich in den Positionen, in denen ihr euch befindet, Urlaub zu nehmen. Er hat alles stehen und liegen lassen. *Für dich*, Dakota.«

»Hört ihr euch eigentlich selbst zu? Dann wisst ihr nämlich, wie vollkommen *verrückt* das klingt. Bisher sind alle Männer vor mir geflüchtet. *Alle.* Sobald es um mehr als um Sex ging, wurde es ihnen zu kompliziert. Sie ergriffen schneller die Flucht, als ich das Wort *Beziehung* aussprechen konnte.«

»Das liegt daran, dass keiner von ihnen der Richtige für dich war. Man spricht ja nicht umsonst von der einen, großen Liebe. Manche Menschen suchen ihr ganzes Leben lang, ohne ihren Seelenverwandten jemals zu finden«, erklärte Allegra.

»Du liebst Grayson. Du weißt das, er weiß das und wir wissen es auch. Er hat dich von Anfang an verzaubert und dich seitdem nicht mehr losgelassen. Im Gegenteil. Mit jedem Zusammentreffen, jeder Auseinandersetzung und jedem Kuss, hat er dich mehr in seinen Bann gezogen. Ich kann das gut nachvollziehen. Denn mir ging es mit Dante genauso.« Riley lächelte selig und nestelte an dem Armband, das Dante ihr geschenkt hatte.

»Ich habe eine Heidenangst.«

»Wovor?«

»Davor, dass wir es miteinander versuchen, es aber nicht funktioniert und Graysons Verlust mir mein Herz zerfetzt.«

Kenzie drehte gedankenverloren den Stiel ihres Weinglases zwischen den Fingern. »Was ist denn die Alternative? Dass ihr es nicht miteinander versucht und du dich bis an dein Lebensende fragst, was gewesen wäre, wenn du mehr Mut gehabt hättest, etwas zu riskieren?«

»Du musst dich fragen, ob du bereit bist, dein Leben ohne Grayson zu leben. Denn wenn du am Sonntagabend nicht am Hafen auftauchst, dann war es das, Dakota. Endgültig.«

Die Sonne verschwand hinter den schroffen Felsen, die die Häuserschluchten des elitären Fürstentums umrahmten und räumte ihren Platz für die anbrechende Nacht.

In den letzten beiden Stunden war es still geworden.

Die Zuschauerscharen hatten sich nach einem ereignisreichen Rennen langsam aufgelöst. Die abgesperrten Straßen wurden wieder für den normalen Straßenverkehr geöffnet und kaum etwas deutete noch darauf hin, dass bis vor wenigen Stunden eines der aufregendsten und beliebtesten Motorsport Events des Jahres in dem zwei Quadratkilometer großen Monaco ausgetragen worden war.

Das Piepsen der Gabelstapler, die die abgebauten Gerüste zu den bereitstehenden LKWs fuhren und der Bass der Musik, der aus einer Bar unweit der *Rascasse* in den Paddock herübergetragen wurde, störten als einzige die Ruhe nach dem Sturm.

Ich stützte mich mit den Unterarmen auf der Brüstung der Terrasse unseres Motorhomes ab und blickte auf die gegenüberliegende Seite des Hafens.

Dort lag sie, die *Blue Falcon*.

Woher ich das wusste?

Erstens war die Yacht nicht zu übersehen.

Und zweitens musste ich Toni, Byron und Oliver gestern Abend zu einem Umtrunk dorthin begleiten.

Grayson hatte barfuß in Shorts und T-Shirt auf der Couch gesessen und entspannt mit meinen Chefs geplaudert. Ich musste mich regelrecht dazu zwingen, ihn nicht permanent anzustarren.

Als ich mich mit der Entschuldigung, ich müsse mich frischmachen, auf das untere Deck verabschiedete, folgte mir Grayson unauffällig. Er holte mich am Fuße der Treppe ein und drängte mich mit seinem muskulösen Körper gegen die kühle Glasfront. Seine Hände legten sich auf die meinen. Sein Atem streifte heiß und voller Verlangen meinen Hals. Sein gequältes Stöhnen ließ mich Erschaudern. Und sein erigierter Schwanz, der sich hungrig an meinem Po rieb, führte mir schmerzlich vor Augen, wie sehr ich diesen Mann wollte. Wie sehr ich ihn brauchte. Seine

Liebe. Seinen Verstand. Seine Dominanz. Seine Berührungen.

Obwohl er kein Wort sagte, konnte ich die Verzweiflung und die Angst, die von ihm ausgingen, mit jeder Faser meines Körpers spüren.

Ich hatte mich zu ihm umgedreht, sein Gesicht in meine Hände genommen und meine Lippen auf die seinen gelegt.

»War das ein Abschied oder ein Versprechen, Dakota?«, hatte Grayson geflüstert, als wir uns Minuten später voneinander lösten.

Ich war ihm die Antwort schuldig geblieben.

»Dante und ich gehen jetzt.« Riley betrat mit Dante im Schlepptau die Terrasse des Motorhomes und kam zu mir herüber.

»Byron und ich ebenfalls.« Allegra und Byron erhoben sich von dem Tisch, an dem sie bis eben einen Absacker getrunken hatten und gesellten sich zu Riley und Dante.

»Was ist mit dir, Dakota?«, erkundigte sich Riley.

Ich warf einen letzten Blick über meine Schulter zu der *Blue Falcon* und atmete tief durch. »Byron, das kommt vielleicht ein wenig überstürzt, aber kann ich ein paar Tage Urlaub nehmen?«

»Ich dachte schon du fragst nie«, grinste Byron und legte den Arm um Allegras Schulter.

»Nun geh endlich. Und den Rest besprechen wir, wenn du wieder da bist.«

»Woher ...?«, setzte ich an.

»Das fragst du jetzt nicht im Ernst, oder? Es ist nicht zu übersehen, Dakota«, gluckste Dante und warf sich einen Kaugummi in den Mund.

»Worauf wartest du noch?« Riley gab mir einen Klaps auf den Po und reichte mir meine Reisetasche, die neben uns auf dem Boden stand. »Lauf los und hol ihn dir.«

Das musste sie mir nicht zweimal sagen.

Ich rannte so schnell mich meine Beine trugen den Paddock hinunter zur Hafenpromenade und ließ dabei die *Blue Falcon* nicht aus den Augen.

Meine Handfläche schmerzte von den Griffen der Reisetasche, die beim Laufen gegen meine Haut scheuerten.

Es war mir egal.

Meine Schulter schmerzte unter dem Gewicht in meiner Hand.

Ich ignorierte es.

Meine Armmuskeln bettelten darum, dass ich ihnen eine Pause gönnte.

Ich tat es nicht.

Meine Lungen brannten wie Feuer und signalisierten mir, langsamer zu laufen.

Ich blendete es aus.

Die *Blue Falcon* und der Mann, der dort auf mich wartete, waren das Einzige, was mich interessierte. Das Einzige, was zählte. Das Einzige, für das ich anhalten würde.

Ich schenkte meiner Umgebung keinerlei Beachtung, da mein Blick fest auf die hellblaue Yacht, die immer näherkam, geheftet war.

Mich trennten nur noch zweihundert Meter von Grayson, als ich mit Karacho gegen einen harten Widerstand prallte und das Gleichgewicht verlor.

»Wohin so eilig?«, hörte ich eine mir vertraute Stimme an meinem Ohr.

Ich riss die Augen von der *Blue Falcon* los und sah zu der Person, die mich soeben davor bewahrt hatte, unsanft auf den Asphalt zu segeln.

»*Grayson*!« Mein Herz machte einen doppelten Salto. »Was tust du hier?«

Er strich mir mit seinen Fingern über die Wange und lächelte. »Ich war auf dem Weg zu dir.«

»Auf dem Weg zu mir?«

»Ich wollte dich holen, Dakota. Du glaubst doch nicht, dass ich Monaco ohne dich verlassen hätte?«

Er nahm mir meine Tasche ab und umschlang meine Hand. Behutsam führte er meine Finger an seinen Mund und küsste jeden einzelnen davon.

»Ich habe mir Urlaub genommen«, platzte es aus mir heraus.

»Heißt das, dass du mit mir nach Italien kommst?« Bei Graysons hoffnungsvollem Tonfall zog sich mein Herz voller Vorfreude zusammen.

»Wenn du mich noch immer willst?«

»Du kannst dir nicht vorstellen wie sehr. Ich liebe dich, Dakota.«

»Ich liebe dich auch«, gestand ich ihm das Offensichtliche.

Graysons Augen verdunkelten sich gefährlich bei meinem Geständnis. »Wie wäre es, wenn wir gemeinsam den Whirlpool auf dem Sonnendeck einweihen und du diese Worte noch einmal wiederholst, während du mit gespreizten Beinen auf meinem Schoß sitzt?

»Perfekt«, flüsterte ich. »Absolut perfekt.«

EPILOG – DAKOTA

7 MONATE SPÄTER

»Als ich das letzte Mal vor etwas mehr als einem Jahr auf diesem Platz gesessen habe, bin ich am nächsten Morgen mit einem mörderischen Kater und einem Ring am Finger aufgewacht.«

Ich schüttelte den Kopf bei dieser Erinnerung und sah zum Bellagio hinüber, das sich majestätisch über den tanzenden, in goldenes Licht getauchten Fontänen, erhob.

Grayson strich über mein Handgelenk und schmunzelte bei der Erinnerung an unsere *Pretend Wedding*.

Im letzten halben Jahr hatte ich regelmäßig Zeit in Las Vegas verbracht und nicht selten waren Grayson und ich nach Feierabend Hand in Hand über den Strip geschlendert und hatten den kitschigen Glitzer, die bunten Lichter und die vibrierende Atmosphäre von *Sin City* auf uns wirken lassen.

Dennoch kehrten wir heute zum ersten Mal seit unserem Besuch vor einem Jahr wieder in Graysons Restaurant gegenüber des *Bellagio* ein.

Es war Graysons Wunsch gewesen, dass wir hier zu Abend aßen.

Ausgerechnet an Silvester.

Er hatte sämtliche Einladungen, Silvester auf den exklusivsten Partys in Las Vegas, Miami, New York, Paris, Sydney und sogar Rio zu feiern, abgelehnt und mich darum gebeten, dass wir den letzten Abend des Jahres gemütlich und entspannt in Las Vegas verbrachten.

Kein Empfang. Keine Party. Keine Geschäftspartner. Keine Freunde. Und keine Familie. Nur er und ich.

Nach den stressigen, arbeitsreichen Monaten, die hinter uns lagen, kam mir dieser Vorschlag gerade recht. Deshalb musste mich Grayson nicht einmal überreden, damit ich seiner Bitte zustimmte.

Während unserer Reise entlang der ligurischen Küste hatten Grayson und ich die ersten Tage ausnahmslos damit verbracht, uns an allen erdenklichen Orten zu lieben.

Bei dem Gedanken an unsere Experimentierfreudigkeit, stieg mir die Schamesröte in die Wangen. Wenn wir uns ineinander verloren, vergaßen wir, wo wir uns befanden. Wir kannten keine Grenzen. Keine Tabus. Keine Hemmungen.

Als wir in Portofino von Bord gingen, beschlossen wir, einen Plan auszuarbeiten. Ein Plan, der uns erlaubte, Beruf und Privatleben so zu vereinen, dass keiner von uns dabei auf der Strecke blieb. Wir kehrten in einem der schnuckeligen italienischen Restaurants am winzigen Hafen von Portofino ein und kritzelten unsere Ideen auf die rot-weiß karierte Papiertischdecke, die wir uns nach einem köstlichen, ausgedehnten Abendessen einpacken ließen. Nach unserer Rückkehr in die Staaten hingen wir das außergewöhnliche Souvenir in Graysons Wohnzimmer auf. Als Erinnerung an unseren ersten gemeinsamen Urlaub und als visuellen Ansporn, unseren Plan in die Tat umzusetzen.

Maxwell bereitete es einen Heidenspaß, uns mit unserem speziellen *Visionboard* aufzuziehen, aber hinter seinen Neckereien erkannte ich aufrichtigen Respekt für unser gemeinsames Projekt.

Seit unserer Rückkehr aus Portofino hatten wir unermüdlich an der Umsetzung dieses Plans gearbeitet. Er sah vor, dass ich ab der kommenden Saison die Verantwortung für all unsere amerikanischen und kanadischen Sponsoren übernahm und die Betreuung der europäischen und asiatischen Sponsoren an mein fünfköpfiges Team abgab.

Dieser Tausch ermöglichte es mir, überwiegend von Las Vegas aus zu arbeiten, wo ich mich in derselben Zeitzone mit meinen Sponsoren befand und sowohl spontan als auch binnen weniger Stunden bei ihnen vorbeischauen konnte. Da mit *Parker Resorts & Spas,* sowie den Technologieriesen *Pear* und *Hawk Enterprise* drei unserer größten Sponsoren zu dem amerikanischen Portfolio gehörten, segnete Byron diesen Vorschlag ohne Einwände ab. Zum Glück zeigte mein Boss viel Verständnis für meine Situation. Denn vor nicht allzu langer Zeit standen er und Allegra vor ganz ähnlichen Herausforderungen.

Für unseren Ölsponsor mit Sitz in den Emiraten würde ich weiterhin verantwortlich sein, damit ich Grayson bei seinen Reisen dorthin begleiten konnte.

Außerdem würde ich statt der üblichen dreiundzwanzig Rennen ab der kommenden Saison bei den wenig frequentierten Veranstaltungen aussetzen und zwei meiner fleißigen Account Managerinnen die Chance geben, sich zu bewähren und mich würdig zu vertreten.

Grayson seinerseits hatte einen seiner fähigsten Mitarbeiter zum Projektmanager des *Orient Deals* befördert. Dieser vertrat Grayson regelmäßig vor Ort und entlastete ihn in seinem Reisepensum.

Zu allen amerikanischen und kanadischen Rennen begleitete mich Grayson. Während ich tagsüber im Paddock arbeitete, traf er sich mit seinen lokalen Geschäftspartnern und Kunden, die er nach getaner Arbeit oftmals an die Strecke einlud. Ein Angebot, das alle Parteien sehr gerne annahmen.

Nachdem Allegra eine Beziehung mit Byron, dem Teammanager von *Titan Racing* eingegangen war und sich Riley in unseren Starfahrer Dante Di Santo verliebte, hatte Toni bloß amüsiert gegrinst, als ich ihm von Grayson und mir erzählte. Ihn konnte so leicht nichts mehr schocken. Abgesehen von Kenzie und ihrer fatalen Leidenschaft für *Racing Rosso*.

Zum ersten Mal seit meiner Beförderung zur Sponsorenchefin vor drei Jahren legte ich Wert darauf, alle Urlaubstage, die mir zustanden, restlos in Anspruch zu nehmen. Auch für Grayson war es eine neue Erfahrung, das Zepter seines Imperiums für ein paar Tage abzugeben und zu entdecken, dass es nicht nur Spaß machte, Geld zu verdienen, sondern auch, es auszugeben.

Wir verbrachten zwei wundervolle Augustwochen in Schweden, wo die Sonne nahezu vierundzwanzig Stunden am Tag schien und gönnten uns nach dem Saisonfinale in Abu Dhabi eine Woche Skiurlaub in Aspen.

Alles in allem konnte man sagen, dass unser hart erarbeiteter Plan Früchte trug. Wir hatten beide Kompromisse eingehen müssen und einander Zugeständnisse gemacht.

Überraschenderweise kam es mir jedoch nicht so vor, als hätte ich dadurch etwas verloren. Im Gegenteil. Ich fühlte mich erfüllter, zufriedener und glücklicher als je zuvor.

Ich ging mit einem Mann durchs Leben, den ich abgöttisch liebte. Der an mich glaubte, wenn ich es nicht tat. Der mich pushte, wenn ich drauf und dran war, aufzugeben. Der mich aufbaute, wenn ich hinter meinen Erwartungen zurückblieb. Der mich tröstete, wenn es mir nicht gut ging. Der mich ausgiebig verwöhnte, wenn ich entspannen musste. Der mich herausforderte, wenn ich an mir zweifelte. Der mit mir meine Erfolge feierte und mich bei meinen Niederlagen auffing. Der mich öfter und härter kommen ließ, als es mein Körper verkraften konnte.

Die Klänge von *Luciano Pavarottis* Version von »Rondine al nido« rissen mich aus meinen Gedanken.

Ich schaute hinüber zu den Fontänen, die bei diesem zutiefst emotionalen Song in einem goldenen Lichtermeer rhythmisch zu tanzen begannen und sich anmutig im Takt der Melodie bewegten.

Verzaubert von diesem magischen Schauspiel tastete ich auf dem Tisch nach Graysons Hand, griff jedoch ins Leere. Ich warf einen verwunderten Blick auf den Platz, auf dem er noch vor einer Minute gesessen hatte.

Er war leer.

Suchend sah ich mich nach ihm um und erstarrte, als ich ihn unmittelbar neben mir auf dem Boden kniend entdeckte.

Mein Herz setzte aus und ich rang erschrocken nach Luft. Meine Augen wurden feucht. Angestrengt versuchte ich, nicht auf der Stelle loszuheulen.

»Was tust du da?«, keuchte ich mit tränenerstickter Stimme.

»Nach was sieht es denn aus?«, lächelte Grayson und legte meine Hand in die seine.

»Dakota Bennet, ich würde dich gerne um Erlaubnis bitten, dir die Sterne vom Himmel zu holen. Ich möchte dir Las Vegas und die ganze Welt zu Füßen legen. Dir ein Schloss bauen. Ein Königreich für dich erschaffen und dich zu meiner Königin machen. Ich liebe dich so sehr, dass ich mit dieser Frage keine Sekunde länger warten kann. Bitte heirate mich. Lass uns das neue Jahr als Mann und Frau willkommen heißen. Ganz offiziell. Und bei vollem Bewusstsein.«

Grayson zwinkerte mir bei den letzten Worten schelmisch zu und küsste zärtlich meine Hand.

Er öffnete die kleine Schachtel, die er in der rechten Hand hielt und zum Vorschein kam der Ring, in den ich mich in Portofino unsterblich verliebt hatte.

Ein schlichter Goldring mit einem gelben, rosafarbenen, hellblauen, orangenen, pinken und grünen Saphir. Die Farben der historischen Pastellhäuschen, die sich in der idyllischen Bucht von Portofino dicht aneinanderreihten.

»Aber ... wie ist das *möglich*? Der Ring ist ein Unikat und er wurde verkauft«, stammelte ich fassungslos.

Wir hatten den Ring an unserem ersten Abend in Portofino nach Ladenschluss in der Auslage einer kleinen Goldschmiede gesehen und ich war so angetan davon, dass ich am nächsten Morgen sofort dorthin zurückkehren und ihn mir kaufen wollte. Doch als ich am Tag darauf die Schmiede betrat, erklärte man mir, dass der handgefertigte Ring bereits verkauft wurde.

»Er wurde an mich verkauft, mein Schatz. Während du noch selig geschlummert hast, habe ich mich hinausgeschlichen und dir den Ring gekauft, mit dem ich dir diesen Antrag machen wollte. Und zwar an dem Ort, an dem alles begann.«

Ich schlug mir die Hände vor den Mund und unterdrückte einen Schluchzer. Mit zitternden Händen schob ich den Stuhl zurück und kniete mich zu Grayson auf den Boden.

»Ich liebe dich, Grayson Parker«, flüsterte ich und umarmte ihn stürmisch.

»Ich liebe dich auch, Dakota und wenn du es mir

erlaubst, werde ich dich noch heute Abend zu meiner Mrs. Parker machen.«

»Heute Abend?«

»Ja, heute Abend. In der Kapelle des *Parker De Luxe*. Dieses Mal allerdings richtig. Wenn du morgen mit diesem Ring neben mir aufwachst, dann weil du tatsächlich und rechtskräftig mit mir verheiratet bist. Außerdem wirst du mich dieses Mal nicht fragen, ob wir die Hochzeitsnacht vollzogen haben, glaub mir«, gluckste er belustigt und nahm den Ring aus dem Kästchen.

»Also, Baby, was sagst du? Willst du meine Frau werden?«

»Ja«, wisperte ich zwischen den salzigen Tränen, die mir das Reden sichtlich erschwerten. »Tausend Mal ja, ich will.«

Schon im April 2025 geht es weiter mit Band 4 der Titan Racing Legacy Reihe, Kenzies Geschichte, Circuit Rush:

DIE REIHE AUF EINEN BLICK

Die beliebte Titan Racing Legacy Reihe umfasst insgesamt 6 Bände:

Band 1
Crashing Hearts
Allegra & Hunter

Band 2
Love Laps
Riley & Dante

Band 3
Pitlane Secrets
Dakota & Grayson

Band 4
Circuit Rush
Kenzie & Cesare 1

Band 5
Trackside Kisses
Kenzie & Cesare 2

Band 6
Wild Velocity
Skye & Austin

CIRCUIT RUSH

Band 4 der Titan Racing Legacy Reihe
Die Geschichte von Kenzie & Cesare

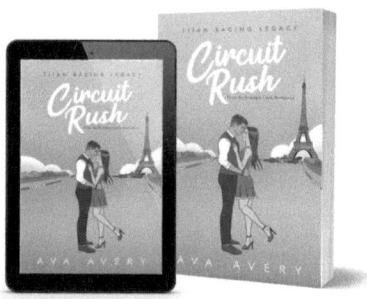

Dass man sich in seinen Boss verliebt, ist verboten.

Aber was, wenn man sich ausgerechnet in den Erzfeind seines Bosses verliebt?

Und was, wenn dieser Erzfeind ebenfalls ein mächtiger Boss ist?

Als persönliche Assistentin des Teamchefs von Titan Racing kennt Kenzie jedes Geheimnis des Rennstalls.

Und genau deshalb ist Cesare Cerutti, der neue, charismatische und unwiderstehliche Boss von Racing Rosso, Titan Racings stärkstem Rivalen, absolut tabu. Leider landet sie dennoch ungewollt in seinen Armen und findet sich in einem gefährlichen Spiel zwischen Herz, Verstand und Versuchung wieder. Ein Spiel, das sie vergessen lässt, dass er ihr größter Feind ist – bis Verlangen und Verrat untrennbar werden. Denn was, wenn Cesare sie nur benutzt, um Titan Racing zu Fall zu bringen? Und was, wenn herauskommt, was hinter verschlossenen Türen passiert?

Lesermeinung:

»Diese Achterbahn der Gefühle zieht einem den Boden unter den Füßen weg. Eine spicy und romantische Boss Romance, wie es sie noch nie gegeben hat.«

Bitte beachte: Hierbei handelt es sich um die erweiterte und komplett überarbeitete Neuauflage von (Don't) Kiss the CEO. Dieser Band ist der Auftakt einer Dilogie und endet mit einem Cliffhanger.

PUCK FOR LOVE

Romantische & spicy Eishockey Romance mit Herz

Stell dir vor, das Leben schenkt dir deine große Liebe, nur um sie dir kurz darauf wieder erbarmungslos zu entreißen.
Würdest du das zulassen?

Maverick Wolf:

Neben meinem Job als Eishockeyprofi und Kapitän der Arctic Bears will ich vor allem eins: Meine Ruhe. Das gestaltet sich jedoch seit dem Eintreffen der neuen Physiotherapeutin Melody Dawson als unmöglich.

Denn Melodys engelszarte Berührungen und ihre wärmende, wohltuende Nähe wecken Gefühle in mir, von denen ich dachte, ich wäre unfähig, sie jemals wieder zu spüren. Gefühle, die mir die Kontrolle entreißen und die die mühsam aufgerichteten Mauern meines Herzens zum Einstürzen bringen. Doch Melody hütet ein gefährliches Geheimnis, das sie ihr Leben kosten könnte und bevor ich mich versehe, bin ich der Einzige, der sie noch vor der drohenden Katastrophe retten kann.

Bitte beachte: Hierbei handelt es sich um die erweiterte und komplett überarbeitete Neuauflage von Arctic Ice Love, einer Eishockey Sports Romance, die 2021 erschienen ist.

MEHR VON AVA AVERY

Mittlerweile (stand April 2025) gibt es mehr als 35 Ava Avery Romane in den Bereichen:

Eishockey
American Football
Formel 1
Boss & CEO Romance
Mafia Romance
Daddy & Baby Romance
Wholesome Romance

All diese Romane sind als eBook, Taschenbuch und für Kindle Unlimited erhältlich. Viele dieser Romane gibt es auch als Hörbuch.

Zu meinen Romanen gelangst du, indem du diesen QR-Code scannst:

ÜBER DIE AUTORIN

 Ava Avery ist Autorin aus Leidenschaft. Sie ist mehrfach ausgezeichnete Bild-Bestseller & Kindle #1 Autorin. Ihre Bücher verkauften sich über 1 Million Mal und wurden in sechs Sprachen übersetzt.

Wenn sie sich in drei Wörtern beschreiben müsste, dann wären das: Freigeist, Abenteurerin und Romantikerin. Ihre Lieblingsautorin ist Enid Blyton. Mit den 5 Freunden, Hanni und Nanni, sowie Tina und Tini hat Ava ihre Liebe zum Lesen und später zum Schreiben entdeckt.

Neben dem Schreiben ist Ava eine begeisterte Weltenbummlerin. Fremde Länder, Kulturen und Menschen kennenzulernen, ist für sie eine Quelle der Inspiration und Freude. Italien nimmt dabei einen besonderen Platz in ihrem Herzen ein.

Exklusive Einblicke aus ihrem Alltag und von ihren Reisen teilt sie in ihrem Newsletter und auf Social Media.

Website: www.avaavery.de
Instagram: avaavery.autorin
TikTok: @avaaverybooks
Facebook: www.facebook.com/avaavery.autorin

BLEIB AUF DEM LAUFENDEN

Besuche mich gern auf Social Media, wo ich **exklusive Details** zu meinen Romanen und spannende Einblicke aus meinem Alltag teile. **So nehme ich dich zum Beispiel virtuell mit auf Buchmessen, zu Eishockeyspielen und ins Tonstudio, wo meine Hörbücher vertont werden.**

Außerdem findest du auf Social Media und in meinem Newsletter regelmäßig tolle **Gewinnspiele**, aufregende Ankündigungen und jede Menge **kostenloses Bonusmaterial**, sowie **limitierte Charakterkarten und Book Merch** zu meinen Romanen.

Website: www.avaavery.de

Instagram: avaavery.autorin

TikTok: @avaaverybooks

Facebook: www.facebook.com/avaavery.autorin

ALLES LIEBE FÜR DICH

Hat dir dieser Ava Avery Liebesroman gefallen? Ich würde mich über eine **Rezension** oder eine **Bewertung** auf Amazon, Thalia & co. sehr freuen, egal ob 3 oder 30 Sätze lang. Denn jede einzelne Rückmeldung ist ein wunderbarer **Liebesbeweis** an meine Geschichten und begeistert möglicherweise auch **neue Leser** für meine Bücher.

Natürlich darfst du diesen Liebesroman auch gerne weiterempfehlen.

Liebe Grüße,

Deine Ava